青春风

青春文字榜样·紫

青春风编辑部 主编

汕頭大學出版社

青 春 文 字，
榜 样 · 紫

目录

李遥策

李遥策

业余写手。

职业：养龟的。

新概念作文大赛一等奖获得者。

写作风格迥异，作品魔幻现实主义风格强烈。

已出版长篇推理小说《灰之预言》。

大 王 派 我 来 巡 山

一

狮驼岭的夏天总是紧随着冬天的离去而迅速来临，是在四月的某个午后，寒冷的空气就骤然炎热了。

一想到不能在这么重要的日子穿上珍藏已久的修身小马褂，一向讲究仪式感的我不禁悲伤起来。

小马褂是表舅帮我量身定制的，表舅曾是这一带声名远播的裁缝，几乎每个山头的大王都与他有业务上的往来。

但他从不会为同一个人做两套衣服，他的说法是，每一件作品都必将是客户人生中的华彩，只能出现在最辉煌的时刻。

这当然只是一种营销手段，当年银角大王抬着一箱金元宝上门的时候，他还是破了规矩。表舅解释说，艺术家的规矩不能坏，但金钱可以改变艺术本身。

年幼的我不能理解其中的意义，但不管怎样，我表舅的手艺是能够得到肯定的。

在成为裁缝之前，表舅总怀揣着治国平天下的梦想，沉浸在战场杀敌之后万人膜拜的幻觉之中。

他曾认为一个英雄就应该有英雄的装扮，如果刘邦当年穿着的是一条印着 Hello Kitty 的哈伦裤，后人可能就看不到《霸王别姬》这出戏了。

所以闲来无事的时候，表舅总在家里给自己做几套衣服，久而久之，手艺就炉火纯青了，遗憾的是当他从英雄梦中醒来，周围并没有刀光剑影的战场，而自己却成了终日穿针引线的裁缝。

“当你为一件事做好充分准备的时候，有可能你离这件事就越来越远了，成了准备的奴隶。”

表舅和我坐在屋顶，总结了一下自己的人生。

在那个黄昏，表舅还明白了许多事情，比如说，英雄们从来都不会自己给自己做衣服，所以表舅注定成不了英雄。

懂得越多反而越痛苦，以至于后来，我们都沉默了。

入夜，表舅安静地抽着烟，突然站了起来说：“不过，你的世界就要到来了。”

英雄的衣服可以由别人来做，但英雄的宿命从来都是由自己来改写的。

只可惜，宿命二字，笔画太多，多到像我们这种小人物竟要穷尽一生去书写。

为了造就我们的世界，无数个和我类似的妖怪都被时代的齿轮所碾压。

与我同村的阿牛，寒窗修炼了数十年，刚挤出个人样就被我们二当家拉去和蛟魔王抢地盘，结果脸都没有露过一次就饿死在远征之中。

表舅有句话说得很对：“这世上只有七千个人，剩下的十亿人都不过是群众演员。”

“那还有六十多亿呢？”

“道具。”

无数个深夜，我都会从噩梦中惊醒，梦里面，我总是莫名其妙地死去，然后有好多个长得和我一样，但看不清楚脸的自己排着队朝着阴司殿移动，每一个我都在议论着自己的死法，抱怨着命运的不公，最后都会有个声音在天边徘徊：因为你们都是道具呀。

二

和满怀梦想以及使命感的表舅不一样，我曾是个清心寡欲的妖怪，不与世间万物纷争。

能够修炼成精，已是一种福分，你可能看过《指环王》，魔多的兽人们在萨鲁曼的统治下被轻而易举地从泥巴里复制出来。

但那只是西方世界的传说，我们可不一样，我们想要变成人类的形态，必须经过漫长的修炼，修炼过程中的研磨是正常人无法承受的。

现有的一切都来之不易。

隔壁的阿花说成为人类只是开拓未来的第一步，接下来还有很多路要走。

“那你接下来有什么打算呢？”

“想要有尊严地活着。”阿花看着天边，仿佛那里才有她想要的生活。

“什么是尊严？”

“生而自由。”

“如果没有追求到呢？”

“那就死而平等呗。”阿花的话从来都不多，她的意思是，如果没有尊严，那么宁愿死去。

我特别害怕阿花的离开，小时候我们在树林捡蘑菇为食，不慎进入了猎人的陷阱，那应该是阿花离死亡最近的一次。

为了从猎人手中救下阿花，我咬断了麻绳，带着阿花一路狂奔，躲在山洞，那晚天空飘着雪，阿花靠在我的肩膀上，一百年后的今天，我仍然模糊地记得，当时阿花在我耳边说的情话：“如果将来能修炼成精，我定会按人类的习俗与你结为夫妻。”

可现在，为了尊严，阿花放弃了很多，在很长的一段时间里，我几乎看不到她眼中的任何光泽，连她最爱吃的欢喜坨，她都不屑一顾。

那年，家乡干旱，牛魔王骑着避水金睛兽来我们村考察，打了个响指接走阿花的时候，少年们的心还是被触动了一下。

那时候，我挥着泪，追寻着避水金睛兽的足印，一路追到了溪边，我向阿花大喊：“你为什么离开？”

阿花搂着牛魔王的腰扭过头，有些无奈：“当有一天，你也能骑着这样的坐骑的时候，你就会明白了。”

那一刻，我才清醒地认识到，我们已经不是当初在树林里东躲西藏的小动物了。

阿花走后，我躲在表舅的家里沉闷了三个月，有太多的痛楚在心中蔓延，那是我在成精之前从未体会到的。

“你还有什么不明白的？”表舅仍在缝着衣服。

“我与阿花青梅竹马，我对她总是言听计从，从未伤害过她，她为什么就离开了呢？”

“其实，你有没有想过，你混得不好，就是对爱最大的伤害。”

三

回想起来，蜗居在狮驼岭的日子实在是段极度残酷的岁月。

但是没有办法，表舅说，对于一个没有出身和地位的妖怪而言，这里可能是我唯一能混出头的地方。

狮驼岭地势险要天气恶劣，也没有任何有前景的项目可言，对于小喽啰的管理也很松散，精明的妖怪们都不屑于来此谋生，所以这里门槛很低，只要是个会说话的妖怪都能加入。

“做小伏低，每一条路都是用血淋淋的膝盖跪着走出来的。”这是表舅临别前的赠言。

有别于别的山头城寨，我们光是当家的，就有三个，分别是大哥青狮、二哥白象和三哥大鹏。

由于当初创立山头，没有明确的股份分配条款，三个首领现在看似以和为贵，实则勾心斗角，暗地里拉帮结派。

风平浪静的狮驼岭早已暗流涌动，三人随时都会因为山顶的宝座火并一场。

那时候没有热播的宫廷剧，也没有畅销的职场小说，今日该对哪个首领笑，明日该陪哪个领导醉，全凭直觉和运气，如果站错了队，一不留神，身为喽啰的我们就可能成为权力的牺牲品。

甚至是在饭桌上，也一点都不能马虎，大哥要动筷子，决不能给二哥倒酒，二哥要点烟，决不能给三哥夹菜，如果对其中一个稍有怠慢，饭后还得登门赔罪。

前年的年夜饭，没眼色的壁虎怪在大哥盯着盘子的时候，把菜转到了自个儿跟前享用起来，还没等大哥动手就被一只爱拍马屁的蚂蚱精一砖头给拍死了。

在三个当家的里面，我个人最不喜欢二哥，因为他总是一副高高在上的样子，吹嘘自己有刀枪不入之身，可真与别的山头干起架来，他总是躲在最后头。

二哥的格局很小，仗着不知从哪里弄来的法宝整天刁难手下，不仅经常克扣我们的工钱，还不准我们在晚上点蜡烛，所有节省下来的开支，全进了他的口袋。

这些事大哥并不知情，也没人敢说，因为没人知道将来的狮驼岭会是谁的狮驼岭。

四

去年年末，山下道士作乱，掠去了当地百姓为我们进贡的年货。

三哥奉大哥之命，要去山下恐吓王道长，以砍他的一根手指作为考核证明。二哥以给大哥祝寿为由，瓜分了大量的喽啰来操办盛宴。

三哥索性只带了我一个新人，那是我第一次下山，正逢寒冬腊月，整个世界都是白色的。

“这大千世界，说变就变，能看几眼就多看几眼吧。”在前往村子的路上，三哥看出了我的兴奋。

“可是这冬天，除了白茫茫的一片，啥也没有呀。”

“你看到的是冬天，而我看到的是四季。”

“请三哥赐教。”

“因为你没把这个世界当成自己的世界，所以世界装不进你的心里。”三哥双手一挥，芬芳四起，一路冰雪融化，桃花盛开。

三哥突然停了脚步，俯瞰着整个村子，一时之间在他的身上我仿佛又看到了表舅的影子，但是我从不会把对表舅的怀疑投射到三哥身上。

心怀天下，那一刻，我决定誓死效忠三哥。

三哥最能忍辱负重，二哥泡过的妞，大哥欠下的赌债，全由他一人来接盘，为了扩张势力，三哥不知秘密暗杀了多少邻山的老大。

仇家上门的时候，三哥独当一面，握一把长刀立于城寨门外，从未胆怯过。

三哥身上有着与生俱来的贵族气质，和一紧张就挠头眨眼的二哥不一样，三哥总是从容不迫，即使面对法力无边的道长，他也是极为镇定，那眉宇间的平静，就像道观外结成冰的湖水。

有人说三哥是如来的舅舅，三哥却只是笑笑：“你是谁的谁并不重要，重要的是你是谁，又为何而存在。”

我琢磨了半天，始终没有答案。

“就小人物而言，我们之所以还健在，是因为故事的主角还没登场，换句话说，只要故事的主角一登场，小人物的命运就要被终结，所以任何时候，都别忘了，你自己才是个角儿。”

三哥的话，让我突然领悟了表舅的无奈和阿花的苦衷，站在道观门外，面对即将来临的大战，我仿佛释然了许多。

那道长正和小道士们打着麻将：“贫道等候多时了。”

“听闻是您搅和了我们狮驼岭的营生。”

道长只是微笑，没有承认，也没有否认。

“那你可知我此行的目的？”三哥总是一副毕恭毕敬的样子。

“和了，卡二筒。”谈笑风生间，只见道长推开了牌，拔出了宝剑。

那一刻，空气是凝固的，三哥并没有躲闪，也没有进攻的架势，只是瞪大了双眼直视着道长。

只见道长瞳孔萎缩，痛苦倒地，又仿佛领悟到了什么，二话不说立刻站起斩断了自己的食指，那手指上似乎还带着二筒的印痕。

五

三哥和王道长的那场对决完全颠覆了我的预想，原以为那眉清目秀的王道长便是三哥生命中的主角，可事实却全然相反。

事后，我问三哥，那一瞬间究竟发生了何事。

“我只是带他看了一遍他两个不同结局的脚本。”说罢，世界又变成了白茫茫的一片，原来和漫山遍野的桃花一样，一切都来自三哥的幻术操控。

然而，事情并没有这么简单，回到驿站，道长的手指却不见了。

原来在三哥施展幻术的时候，道长也以彼之道还施彼身。

三哥和我都中计了，等我们重新杀回道观，却是人去楼空，只留下破败不堪的牌匾和一摞诈和的麻将。

“但好歹我们吓跑了他们。”

“不，任务却没有完成。”三哥抬起头，望着远处的山顶，想象着大哥的冷落和二哥的嘲讽。

“用我的行不行？”我拔出刀，在麻将桌上对着自己的手指说。

“你说什么？”

“反正手指嘛，都长得差不多，虽然毛多了点，但大哥也不会细看。”说着，我将自己的手指一刀斩下递给了三哥。

六

我们赶在手指腐化之前回了城寨。

用这根手指我换来了三哥的提拔，尽管大哥连看都没看一眼就把手指丢进了火坑。

三哥看出了我的委屈，拍拍我的肩，让我别介意大哥的做法，大哥们从来不在乎问题的答案，只在意解决问题的方式，所以手指对大哥而言，并不重要。

大哥将刻有小钻风三个字的名牌一丢，摆出一副年轻人好好干的姿态说："今后东边的山头，就由你罩着了。"

东边的山头主要经营的是赌场，吸引着各方而来的赌徒。有赌钱的，还有赌命的，有终日无所事事找不到方向的妖怪，也有乔装打扮下凡偷乐的神仙。

三哥偶尔有空也会来赌几把，闲来无事的时候总会找我喝一杯："你这地盘虽然小了点，但却是世界的浓缩，在这里你可以看到人性极致的一面。"

正如三哥所说，我亲眼看见那个靠贩卖魂魄为生的小妖在短短一夜之间赢取了万两黄金，一个月后在同一张赌桌上，他却又倒输了十万两，最后一次见到他时，他已成为山下的一具尸骨。

我不明白当他赢下黄金万两之时为何不收手，或许是因为欲望的膨胀，欲望总让人迷失自我，没有人会满足于现状，即使是神仙也一样。

赌博是改变生活质量的唯一方式，人们喜欢赌场，是因为这里众生平等，也因为这里的众生即将不平等。

我又何尝不是一样，在野心的驱使下拿自己的人生在豪赌未来，没有人愿意输着离场，当我踏入狮驼岭开始，我就已然不是那个想玩两把收手的少年了。

我一度认为现有的一切是我华彩人生的开始，直到那天，那个点名要与我赌一把的人出现了。

那个人不是别人，正是与我青梅竹马的阿花。

命中注定，在劫难逃，我竟会在此与阿花相遇。

阿花眼里已然没有我的存在，她出手阔绰，被赌场视为贵宾，就连为她牵狗的小弟都是十人轮班制。

有传言说她偷了芭蕉扇卖给法宝黑市，也有传言说她以肚子里的孩子要挟过牛魔王。

但阿花为何在此出现，却从来没有人知道。

赌桌的对面，阿花摘下墨镜，优雅地抽着烟："我就是筹码，赢了我归你，如果你输了，你要帮我找一个人。"

"要找何人？"

"一个和尚。"

七

大哥大寿，也正是我见到那个和尚的时候。

和尚是作为二哥送给大哥的贺礼被押进大殿的，据说为了活捉此人，二哥买通了各路神仙，让其改道通往狮驼岭。

早已听闻二哥对吃有讲究，但是没想到，这一次居然要吃起活人。

"这你就不懂了，这个活人是唐僧，吃他的肉是成仙的捷径。"后排的穿山甲流着哈喇子告诉我这个秘密。

"成仙？"

"对，神仙，比妖怪更有尊严的群体。"穿山甲嘟着嘴，"我可不想一辈子当妖怪，憋屈。"

周围所有喽啰们都在呐喊垂涎，我却提不起任何兴趣，只是呆呆地望着天边，心里琢磨着如何愿赌服输把这个人交给阿花。

阿花选择与我在赌桌上对决，正是因为她深知我赢不了，因为无论何时我都会让着她，为她付出已经成了我的一种习惯。

可是当我正眼对上大殿中央的和尚时，却有着一种极其不祥的预感。

那眼神、穿着以及气场，顿时让我们沦为比二维码还模糊的背景，甚至连月光都只围绕着他一个人照射。

此人非同小可，我劝阿花放弃吃他的念头。

阿花大笑："我没有要吃他的打算，我来这儿就是为了报恩，从来没有人像他那样给予我尊重，在他的眼里我不是妖不是怪，他说过众生平等，也说过大爱无疆，这一路来他一直在追求他的梦想，所以，我不能让他死在这儿。"

"梦想，谁没有？"

“他和你不一样，你的梦想是让自己幸福，他的梦想是让全天下的人幸福，为了全天下的人，甚至可以放弃自己的幸福。”

看着阿花的眼神里透露出爱意，我却有些不屑。

很显然，我是吃醋了，但是我又觉得唐僧的想法很伟大，或许他就是那个能够真正把世界装在心里的人。

可是众生又与我何干，对我而言，只有你才是我的天下。

八

四月的狮驼岭，戒备森严。

负责巡山的我一面提防着唐僧的几个徒弟来捣乱，一面又思索着如何在千军万马之中救出唐僧。

夕阳西下，倚在山石边上，我很想问问表舅，此时此刻，我该不该去做主角应该做的事情。

但遗憾的是，今晚的主角并不是我。

他变成妖怪的模样跳下山石，试图从我口中探出唐僧的下落，经过在狮驼岭的几年摸爬滚打，我早已看透这世间的把戏。

就像二哥总喜欢变成三哥的模样从我口中打探消息一样，猴子的伎俩在狮驼岭并不显得高明。

可是话说回来，我挺崇拜孙悟空的，他放弃了体制内喝茶看报纸的生活，硬要自立门户，创业失败之后，如今又与我一样，俯首甘当他人的马仔。

出于这份尊重，我和他多客套了一会儿。与此同时，我还想到一个既不背叛狮驼岭又不辜负阿花的办法，我决定装疯卖傻，把唐僧的下落和小钻风的名牌交给他。

最后，我甚至幻想着能与盖世英雄并肩作战，杀入城寨，体验着一个小人物在那一刻主导天地命运的痛快。

然而，等待我的却是孙悟空突如其来的一棍。

随着鲜血的溅出，我陷入昏迷，我再次进入了那个梦境，成千上万个我在阴曹地府徘徊，有当年救阿花时被猎人打死的我，有与三哥下山讨伐道长时牺牲的我，有在狮驼岭的政治斗争中被二哥毒害的我……他们将我团团包围，以一种久等的姿态缠缚着我，我推开每个死去又不甘心的自己，冲出了阴司殿。

我睁开眼，朝着扬长而去的孙悟空冷冷发问："当你一路升级打怪的时候，有没有想过每一个妖怪的心路历程；当你一棒打死这个妖怪的时候，有没有想过他是付出多大的努力才能获得站在你面前被你一棒打死的资格；当你踩着妖怪的尸体踏上英雄阶梯的时候，有没有考虑过他们的内心世界。这是不公，这是天下最大的不公，我们和你付出同样的努力，却因为世界没有给予世人正眼看我们的机会，我们的爱情就注定被掠夺，我们的事业就注定被践踏，我们的梦想就注定被羞辱。"

走了许久，孙悟空终于停下了他的脚步。

我不在你身边的第五百年

一

在我说起人生经历的时候，刘卡卡并没有完全相信我所说的每一句话。

但我的故事似乎比他手机里任何一个地摊文学都要精彩，以至于他最后放弃了挣扎，干脆和我探讨起人生，尽管本质上，我们的人生是相同的。

“这么说，你和我一样，也是个渣男？”很多时候，刘卡卡会把我架在他脖子上的金箍棒挪开，递过来一根烟，眼神里充满着期待。

那是一千多年前的一个午后，在南天门旁的一家夜总会——各路神仙都爱混迹的高档场所。

我牵着一匹马路过，一个女孩从里面飞了出来，落在了我的身旁。

那是我第一次看见紫霞，她的穿着十分性感，让我不禁多看了两眼。

当时，紫霞的眼里闪着光，有些委屈，指着大门里的胖子:“你竟然不想给小费！”

那个猥琐的胖子,像是一个世纪没有洗过澡的猪,醉醺醺地朝我和紫霞扑了过来。

出于防备，我使出了深藏多年的金箍棒，一棒子就将胖子顶到了太白金星家的澡堂。

尽管在很多年以后，胖子每天都要被我狂扁一顿，但这一次我给他的疼痛，他说是他最难忘的。

“那一天，他不该这样打我的，你们说是不是哇！”有时候趁我不在，他经常会撅着屁股跟师父和师弟抱怨起当年的那次惨痛教训，博取大家的同情。

那是我第一次在天庭打架，紫霞说从没有人为她这么舍命地打过人，事实上我只是因为洁癖作祟，不想胖子弄脏我刚从东海龙宫网购的藕丝步云履。

女孩们总是夸大其词并一厢情愿，这让我很头疼，不过，紫霞却有许多怪异和有趣的法宝，这是我最为乐意跟她走到一起的原因。

有一次，她用捆仙绳绑走了如来的金翅鸟说要带我兜风，在我还没坐稳的时候鸟已经不听话地展翅了，我不得不坐在紫霞的后座紧紧地搂住她的小蛮腰，飞过了整个凌霄殿，那时候我才知道天庭有多辽阔，才明白人生的风景是没有尽头的。

作为一个从山沟里出来的非主流少年，紫霞的生活方式总能满足我小时候对神仙的想象。不过后来我才知道，那些法宝都是她为了逗我开心从太上老君的家里偷出来的，为此她受到了不少的惩罚。

直到有一天，我厌倦了现有的生活离开了，紫霞满世界地找我，逢人便说我的坏话，在那之后，蟠桃园里的那些道德卫士再也没有给我捎过桃子吃。

其实我并不坏，只是相对于男女之事，我更喜欢自由，一个游历了千山万水的浪子，岂会止步于花前月下的栏栅。

“如果有一天你不爱我了，我就去跟那个胖子好。”在梦里，我经常会见到紫霞嘟着嘴威胁我的样子，很多次我都想说出“我从来就没有爱过你”的实话，可是往往我还没开口梦就醒了。

二

在我对现在这个世界有限的认知里，有时候很难用简练的语言去概括某一个名词。它形态多样错综复杂，这个时候我们就要用讲故事的手法去注解它。

比如说，渣男。

渣男并没有褒贬之分，世界上大部分的男人成渣，正是因为他们太过优秀，会做菜会运动、举止优雅谈笑风生、不会琴棋至少也略懂书画、工作起来身上还带着双倍魅力值的 BUFF，比如说，刘卡卡。

而现在，刘卡卡正躺在医院的病床上，等待我和他的一场交易。

我推开病房的大门，刘卡卡用一只打着石膏的腿挡住他的视线，上面粘着一张海绵宝宝的贴纸，喜气洋洋。

“你不像是个失忆的人。”来医院之前，我听了太多人对刘卡卡失忆的描述，一个活在信任危机边缘的男人，失忆也会被我想象成是渣男的一种表演方式。

甚至他的心理医生都坦言，他为了暂时地逃避婚约，才把车开到了大海里。

“只有你能帮我了！”刘卡卡的眼神暗淡了许多。

“咋帮？”我愣了一下，第一次对他产生了怜悯。

“我不想跟小白结婚了。”刘卡卡的嘴角一撇，显得有些无辜。

我没有见过小白，关于她的一切信息都是从刘卡卡嘴里听说的。

两人是在聚会上认识的，刘卡卡对小白一见倾心，想办法在有限的时间内问到了联系方式。

小白留下联系方式的第二天因公出差，刘卡卡驱车五百公里直奔小白所在的酒店，趁她开会还没结束，偷偷开个房间，默默在里头写情书，写完后偷偷塞进小白的房间。

刘卡卡每次晚上忙完，都路过小白家楼下停车观望，叫小白从窗户往外看，只见刘卡卡打开大灯，坐在引擎盖上拉二胡，小白一开始并不在意，但突然有一天二胡变成了一架卡车上的钢琴之后，她再也把持不住了。

后来两人交往密切，刘卡卡索性偷偷复制小白家里的钥匙，每天过去做好一桌晚饭，供小白的爸爸妈妈晚上吃，临走前还不忘打扫小白的房间，刘卡卡就像是田螺姑娘，在小白家中神出鬼没。

当然，他的回忆并不是在证明自己有多爱她，而是在强调作为一个渣男的专业素养。

因为车祸，刘卡卡已然对他口中的小白产生了疏离感。

他说他回想不起当初追求小白的理由，也开始怀疑这里面究竟存不存在爱的成分，他甚至翻开手机比对所有女人的照片，完全记不起里面哪个是他的未婚妻小白。

婚期将至，这是一个极其不负责的行为，可他却摆出一张无懈可击的王牌——“我失忆了，而且我已经不是以前的刘卡卡了。”

“我想让她来选择离开，这就是让你帮我的原因。”刘卡卡望着窗外，灵光一闪。

我并不惊讶刘卡卡的想法，因为似乎每一个高级别的渣男，在厌倦之后，都会以好人的形象全身而退，再以受害者的身份博取众人的同情。

“我知道她有个初恋，一直在追她。”刘卡卡从枕头下掏出一沓文件，上面有关于那个人的所有信息。

原来他早已有他的战略部署，我要做的就是引出那个第三方，并且诱导他去继续追求刘卡卡的未婚妻。

三

而我所生活的那个年代，渣男这个词还没有具象化，也没有那么多高明的手段。

我只知道，如果我不爱一个人，我就会千方百计去躲避她，即使是要付出生命的代价，以至于后来，世间才流传着各种关于我的不朽传说。

在那么多版本里，真相只有一个——我之所以在五指山下浪费了五百年的光阴，都只是为了逃避她。

我认识紫霞已有一些年头，她似乎对我的一切信息都了如指掌。

一开始，为了划清和紫霞的界限，我决定辞职回乡，她却在花果山下蹲点蹲了三个月，在这一点上，刘卡卡就比我要机灵许多，他从不会把自己的住址透露给女人。

我躲情债的时候，为了逼迫我现身，紫霞会时不时地绑走几个小动物卖给马戏团和山下的猎人，还扬言要把隔壁黑熊哥的黑风岭给夷平了，弄得我和山里的几个哥们关系变得很僵，后来他们纷纷在各自的山头贴出“没有买卖就没有伤害”的标语，将我灌醉之后出卖给了紫霞。

紫霞一见到我，没有哭也没有怪我，直接掏出捆仙绳将我绑回了天庭，我就像是她的口袋妖怪，必须随叫随到，这让我很不爽。

后来的那些十万天兵天将鏖战花果山的故事，不过都是黑熊哥和其他几个哥们为了减轻罪恶感而为我杜撰出来的。

回到天上，迫于无奈，我在太上老君的炼丹炉里躲了一阵，紫霞却在门外守着，当我从炉里爬出来的时候，紫霞只是嘿嘿一笑：“你化成灰，我也认得你。”

再后来，我实在逃不过紫霞的纠缠，在卷帘大将的教唆下与众神们配合演了一场大闹天宫的重头戏，结果太入戏玩嗨了搅翻了整个天庭，惊动了高层。

我永远记得当时卷帘大将那张惨白的脸：“哥，这事玩崩了。”

你们曾笑我误把如来的手指当成世界的尽头，事实上，我并不是走不到世界的尽头，而是逃脱不了紫霞的追逐。

当时，紫霞就站在如来的中指后面，调皮地朝我招手，这让我无处可躲。

紫霞笑着笑着就哭了：“你跟不跟我走，再不走你就死定了。”

那是我第一次见到女孩哭，却又不想前功尽弃，我犹豫了一会儿，坐了下来：“回去吧，你应该有你自己的人生。”

“我知道。”

“知道什么？”

“你大闹天宫就是为了打破界限，重新定义规则。”

“我无聊啊。”

“因为我们是神仙呗，注定不能在一起的。”紫霞抹了一把泪，“你这么做都是为了我们的将来，我知道。”

“我只是累了。”我无奈地叹了口气，仰视着天空，示意佛祖该说的我已经说完了。

只见佛祖双手合十，一掌化作了山崖，坠落于大地，我仿佛成为夹缝中的藤蔓，所有的细胞都依附在石壁之上，整整五百年无法抽离。

在这五百年里，世界上发生了太多的事。

不过，其中最让人开心的还是胖子，他被打回原形，下凡后真的当了几回猪，光是这件事就让我整整高兴了好几年，可见我的日子有多么无聊。

那么紫霞呢，我虽然有过想念，但也从未过问，只是后来在一路打怪的旅途中听妖怪们提到过。

考虑到将来我的故事可能会被拍成当代电影，这段过程，我适当性省略。

不过，将妖怪们透露出来的信息合成一句话就是，紫霞已经死了。

“就是小时候经常为我们送盒饭的那个姐姐啦。”

“她死了吗？”

“是的，就是因为他才死的。”被葫芦收服的时候，我听到了金角大王和银角大王的对话。

“把他化为脓水，为姐姐报仇。”

“对，把葫芦倒过来，看看他死了没有。”

银角大王倒过葫芦，确实有水在滑落，但他们却不知道，那是我为紫霞流下的一整夜的泪。

后面我们仨握手言和，在河边撸串，先是对于唐僧肉的几种吃法交换了心得和意见，酒过三巡，我开始打探紫霞死亡的真相。

“若不是她，你可能要在五行山下被关到三体人进攻地球才释放呢。”金角大王咬开酒盖子。

原来，当紫霞知道只有师父才能解开封印的时候，她就已经做好了牺牲的准备，至于她是如何把师父逼下凡间的，金角大王是这样描述的：“那些日子里她每天带着你师父在网吧堕落，白天劲舞团晚上斗地主，光是游戏币都害他输了好几千两啊。”

“所以说，要不是紫霞姐姐，根本没有大唐盛世，也没有这一趟取经之路，更没有我们在这儿的对话。”

想到紫霞为了我改变了世界的格局和历史，我不禁黯然神伤。

“再说了，你真的以为吃了唐僧叔叔的肉能长生不老？那都是姐姐为了体现你的重要性，对全世界撒的谎。”银角弟弟嘟着嘴，又撸了一串羊腰子。

但是在造物主给出的设定里，所有人都在追求长生不老，即使是浮游生物，它们也在努力修炼成精，也争取了吃一块唐僧肉的机会，但是造物主却没有告诉我们长生不老的真正意义。

“是为了寻找爱呗。”醉意盎然的金角大王点醒了我，一辈子的时间很长，但它不足以真正地爱上一个人，“如果不是真爱难寻，谁乐意活那么久。”

“但是你找到了，或者说，你就快找到了。”临走的时候，兄弟俩深切地握住我的手。

我朝着两人挥了挥手，继续上路。

得知真相的我一路上变得郁郁寡欢，有时候控制不住自己心中的嗔恨之心打死了许多不该死的妖怪。

“我们走那么远的路，就是为了让更多的人消除这份痛苦。”师父一直安慰我这不是我的错，并鼓励我重新站起来，我认为他说的不无道理，直到有一天，我们遇上了一帮劫匪。

“行了，反正我也不想听你打怪的故事，我也是看过原著的。”刚开始的时候，刘卡卡似乎并不喜欢我的讲述。

“原著的真实性只持续到五十六回我打死了劫匪，我现在要讲的就是第五十七回的事，也就是我来找你的原因。”面对眼前一脸迷茫的少年，我收回了金箍棒，是时候要告诉他真相了。

“五十七回讲了什么？”

“真假美猴王。”

四

“爱情的长度不能决定它的质量。”

刘卡卡出院那天，将他的渣男守则送给了我，这也是我曾经信奉的理念。

此时，我帮他把事情办妥，虽然他很好奇整个过程，但我只给他呈现出结果。

结果就是小白没有来接他出院，而是发来了告别的短信，大概的意思是：“对不起，我不能和你一起走下去了。”

刘卡卡开心地拖着石膏腿一蹦三尺与我击掌庆祝。

刘卡卡好像已经好久没有这样轻松自在了，决定带我去附近的夜店宿醉一场。

很长一段的同居生活里，刘卡卡都无视小白的存在，回家之后，他玩他的手游，她看她的韩剧，两人的影子紧紧交织在一起，身体却异常陌生。两人说话最多的一次，竟是为了花瓶的摆放位置而争吵。

面对毫无激情又没有任何分开的理由的生活，刘卡卡仿佛可以预见将来的婚姻——客套地寒暄，商讨柴米油盐的琐事，然后将感情和生活的重心逐渐转移到将来对孩子的期望，最后庸庸碌碌地死去。

每次躲在阳台抽烟，刘卡卡都会后悔当初见家长时的冲动以及冲动时提出的不靠谱的婚约。

无数次在清晨醒来，看着身旁熟睡的小白，刘卡卡都会问自己一遍：“难道这就是我的人生？”

好在刘卡卡和我一样，也是个不相信宿命的人，如今，我们都在为打破自己的宿命而努力着。

回到久违的夜店，所有人都将目光集中在刘卡卡的身上，刘卡卡以王者归来的身份一连开了五箱红酒宴请在场的所有人。按照刘卡卡的说法，反正都要回去了，钱留着也没用，尽管我知道他也没什么钱。

喝完最后一杯，刘卡卡醉醺醺地趴在桌上，眼神有些迷离：“这样吧，明天一早我就跟你回去。”

就这样，我们达成了协议，交换未来彼此的人生。

次日清晨，我将一颗形似麦丽素的仙丹捣碎混在了刘卡卡的咖啡里，这是穿越的道具，每个人都想穿越时间改变过去，而我穿越时间，却只想改变自己的未来。

刘卡卡一饮而尽，还在好奇我如何带他回去的时候，眼前的场景已经逐渐扭曲，历史在我们的身边快速地倒退，时间在扭曲的空间里纯粹到只剩下一片蔚蓝。

“那天我驾车摔进海里的时候，也是这个场景，我好像还看到了你。”刘卡卡瞪着眼，“我想起来了，那场车祸就是你引起的。”

“抱歉，那天下手是重了点。”我吐了吐舌头，有些歉意，“不过我这么做，只是想更顺利地回到紫霞的身边。”

“为什么？”

“只有你忘记小白的时候你才会变成我，你没发现你身上的毛发越来越浓密了吗？”

“好像真是这样。”刘卡卡摸了摸自己的脸，居然有些兴奋。

“也只有你忘记小白的时候，她才会变成紫霞。”我轻轻地嘀咕着。

“你说什么？”

“我们到了。”撕开云层，我们落入了一片树林。

“我穿越了？”刘卡卡对着天空，深吸了一口气。

“走过去，敲一下那个和尚的头，我们的故事就可以继续了。”看着不远处正在啃地瓜皮的师父，太久没见，我竟然有些心疼起来。

“就这么简单？”

“就这么简单。”我点点头，“不过最后我们经过三方鉴定之后，你要当着如来的面用你手里的金箍棒打死我，而活下去的你将代替我去走完剩下的路。”

“原来真假美猴王里，最后死去的那个才是真的孙悟空。”刘卡卡恍然大悟。

“也可以说之前的我才是假的，而接下来的你，才是真的。”我拉住蠢蠢欲动的刘卡卡，“台词再对一遍。”

“吃俺老孙一棒！”刘卡卡搓着手徐徐跳动。

“好，Action。”

“吃俺老孙一棒！”

电视里正播放着《西游记》，孙悟空拔地而起，打死了六耳猕猴。

一句再平常不过的台词却让依偎在我怀里的紫霞开怀大笑，在刘卡卡委托我安排小白的前任去找她的时候，刘卡卡并没有想到那个前任竟然就是我，以至于小白想起了无数个前世，也想起了前世尽头的我。

“谁真谁假，孰是孰非，并不重要。”我拉起小白的手，她还原成了紫霞的样子，“重要的是我不在你身边的这五百年里，作为一个渣男的我，竟然开始相信了爱情，并奋不顾身地爱上了你。”

真 假 雷 音 寺

1. 猴妖的自白

我的师父曾经这样评价过我，我是一个死板单一的人，遇到妖怪就打，没有妖怪就去化缘，并不会为了省事去化缘的时候顺道把妖怪也一起打了。

这话听起来很有道理，但其实他错了，这并非是我的思维结构固化，而是我心怀慈悲，五行山下的五百年刑期，教会了我很多做人的道理，也让我体会了做妖的艰辛，所以，取经这一路我能不见血就尽量不动手，难免遇到些磕磕碰碰，我多少也都会给点面子。

但要是谁敢欺负到我师父，还有我的师弟头上来，那我可能就说服不了我这颗柔弱的心了。

譬如眼下，匍匐在地痛苦哀嚎的小妖们就已说明了一切。

三天前，我们路过这片荒原，像往常一样，在我前去化缘的期间，师父师弟以及那匹白马全部失踪，至今下落不明。

于是我寻遍整片荒原，终于在这座山头找到了这群形迹可疑的妖怪。

之所以说他们可疑，是因为和以往耿直的妖怪不同，他们绝不自报家门，也坚决否认抓捕我师父一事，他们来路不明，像是从天而降的路人，为了与我相遇而相遇。

“大哥，这里面是不是有什么误会，我们可对你师父提不起兴趣，你要不去别的山头找找？”就比如眼前那个从地上挣扎站起的红发小妖，愣头愣脑却又宁死不屈。

“你逗我呢，这天底下，竟然还有不想吃唐僧肉的妖怪！”他的声音有些憨厚，我仿佛在哪里听过，却又想不起来，只好对他大声嚷嚷。

“怎么就没有，难道我们就不能有自己的生活方式，就不能有自己的梦想和追求了吗？”被我一顿嘲讽后，红发小妖却是更起劲了，“有些话我忍了很久了，你知道吗，这是你们无知的世人对我们妖怪莫大的侮辱和曲解，生而为妖，如果只惦记着唐僧肉，那我们活着还有什么意义！”

这妖怪的话不仅有理有据而且慷慨激昂，我当时差点都信了——话不多说，既然他们始终不肯如实相告，那便只能吃下我这一棒了。

于是，不到一炷香的时间，鲜血便染红了整个山头，一挥铁棒舞乱魔，痛快至极，尽管在三个月后我将为今天的所作所为感到懊悔不已。

2. 黄眉怪的自白

我所在的城寨一年只下一场雪，一下便是三个月。

那天，积雪掩盖过门槛，我和我的几个弟兄仍躲在面馆吃着素面，那时候我刚从天庭偷渡到凡间，靠走私仙丹为生，立誓大干一场，风风光光。

可是看着眼前的那碗连肉末都没有的清汤，我竟然有些心酸，说实话，像我们这样满怀抱负的妖怪，来一趟人间是不该只吃这些东西的。

“平顶山的那两兄弟仗着人多势众，已经把手都伸到我们这里来了！”我记得当时第一个拍案而起的兄弟是阿牛，他顶着一头红发，生气的时候红发与脸色混为一体，十分可爱。

阿牛口中的那两兄弟正是隔壁山头的金角大王、银角大王，和我们一样，他们也从事着贩卖仙丹的营生。

当时，我与金角大王已经签下契约，划界而治，他们卖他们的，我们干我们的，可是如今，他们钻了契约的空子，将仙丹磨成粉，一包卖二十两，公然在我们的地盘叫卖。

“这已经不是一两次了，这一带有钱人的茶里酒里泡着的全是他们的货，再这么下去，我们吃什么呀，大哥！”阿牛拿着一包白色的粉状物，用刀割开，亮给我看。

这是他几天前去平顶山谈判时带回来的，就仙丹与仙粉的区别，阿牛与金角大王争论了整整一夜，向来口若悬河的他却被辩驳得哑口无言，接着更是与对方动起了手，最后遍体鳞伤地归来了。

初来乍到，我只想大事化小小事化了，毕竟在这一行当，我也是他们的晚辈，可事关兄弟们的生死存亡，我决不能一退再退，即使是在天庭，我们也没受过这么大的委屈。

“大哥，动手吧，终日躲在这儿吃面，我们跟那些乡野小妖有什么分别！”阿牛的情绪总是能感染到我。

他说得没错，我带他们下来，是为了能够体面地活着，这份初心，我向来铭记在心。

“抄家伙，跟他们拼了！”我大口喝完面汤，默默地站起，端起碗摔向地面。

随着青瓷碗的碎裂，我和那个少年的故事也正式拉开了序幕。

3. 猴妖的自白

这已经是师父他们失踪的第五天。

找不到任何蛛丝马迹的我生出一种预感，这一次的失踪，情况会比以往更加严重和恶劣。

独自行走在西山坡上，我遇到了一个兜售坚果的松鼠怪。

他叫阿松，自称曾在五行山下为我摘过一年的果子，时间久远，真假难辨，我并没有当作一回事，一路上总有拿当年之事与我套近乎的妖怪，我也早已习以为常。

“听说大圣最近混得不错，拜了金蝉子为师，还当了天蓬元帅和卷帘大将的师兄……”阿松当然也是带着目的性的，没几句寒暄便拿出一袋坚果向我推销，“您尝尝，要是喜欢，西去的路上多带着点，小本生意，大圣多关照关照。”

“这假的吧，不是应该还有另外两只吗？”我一口吞下，指着袋子上阿松的一张画像，这显然不是个正品。

这让我想起之前那个红发小妖所说的话，他们或许真的存在着更高的理想，生而为妖，都不容易，坚果不是人生，是真是假，又有何妨。

“什么？！”

“没什么，这西去的路可能是去不成了！”我瘫坐在地，一声叹息，“实不相瞒，我师父师弟们还有那匹白龙马，全丢了！”

“你是说一个秃子、一个胖子、一个大胡子和一匹瘦得跟兔子似的白马！”

“你知道他们在哪儿！”我激动地揪住了阿松。

“我可以给大圣带路！”

翻越山头，我们直奔目的地。

夕阳西下，我在一座城门前抬起头，挂在城头的牌匾上赫然写着女儿国三个字。

这就是二师弟日夜念叨魂牵梦绕的地方。

进入城门，街道两侧挂满了红布和灯笼，气氛十分喜庆，据阿松解释，这里的国王要成亲，所以找他订购了两箱坚果，昨晚他送货过来的时候，恰好遇到了我师父他们。

我长舒了一口气，终于放下了那颗悬在半空的心，原来这一次师父没有被妖怪抓走，也没有被妖怪吃掉，而是自己偷跑到这儿来蹭喜酒喝。

“大圣，我有个猜测，我随便一说你就随便一听啊。”阿松嚼着坚果，唯唯诺诺地说道，“国王要成亲的对象，很有可能，就是你的师父。”

“嗨，不碍事，不碍事，这总比被妖怪吃了好！”

“大圣，这你就错了，这世上有一种东西比妖怪更可怕，它叫爱情，妖怪吃肉，爱情吃的可是心！”

4. 黄眉怪的自白

一月的清晨相对要来得更晚一些，甚至在鸡鸣之后，平顶山下的某些角落仍然见不到半缕阳光。

那一夜，我们弹尽粮绝，伤亡惨重，最后竟是被那些只配在天宫当坐骑的妖怪一路追杀。

兄弟们在半山腰上传来的哀嚎，我至今仍无法忘却。

在他们的掩护下，我一路奔跑，终于累倒在了一片枯萎的灌木丛中，那一刻金角大王骑着一匹黑马追至我身后，他手持一把钢刀，在火光中露出了极为狰狞的笑容。

“你可以求饶的，然后把你的场子交出来给我做，兴许有一天我高兴了，还会赏你一口饭吃！”他的刀已经架在我的脖子上，生死只在他的一念之间。

“都已经沦落到去做妖怪了，我早已把生死置之度外，下手吧！”我闭上了眼睛，此时的我，只剩下这仅有的自尊了。

“好，那就如你所愿！”他再次举起了钢刀，与背后的那丝凉意一起袭来。

刹那间，我睁开了眼睛，只见一个矮小的身影从灌木丛中闪过，一道鲜血溅在了白皑皑的雪地上。

“放过他！”是那个少年挡在了我和金角大王的中间，他用自己瘦弱的身躯接住了这一刀。

他跪在地上，可怜巴巴地望着金角大王，就像曾经跪在我面前恳求我收留他时的表情一样，卑微得像是随时都会死在某个街角的角色。

我带他回城寨的那晚，他足足吃掉了五碗面，并对我发誓，以后再也不会向其他人下跪，他噘起的小嘴天真无邪，妖怪的身份与他格格不入。

有时候，他对妖怪的理解就像他作为一只妖怪一样失败，不会任何法术，也不通任何人情世故，只认为敢打敢杀就能混出一片天地，这像极了在天庭时的我，手持棒槌终日敲磬，以为天地万物没有了我，就会停止运转，可事实却总是截然不同。

鲜血继续滴向地面。

他仍然跪地不起，任凭金角大王拳打脚踢，面对此情此景，我甚至想不到如果还能活着回去，我该用什么来报答这个少年。

最后那一刀劈在他额头的时候，我终于按捺不住心中的怒火，凭借着仅存的那一口气举起了敲磬时的那根棒槌，冲向了金角大王。

5. 猴妖的自白

国王与师父的婚礼大厅富丽堂皇，大臣和宾客们早已经入席就座。

“师父这回真是瞎了眼，居然看上这样的人！”我和师弟乔装打扮混入了人群，站在大殿之外，二师弟指着那位浓妆艳抹的国王唏嘘道。

“不许诋毁师父，站在人类的审美角度来讲，我认为国王瞎眼的可能性更大一些！”三师弟无论何时何地总是拥护着师父，可是师父除了给他名字之外，什么也没给过他。

在师弟俩一唱一和的品头论足中，国王牵起师父的手，朝着王座走去，开始接受众人的祝福，令我疑惑的是师父的眼神里却没有一丝的不情愿，他们两人相识不过两天，要知道，妖怪们要吃师父也得考虑上三五天。

据说师父是在被蝎子精抓捕的途中与国王遇见的，国王派人从蝎子精手中救出师父，师父深受感动，便被国王带到了这里。

在这之后，师父不再念佛诵经，也不再净持斋戒，日子过得相当堕落，终日只陪伴国王逛后花园，看鸳鸯双栖看蝶双飞。

看着二人含情脉脉的眼神，我走出人群冲进了大殿，不顾众人的阻拦，要反对这门婚事。

国王的侍卫们很快就将我拦下，如果不是师父出面，恐怕我又会大开杀戒。

"这些年，为师累了……"师父挡在了我与国王的中间，"是该停下来顺应时代，找个老实人嫁了，我觉得国王她对我就挺好……"

"可你忘了五行山下我们的誓言了吗？"

"记得，但取经的路并不一定在脚下，也可以是在心里，西天也并不一定就在西边，只要你心中有佛，所看到的便都是灵山……"

"可我看不到你心中的佛！"在众侍卫的阻拦下，我举起棍棒执意要痛扁国王一顿，国王始终以背影相对，丝毫没有退缩的意思，这气势突然间令我产生了一种似曾相识的错觉。

"住手！"师父拽住了我的手臂，然后闭上了眼睛，"世间安得双全法，不负如来不负卿，从今往后，我不再是你的师父了，就此别过吧！"

"师父……"突然之间，我开始头疼欲裂，师父还是没变，总是一言不合就念起了紧箍咒，我捂着脑袋，倒向地面。

世界天崩地裂，随之崩塌的不仅仅是眼前的画面，还有曾在我心中住了长长久久的师父。

6. 黄眉怪的自白

他昏迷了整整一个月。

一个月后，伤口虽然全部愈合，但他脑门上的那道疤痕至今无法抹灭，也正是因为这道疤，他眉宇之间的那股傲气也荡然无存。

"他的脑袋受了重创，什么也记不起来了，凡事都不要去刺激他，以后的日子多给他些快乐吧！"这是大夫离开时留下的嘱咐。

大夫显然不太了解人生，其实，对于一个碌碌无为的妖怪而言，失去记忆，本身就已经是一件很快乐的事情。

所以我并不打算让他想起什么，他也不愿再想起什么，闲来无事的时候，我会带他去城寨外走走，只是他沉默寡言，我再也看不到他脸上的笑容。

那天积雪融化，皮影戏班子如期而至。

如果我记得没错，戏班子演的正是一出《大闹天宫》的戏，在锣鼓唢呐的伴奏下，孙悟空的剪影上蹿下跳，从王母娘娘的蟠桃宴一直演到了与二郎神的对决厮杀。

他就伫立在白幕布前足足看了两个时辰，也足足笑了两个时辰，他已经很久没这样开心过了。

三天后，戏班子收拾行头离开了城寨，他站在舞台上的白幕布前，痴痴地等候了一天，戏班子再没有回来，他的脸上也再没有笑容。

“孙悟空后来怎么样了……五行山在哪……他死了吗……”于是，他逢人就问，却没有人告诉他故事的结局。

久而久之，他学着戏中的人物耍起了棍棒，也学着戏中的台词大呼小叫，所有人都认为他疯了，只有路过的孩子们会不明所以地为他鼓掌呐喊，在欢呼声中他越演越起劲，戴上了自己亲手打造的金箍遮盖住了额角的伤疤，一时之间，他甚至就把自己当成了孙悟空。

“我去城里把最好的戏班子请来，”台下，阿牛怜悯地望着少年，“只要他高兴，就只演给他一个人看！”

“不必了，我们就是最好的戏班子！”我叫住阿牛，突然想到了一个报答这个少年的方法。

“什么意思？大哥，我没听明白。”阿牛摇着红色的脑袋，一脸的疑惑。

“你和阿松带上几个兄弟，去把这片山头收拾收拾，建一座西游乐园，什么火焰山，什么盘丝洞，全给我安排上！”

“我们不卖仙丹了吗？”

“不卖了，我们的命，是他给的！”我默默地抽了口烟，做出了可能是一生之中最伟大的决定，“从今往后，他就是我们所有人的齐天大圣，他若要大闹天宫，我们就陪他破碎凌霄，他若要修成正果，我们就陪他一路向西！”

7. 猴妖的自白

等我从城门外醒来，师父已经与国王入了洞房，陪伴在我身边的只有两位师弟。

“大师兄，天色已晚，我们该启程了！”二师弟像什么都没发生一样一把将我从地上拉起。

“可师父他……”我疑惑地看着城门内，期待刚才发生的一切不过是一场梦。

“师父他动了凡心，就不再是我们的师父了，”三师弟背起了行囊，“我们一路向西，总会遇到新的师父的……”

“难道说我们之前保护的那一位，并不是真正的师父！”我抓耳挠腮，更加迷茫了。

“一路以来，我们保护的并不是师父，而是我们心中的那份执念，师父只是我们为了严以律己所幻想出的泡影，他或许存在，又或许不存在！”三师弟这么强行一解释，又差点把我给说服了。

看着空荡荡的马鞍，我仿佛真的看到了师父的幻影，他身披锦襕袈裟，手握九环锡杖，指引着我们前进。

离开女儿国没有几步路，天空忽然阴云密布，一道黑色的烟雾在我们的头顶划过。

黑烟袭去的地方正是女儿国国王寝宫的方向，如果我猜得没错，危险绝对是冲着师父去的。

师弟二人面面相觑，然后大喊一声“不好”便先我一步冲进了城门直奔皇宫而去，这架势和曾经遇到妖怪只比划两下大喝两声时的态度完全不一样。

皇宫内外一片狼藉，一路上都是打斗过的痕迹，侍卫们横七竖八地卧倒在地奄奄一息。

“不好了，师父被妖怪抓走啦！”三师弟不断踱步徘徊，情绪显得异常激动，这句话他说过不下一百次，唯有这一次带着感情色彩。

“我知道！”我左顾右盼，寻找师父的身影，却只看到了趴在王座上无法动弹的国王。

“不是，师父这次是真的被妖怪抓走啦！”三师弟指向了皇宫上方的屋顶，银白色头发的男人正捆绑着师父准备离去，他的背上还有一个巨大的紫金葫芦。

我不太明白三师弟话里的意思，但我知道，在这个时代，敢打扮成这样的人，必定是妖怪无疑。

我用棍棒撑起身体跳上了屋顶，朝着银发男人离开的方向追去，追至树林深处，他索性不再奔逃，一掌将师父击昏在地，拉开架势要与我大战。

“何方妖孽！”

“平顶山，银角大魔王！”他扎起了飘逸的银发，在额角露出一个“银”字，死死地盯着我，“你又是谁？”

“取经人，孙悟空！”

“你就是孙悟空！”听到我的名字，他哈哈大笑，和以前遇到的妖怪不一样，不仅没有倒吸一口凉气退缩，反而更是来了兴致。

他果断摘下了背上的葫芦，狠狠地按在了地上，撕开封印的一刹那，树林间雾缠云绕狂风四起，仿佛这葫芦要吞没整片天地。

“孙悟空，我叫你一声，你敢答应吗？”

“来！”

“孙悟空！”

“你爷爷在此！”

8. 黄眉怪的自白

这出戏，我和我的兄弟们陪他演了三年。

阿牛是所有人当中最为可怜的一个，他总冲在最前面，因为剧情需要，他经常会卖力地演出，被打得头破血流，在人手不够的情况下，他甚至还要带伤上阵。

如果不是那个秃子趁着少年出去化缘之际偷偷溜走，我完全不需要阿牛和阿松的登场来拖延时间。

在阿牛拖住少年的期间，我大费周章地找到了秃子，他却以死相逼，不肯再次扮演师父的角色。

“人生如戏，戏如人生，我本是一名戏子，三年前被尔等绑架于此，逼迫我削发为僧，背诵经文，并强行收下三名妖怪为徒……”秃子被我绑在了石柱上，他一脸的不情愿，“今天我就把话撂这儿了，这辈子我是不会再踏入这个舞台了！”

“敢问先生，这又是为何？”

“没别的，就是想回归生活回归平凡，我为了你这出戏，可是三年没吃过肉，三年没碰过女人了！”秃子不愧是艺术家的典范，身处舞台，时刻尽心敬业，这一点令人十分敬佩。

“好，这一次我替你还俗，全部安排上！”无奈之下，我也只好安排女儿国这场戏以这样的结局收场，为此我甚至男扮女装，出卖色相客串出演了国王一角。

只是没想到这样的故事不仅仅把那少年给骗了，连狡猾奸诈的金银角兄弟也信以为真。

平顶山的那一战，我虽然一败涂地，但金角大王也被我打得元气大伤，长期以来一直在家中休养，所有事物都交予弟弟银角打理。

前些日子，听闻他已是病入膏肓，四处寻找妙药良方，然而，所有大夫都无可奈何，开出的药方中都有共同的三个字——唐僧肉。

他们窥视戏台上的唐僧已久，竟真以为取经师徒没了盘缠，必须下海做戏方能凑够经费，如今他们见和尚意欲还俗，怕秃子破了戒就会失去疗效，所以才会迫不得已提前下手。

不过，这也不怪他们，人在求生欲的驱使下，总会相信他们愿意相信的东西，这也是他们的仙丹总能卖到脱销的原因。

尽管他们自己一口也不吃。

就在我和阿牛犹豫着此时是否该告知所有事情真相的时候，二师弟的扮演者胖子却急匆匆地跑来告诉我，那个少年已经在营救秃子的路上了。

9. 猴妖的自白

关于我为什么没有被银角大王的紫金葫芦收走，国王和师弟们给出过这样一个解释——那紫金葫芦其实就是个假货。

不过即使是真的，我也从来没有怕过对方，在之前的交手中他能够溜走，仅仅是侥幸。

于是，我孤身一人前往平顶山。

可是平顶山如此之大，我完全不知道他们将师父藏于何处，无计可施的我恰好遇到了一个小妖，将其制服后，我换上他的衣服潜入了他们的老巢。

“阿银，我这几天一直在想，要不咱们回去吧，跟太上老君认个错，继续烧我们的锅炉，不要再贪恋人世间的风景了。”我为金角大王递药，无意间听到了他绝望的哀声，他声音虚弱，命不久矣。

“大哥，你看窗外，这哪儿是风景，这都是你打下的江山呀！”银角指着外面，“你再给我两天时间，我一定将那和尚带来给你补身子。”

银角的话让我一震，他分明就是在撒谎，师父明明就在平顶山，看来他抓师父是另有所图。

“那唐僧就在咱们手里，可你为何要瞒着大哥？”走出莲花洞，我以小妖的口吻追问银角。

“用不了几天大哥就要归西了，物尽其用，人尽其才，精细鬼，你还没看出来吗，这平顶山上下只有我银角大魔王才有资格享用唐僧肉！”

银角正说着，掏出钥匙打开了地窖的大门，这里应该就是关押师父的地方，看来他已经迫不及待地对师父下手了，我立刻躬身紧随其后。

再次见到师父的时候，他已经衣衫褴褛，满脸胡楂，虚弱得说不出话来，看到我与银角进入地牢，他先是兴奋地张了张嘴，又遗憾地叹了口气。

而这边，小妖们已经支起了炉灶，燃烧的柴火照亮了师父惊恐的脸庞。

师父常说一切有为法，生死皆有定数，曾经无数次被扔进蒸笼，他都是一副无动于衷泰然自若的样子，坚信我一定会及时出现化险为夷。

每次遇险过关之后，二师弟总会和我探讨打怪的心得，就连三师弟也会忍不住一唱一和嘲讽妖怪的各种有趣死法，只有师父是沉默的，仿佛在他看来，无论被抓被煮，都只是个没有结果的过程，所有的障碍亦是浮云。

但这一次，师父却害怕得浑身颤抖，那绝望的眼神，我之前从未见过。

“师父别怕，我来救你了！”我腾空跃起，一脚踹翻了炉灶。

“怎么又是你！”银角将手一挥，地窖内油灯亮起，他也终于看清了我的脸。

滚烫的沸水从我脚下流过，蒸汽弥漫在空中，我掏出了棍棒，势必要与银角完成之前未完成的战斗。

10. 黄眉怪的自白

很显然，少年绝不是银角大王的对手。

但让我没有想到的是，他因为角色的代入，发挥出了极大的潜能，居然能与银角大王斗到天昏地暗。

待我们赶到平顶山的时候，他已是奄奄一息几近昏迷，仅仅是靠他的棍棒支撑着身体。

“师父，大师兄，我们来晚了！”胖子和大胡子二人连妆都来不及化便率先杀进了地窖。

一场激烈的厮杀之后，我们终于救出了少年和秃子。

在少年的保护下，秃子居然毫发无损，他始终将秃子挡在身后，再一次完成了自己作为大师兄的使命。

“我跟你们千叮咛万嘱咐，不要再伤害他的脑袋，你看看，这让我如何是好！”看着躺在病床上一动不动的少年，大夫发怒了。

“大夫，你知道的，我们做妖怪的，恩怨甚多，打打杀杀总是难免的，你想想办法，无论如何都要救活他！”听完大夫的抱怨，我和阿牛几乎都要给他跪下了。

大夫妙手回春，终于将他弄醒。

昏迷了多日之后，他又生龙活虎地一蹦三尺，甚至有些变本加厉，更加狂热，执意要继续踏上西游的征程，却不知道自己只剩下三个月的寿命了。

站在城楼之上，我再次抬头望着他西去的背影，不禁叹息，事已至此，或许这场荒诞的西游之旅，只能用荡气回肠来收尾了。我派旧日班底跟随少年，并让他们以三个月为期，时间到了，待他过足了戏瘾，必须返回。

与此同时，我花重金召集城寨内外的男女老少，他们奔着赏金，纷纷通过自己对西天世界的想象勾勒出了各种版本的设计图纸，我收集了其中的一些建议和想法，并在最短的时间内建造出了一座气势磅礴的雷音寺。

三个月后的某个清晨，大功告成，我化身如来坐于大殿中央，闻着尚未风干的油漆的气味等待着那个少年的归来。

朝阳初上，八十一级台阶下，四个熟悉的身影正朝着我们走来，随着大殿的大门吱呀一声打开，久违的新鲜空气终于扑面而来。

如果再晚来一步，我可能就要被油漆味熏昏过去了。

“师父，有妖气！”有人说话。

是他？

“胡说，这哪是妖气，这分明是油漆味！”被唤作师父的人不是秃子。

“雷音寺经历过千万年风雨，为何会有油漆味？”

“没准他们是为了迎接我们的到来，将这里重新装修了一番。”说话者进入大门后干脆盘腿而坐，“为师说它是它就是，反正我是走不动了！”

“好，一会儿妖怪跳出来的时候，你别吓得尿裤子！”

在二人的争论中，我睁开了双眼，将手一挥，点亮了殿内的烛火，在烛光的照射下，我看清了他们的面容，行头打扮居然与我要等的人一模一样，只是眼前这几人的脸上多了几分沧桑。

“怎么回事，真假美猴王的梗我们去年不是用过一回了吗？”身后敲着木鱼的阿牛也将目光投射在来访者的身上。

“不，这出戏不叫真假美猴王，而是真假雷音寺，眼前的人也不是别人，而是真正的孙悟空！”说话间，我从怀里掏出了金铙，那是我从天上带下来的法宝，它发着金光，法力还在。

“大哥，你可得考虑清楚，对方可是孙悟空！”阿牛死死地拽着我，咬着牙，摇摇头。

阿牛的顾虑，我在片刻间也想过，但那又怎样，他的到来必然会揭穿我所有的谎言。

在这座雷音寺，只能有一个孙悟空。为了少年，我想我必须要做点什么了。

11．猴妖的自白

平顶山一战后，师父和师弟们变得异常奇怪。

师父不再骑马，而是让给了我骑，二师弟不再偷懒，争抢着要去化缘，遇到妖怪时三师弟不再胆怯，第一个冲在前面，迅速解决一切。

三人就像太监一样围绕在我身边伺候着我，这让我很不自在。

“你们看，前方就是雷音寺了！”师父牵着马，指着远方的山岭，一座美轮美奂的建筑被雾气围绕，仿佛凌空建于山顶之上。

我们拾级而上，他们三人都显得异常兴奋，我几乎是被抬着上去的，抵达雷音寺的时候，已是黄昏。

“快带他离开！”大殿内一片昏暗，在一尊破碎的佛像身后，一个如来模样的人躺在地上声嘶力竭地喊道。

“如来？”在师父和师弟面面相觑之际，我冲到了他的身边，他已奄奄一息，处在弥留之际。

“他不是如来！”大殿的角落，传来一个奇怪的声音。

“谁在说话！”我转身望去，角落里只有一个巨大的金铙。

“是我，先放我出来！”

我掀开了金铙，一个长相与我相似的人站在了我的面前，只是他头顶的紧箍会发光，他手中的棍棒更有光泽。

“初次见面，我叫孙悟空！”

“你说你是谁？那我是谁？”

“你，只是黄眉怪的一个手下！”他拍了拍身上的尘土，指着地上如来模样的人，“他就是黄眉怪，为了你，他搭建了这座雷音寺！”

“你胡说！”

“难道你没看出来吗，这雷音寺是假的，这如来是假的，所以，就连你，也是假的！”

在他的一语道破下，我再次头痛欲裂，曾经所有的一切像刀片般划过我的大脑。

“假的又怎样，像我们这种人，只有接受了这个世界的虚伪才能够活着，而你不一样，你活着，是为了改变这个虚伪的世界！”迷迷糊糊中，我再次听到了黄眉怪的呐喊，说完他双眼一闭，再也无法醒来了。

“你杀了他！”我挣扎着站起，质问着眼前的孙悟空。

“杀他的人不是我，是银角大王！”他俯身捡起地上的棍棒，朝门外走去，“就在他用金铙困住我的时候，银角大王乘虚而入，杀死了他，又掠走了我的师父！”

“等等！”

“我现在要去救我师父，没空跟你解释！”

“我陪你去！”

“你？”他不屑地打量着我，冷笑道，“你有何资格跟我一同战斗，你不过是个在这个虚假的世界中自我沉迷的冒牌货！”

“哈哈……”

“你笑什么？”

“你觉得你就是真的孙悟空吗，我看只不过是你的舞台更大，道具更精致，观众更多，所以真真假假，你以为真有那么重要吗？”

溺紫

溺紫

盲目乐观，虚假积极的二次元老阿姨。

伦敦艺术大学出版学硕士，小说作家，动画编剧，漫画脚本作家，浙商总会影视协会成员，浙江省网络作协成员。

曾参与策划第三届英国万象国际电影节、ZIPANGU 日本电影节。

作品：《迷宫街物语》《异人录》《金陵十二蕉》《我无法结婚的十二个理由》。

鲛 家

自反而不缩，虽褐宽博，吾不惴焉；自反而缩，虽千万人，吾往矣。

——《孟子》

一

东极岛向北是嵊泗列岛，向南是舟山沈家门，向西是岱山岛，向东是漫漫无垠的外洋，东极岛是这个国家最东面的岛群，远离大岛大群，天地自在。

青浜岛是东极岛中的一座岛屿。杨海尔一家就住在青浜岛上。一大家子现在有七口人——杨海尔，杨海尔的阿爸、阿妈、大姑、大姑父、小舅和沈朝青。杨海尔是家里最小的崽。家里有四间土房,吃饭的时候家人聚在一起,不吃饭的时候各自出去忙活。

虽然表面上杨海尔一家子和青浜岛上土生土长的渔民几乎没有什么两样，但事实上是不一样的。

杨海尔他们不是这个岛上的原住民。杨海尔三岁那一年，也就是 1928 年，他们举家搬到岛上。

杨海尔的大姑父有一艘渔船，捕鱼是他们主要的营生。那是粮食紧缺的年代，海岛上的渔民们虽然日日辛苦，但得了自然的恩赐，还能够吃上粥米和海鲜。

大姑父还是个抓虾好手，他研发的捕虾笼在青浜岛上是最抢手的捕虾工具。

杨海尔六岁左右最喜欢吃虾。一个人一餐能啃掉三斤虾子。六岁的杨海尔喜欢吊着大姑父的脖子，与他说："海尔要去捕虾子，捕大虾子。"

大姑父大声笑着揉他的头。

杨海尔是这一大家子唯一的崽，全家都疼他。

杨海尔七岁，大姑父带着他出海。船行至一半，风雨忽至，渔人们在甲板上熟练地忙碌开来，这不是一场很大的风浪，船上的渔人应付自如，有说有笑。

只有杨海尔紧张地捉住船板，他匍匐着，久久凝视海上的一个小白点，出神。

大姑父对杨海尔说："那是鲸。"

杨海尔眯着眼睛去看。

大姑父："在外洋，有很多鲸，舟山的老渔民总说这海上的风雨都是鲸带来的。"

杨海尔爬到甲板的围栏上，爬出半个身子，他张望得极其用力，然而就在他看到鲸鱼身体的时候，鲸鱼沉下去了。

杨海尔："鲸落下去了。"

大姑父："嗯。它快死了。这是那条鲸鱼在海天之间最后一次掀起风浪。"

杨海尔焦急起来。

"海尔要去救它。"

七岁的杨海尔还不会游泳，却猛地冲向了海水，他在海水里胡乱扑腾。在一旁的舵手大冲哥想也没想，丢下手上的舵，纵身下海，把杨海尔捞了起来。

杨海尔从海里上来，浑身发抖，他打了两个喷嚏，呼吸急促地看向那片刚刚几乎吞噬了自己的海水。由着那片海水往前推送着一阵接一阵的浪花，朝着外洋鲸落的方向，杨海尔久久地眺望。

外洋的鲸死了。

大姑父告诉杨海尔，鲸鱼死后，尸体坠落海底。但死亡不是鲸鱼的结束，鲸鱼死后，它硕大的尸体成为大海的养分，供养海底其他生物，长达百年。

那是一种巨大的慈悲，蓝色的巨大慈悲。

那次之后，杨海尔经常偷偷跟着渔人出海，也很快学会了游泳。他时不时逃学去海里，一去就是大半天，没人能找得到他。

杨海尔的班长终于忍不住了，干脆蹲在浅滩等他。

班长："杨海尔你知不知道你又害我们全班被老师骂了，不上课整天往海里跑，你究竟在干吗？"

杨海尔："我去外洋看鲸。"

班长愣了半天，哑然失笑。

班长："哎，杨海尔你是不是傻？你靠游泳能游到哪里？我家有大船，带你去外洋看鲸啊！只要你乖乖听班长的话……哎！杨海尔！给我回来！"

杨海尔不等班长啰嗦完，头也不回地跳进了碧蓝的大海，留下班长一个人在浅滩骂骂咧咧："切，鲸有什么好看的！"

那个时候，杨海尔也不知道外洋的鲸有什么好看的。他只知道自己内心有一种莫名的热望，他想在外洋徜徉，看看那里的生物。

阳光照耀到杨海尔的身上，海面泛起一层浅浅的光，渐渐地，光在杨海尔的身上折射出许多色彩——杨海尔身上长出了七彩的斑。

杨海尔无奈地从海水里上来，精壮少年的身体上挂满了宝石一般的水珠。水珠是七彩的，在阳光下格外好看。

杨海尔看了看自己身上的水珠，那些还是普通的水珠，没有任何色彩，水珠反射的七彩是他皮肤上的斑。

二

杨海尔十岁的时候，他的脸掉下来了。

当时一大家子正在吃饭，杨海尔放下了筷子，摸了摸自己的脸。阿爸、阿妈、大姑、大姑父、小舅、沈朝青六个人十二只眼睛看着他。

杨海尔的脸上滑出一条浅浅的痕迹，脸上的皮肉顺着这条痕迹滑开，形成了一个奇怪的器官。

阿妈捉住阿爸的手。

阿妈："他爸，海尔滑鳃了。"

阿爸："看到了。"

阿妈："哎呀！我的儿子滑鳃了！"

小小一家子紧张起来，阿妈的手在杨海尔的脸上摸了又摸。阿妈好像哭了，应该是喜极而泣。阿妈在原地跳了几下，小舅拍了拍阿妈的肩膀："阿姐，你冷静点，你吓着孩子了。"

杨海尔并没有那么容易被吓到。

因为他们是能在地上行走，也能在水里生活的鲛族。

鲛人成年了，就会滑鳃。这没什么大不了的。滑鳃，是鲛族成年的标志之一，小鲛人滑鳃之后，身体机能便会迅速增长，这意味着小鲛人可以不用待在父母的身边，可以去到更广的海域独自远航。

"阿妈，阿爸，大姑，大姑父，小舅，朝青叔，我滑鳃了，要去远航，去外洋。"杨海尔说。

空气又一次沉寂了。

杨海尔不知道大人们为什么沉默，于是坚定地又把他的想法说了一遍，这次更加掷地有声。胆小的阿妈紧紧地抓住了杨海尔的手。

阿妈："杨海尔，你现在是滑鳃了，长大了，可你要记得，现在不比你小舅那会儿，一切都和从前不一样了。"

鲛人一直以来都生存在陆地与海洋之间。鲛族最近面临一个不解之题——鲛人的生育率急速下降。

每个鲛家都为小家庭的延续而费尽心力，但是鲛家的小崽子越来越少了。

像杨海尔这样的小崽子，鲛家更是百倍呵护。

阿妈："我们鲛人越来越少了，我们一家子选择在岛上生存，就是为了活下去。陆地上的一家子都是生活在一起的，没有人要去远航，更不准去外洋。"

杨海尔登时觉得十分委屈，压抑在心中的不服气与不甘心喷涌而出。

杨海尔："待在岛上，我们鲛族就能延续下去吗？"

阿妈沉默。

这个决定是作为一家之主的大姑立下的。大姑为了这个小小的鲛家能开枝散叶付出了很多，也被许多鲛人谴责，甚至还被几次驱逐。但既然是一家人，全家都支持大姑的决定。于是他们来到了南方，来到了青浜岛。

杨海尔也不是不能理解，只是他年少气盛，难以自制，他甚至有些愤然："我们是鲛族，小时候阿爸就跟我说，我们是海里最凶猛的野兽，能单手打过座头鲸，能手撕虎鲨。为什么我们能安居在小岛上，却不能去外洋生活？"

阿妈看了一眼阿爸，阿爸转过头去，安静地吃虾。

阿妈原本并不委屈的，可看着阿爸这事不关己的样子，心里便涌上一阵委屈，哇的一声哭了出来:“杨大军，你去跟座头鲸打一架我看看？你还手撕过虎鲨了？都怪你，我的崽子不要阿妈了。”

阿妈哭了，杨海尔那股子少年的烈性放不出来收不进去，十分憋屈地卡在了原处。

一大家子严肃而凝重地看着杨海尔，仿佛他做了一件罪无可赦的事。最后，杨海尔无可奈何地叹气，跟阿妈道了歉。

杨海尔不喜欢阿妈流眼泪，如果可以，他希望阿妈一直有好看的红棉袄子可以穿，他希望阿妈每天都晒着太阳啃她的马步鱼鱼干，他希望阿妈平安喜乐，可是鲛族的人越来越少了，鲛家也越来越少了，他们的未来又在哪里呢？

三

杨海尔十二岁了。

最近,大姑不让杨海尔下海。因为海上变得不安宁了,嵊泗列岛被外来的军队占领，岛上驻扎着他们听不懂语言的外国人，他们的巡洋舰带着炮弹和鱼雷，随时可能把海里的任何东西炸得稀烂。

杨海尔终于只能顺着班长的意，安安分分地上课。

杨海尔不能出海，于是下了课就在跑道上瞎跑，十圈二十圈地跑，仿佛不知疲倦。

放学的时候到了，他也不想回家，直到沈朝青来叫他。

沈朝青是杨海尔的家人，也是杨海尔的物理老师，杨海尔叫他朝青叔。

朝青叔和他们有点不一样，他是南方的鲛，杨海尔他们是东北的鲛。

大姑父曾说，朝青叔有南方的家人，但是他的家人都死光了，于是就和他们生活在了一起。

杨海尔：“怎么死的？”

大姑父：“被人活生生扒了皮死的。”

大姑父说这些的时候，脸上没有了以往的潇洒，他深长地叹了口气。鲛人身上的七彩皮是洋人极其喜欢的东西，更有一群英国贵族对东洋的鲛人皮有着谜一样的执着，英国人对此出手极其阔绰。

于是鲛人皮成了鲛贩子眼中的金和银。他们疯狂地走私东洋鲛皮，再贩卖去英国。

但他们压根不知道鲛人皮的真正意义。

沈朝青小时候不懂事，在人前暴露了自己的七彩皮，被鲛贩子盯上。鲛贩子坏得很，先不杀他，在海上蹲点捕他的全家。

沈朝青一家子就这样没了。当时正去东海远航的小舅把沈朝青给救了，于是沈朝青就跟着小舅回到东北老家。

杨海尔没有见过鲛贩子，但他时常会在脑海里刻画他们的形象。这个时候，杨海尔的眼里充满了戾气。

杨海尔还在操场上长跑，他已经跑了六十七圈了。

沈朝青在操场上的歪脖子树下看着杨海尔。

他看他一直跑，身上的力气怎么也散不尽，直到他跑到歪脖子树下，看到沈朝青，沈朝青的手朝他挥了挥。沈朝青的手里拿着一块虾饼。杨海尔看到虾饼，咽了咽口水，停下来了。

夕阳下，沈朝青领着杨海尔回家，阳光将沈朝青的影子拖得长长的。

杨海尔："朝青叔，阿爸说我们是东北鲛，怎么来的南方？"

沈朝青一身儒雅气质，双手插袋，挺直了身子，道："你三岁的时候，东北海军势头正旺。没记错的话，当时，东北海军有三艘巡洋舰、一艘驱逐舰、一艘飞机母舰、十二艘炮舰、六艘炮艇、三艘运输舰，还有一个水上飞机队，两个陆战大队。总共三万多个兵。东北的鲛族比南方鲛族更亲人一些，喜好住在近人的地方，这一下子，人人自危，没了立足之地。只好南迁到了这里。"

他们是被迫离开大海的。

"为什么我们不去外洋？"杨海尔问。

沈朝青轻轻一怔。杨海尔看着沈朝青，海风吹拂过他青涩的脸庞。

沈朝青："因为我们是鲛人，我们离不开海，也离不开人。"

杨海尔："可我听说，东海的外面也有鲛人。"

沈朝青："你说的是太平洋沿岸，美国？"

杨海尔不明所以地摇了摇头，他对沈朝青所说的地理位置很陌生，但眼神里却闪烁着好奇和喜欢。

沈朝青继续说道："你说的不错，从种群上来看，我们是亚洲鲛人，欧洲人称我们是东洋鲛人。跨过太平洋，那里是美洲，美洲的鲛人我从来没有见过，但也听长辈说起过，理应是存在的。”

杨海尔听到这里，表情更激动了。

杨海尔：“朝青叔，英国人、日本人、美国人都能来我们的岛上，为什么我们不能去外面看看呢？我想去看看美洲鲛人。”

沈朝青用一种费解的目光看着杨海尔，这是他漫长的鲛族生命里第一次听到这样的话。

四

杨海尔开始偷偷准备去外洋。

他是鲛族，在海里，渴了喝海水，饿了吃鱼虾，几乎不需要任何物质准备，唯一需要的是足够强健的体魄。海洋和大陆不一样，大陆相对静态，海洋相对动态，瞬息万变，深不可测。

他先尝试从青浜岛开辟自己的航线到庙子湖岛，这个时候杨海尔才发现，洋流一年四季都会变化，他需要掌握的不仅仅是路线，还有时间、天气，一切看似不经意的小意外在海上都可能成为致命的因素。

这一年来，绕过渔人的捕鱼航线已经让杨海尔精疲力尽。而海中还有更叫人毛骨悚然的东西——美国的，日本的，英国的巡洋舰，它们像是巨大的海兽盘踞不去。

杨海尔有些力不从心了。

杨海尔十三岁的时候，大姑父和大姑生了头一胎，是个女娃。女孩子漂亮极了，叫灵灵。大姑的做法是对的。鲛家迎来了新生。

那次生产，杨海尔头一次看到大姑哭。

杨海尔看到鲛家的顶梁柱、凶悍如猛虎的大姑，被一个婴儿折腾得满脸汗泪交织，天可怜见。

吊儿郎当的大姑父也说不出俏皮话了，他急得满头大汗，全程跪着伺候大姑。

杨海尔悄悄地走到沈朝青身边，低声问：“大姑那么凶猛一个人都疼成这样，生崽子真的那么疼啊？”

沈朝青：“这得问你阿妈。”

杨海尔环抱双臂，抖了抖，他难以想象，自己那个爱哭的软弱的阿妈……竟然能承受这么大的痛苦。

鲛族生养非常不容易，承受的痛苦也是人类女性的好几倍，所以鲛族的女性大都是一家之主，这么算来，鲛族应该是教科书里说的母系氏族社会，但好像又不太一样，这种关系没有所谓“天尊地卑”，而是一种互相认可。

沈朝青:“这就是鲛族。也不光是鲛族，每个种族为了延续下去，个体承担相应的、不同的苦难，然后互相扶持，走到未来去。”

杨海尔不太明白，只是心下无故一软。

他是阿妈的苦难，可他能够是阿妈的未来吗?

他不是不疼爱阿妈，但他的身体在迅速地成长，骨骼如荆棘般顶着他，他不得不变得更加强壮，去到他想要去的地方。

杨海尔忽然觉得手上传来暖意，是灵灵的小脚丫踢到了他的手掌。

灵灵被大姑父抱着躺在草床上，土房里充斥着鲛家的笑声。

杨海尔希望每个鲛家的笑声都能像他们家一样，在土房里或是在海中某个地方，久久地延续下去。

五

灵灵出生之后，时常会有杨海尔不认识的叔叔阿姨过来看灵灵。

杨海尔难以想象，居然会有这么多的鲛族特地上岸来看灵灵，他们有的来自渤海，有的来自黄海，有的来自南海，还有更多来自内陆的山河湖泊。他们温柔地抱着灵灵，给她带来各种各样的宝石。其实，就连大姑也不理解。

因为大姑决定来岛上生活，许多鲛家都不再搭理他们了，甚至还有咒骂他们的。

但怎么这么多鲛族来看灵灵?

经常在海上走动的小舅是知道原因的。

1937 年，淞沪会战。日本海军动用了两个整建制舰队以及其他舰队和基地的大批舰船、舰载航空兵和岸基航空兵一半以上的飞机、约万名海军陆战队投入作战。那之后的一年时间里，海域里再也没有安生之日了。江里的、河里的、海里的鲛族几乎停止了繁殖。

小舅 :“海里的鲛族说，灵灵可能是鲛族最后的崽。”

小舅说完，海风在门前呼啸而过。

整个屋子里一片寂静。

杨海尔不要灵灵成为鲛家最后的崽。

他希望灵灵也能有自己的崽。

灵灵两个月就会走路了，两岁的时候就能快跑，四岁的时候已经比大人都要跑得快。灵灵喜欢跟着杨海尔。

“杨海尔，那是哪里？”灵灵指着海面问。

杨海尔：“那是嵊泗列岛，那个方向是舟山沈家门，西面是岱山岛，东边……”

东面是漫漫无垠的外洋。

灵灵扑闪着大眼睛，眼睛里映照着万千的星辰。

那阵子，杨海尔对自己的远航犹豫不决。也许大姑是对的，毕竟灵灵诞生了，只要生活在岛上，他们就能活下来。但他们要永远生活在岛上吗？

就这样，杨海尔时常几个小时泡在海里。

1942 年，海里的巡洋舰越来越多了，他们在青浜岛上也时常能听见震耳欲聋的炮声。

1942 年 10 月 1 日，那天东极岛是难得的好天气，海面风平浪静。杨海尔、班长和灵灵在浅滩上漫步。

此刻的海面上漂浮着奇怪的星星点点。

“那是什么？”灵灵指着海面上花花绿绿的布匹、罐头。

杨海尔和班长探出头去，认真地看着海面上的异物。而在这些货物中间，猛然蹿出一个人脸。

“是尸体！”

班长说完，又补了一句：“是洋人的尸体……”

六

海面上漂浮着大量的洋人。灵灵大叫一声，大惊失色地躲进杨海尔的怀里。

在舟山外洋巡逻的一艘美国潜艇“鲈鱼”号在它最低的射程范围内向一艘被日军改装的货轮“里斯本丸”号发射了三枚鱼雷。“鲈鱼”号向“里斯本丸”号发射第四枚鱼雷的时候，终于击中船体，大船被击中后没有马上沉没，二十四小时后，大船开始下沉。

出现在他们面前的是一艘沉没中的大船。

但那也不仅仅是一艘普通的货运船，上前舱和中舱不断涌出金发碧眼的英国人，而正在船上撤离的日本军人疯狂地向他们开枪扫射。

那些英国人终于艰难地打开了压舱板，爬上了甲板，却被子弹击中，倒了下去。

幸而逃生的人朝着海上一切可见的船只求救。

杨海尔讶异地望着他们。

杨海尔：“得救他们。”

班长：“我去找人。”

班长向着渔船停泊处跑去。

杨海尔脱掉了上衣。灵灵的小手拉住了杨海尔。

灵灵：“海尔，阿妈说洋人要剥我们的皮。不要过去。”

杨海尔摸了摸灵灵的脸，对她轻声说：“他们不是洋人，是海上落难的人，青浜岛的人不会丢下海上落难的人不管。”

杨海尔游向沉没中的大船，船舱被锁住了，里面有上百个人，杨海尔潜入船舱，里应外合地打开了船舱被锁死的大门。

远处，班长他们也驾驶着渔船过来了，紧接着更多渔人的船相继赶到。

随着参与这场营救的渔民越来越多，日军停止了扫射。

杨海尔把困在船舱内的人一个一个拉出来，但是渔民的小船无法承载那么多的人。他们只能一批接着一批将人送到小船上。

杨海尔精疲力尽，他漂浮在海面上，沉沉睡去。

七彩的皮肤被月光照得发亮。

渔人们看着巨大的船只船头翘起，最后竖着沉入大海，掀起巨浪。

最后一批洋人被救了上来。

海上漂浮着大量的尸体，但是已经救不过来了。

夜晚降临，人们在岸上看到一层薄薄的光雾。

老一点的渔人说：“那是大海的安魂曲。”

那一天，舟山的渔人救了 384 名英国人。岛上的渔人无私地保护了这些陌生的异乡生命。后来，他们知道，那艘船上有 1816 名英军战俘，船分三个货舱，离船首最近的一号舱关押着英国皇家海军，位于船桥前部的二号舱关押着皇家苏格兰部队，位于船桥后部的三号舱关押着皇家炮兵和空军。后舱的战俘最终没能打开压舱板，全部遇难。

近千具英军官兵的遗骸被埋在那片海域。

杨海尔坐在礁石上，看着远处沉船的方向，近处浅滩上的英国士兵和渔人们费力地说着话，他们的脸上挂着沧桑，但也充满感激。一个英国中年男人朝着杨海尔跌跌撞撞地跑来，他说着一口不太流利的中文。

男人："你是活的。"

杨海尔："什么？"

男人："我看到你了，你在海上救了很多人，我看到了你的鲛皮，你是活的东洋鲛人。我没想到能在这里见到东洋鲛人。"

男人的眼里噙着泪水。杨海尔防备地后退。

七

男人："年轻人，请不要害怕，我叫查尔斯，是一个随军的生物学家。"

杨海尔："你想说什么？"

查尔斯擦了擦眼泪，平复了一下心情："我不知道该如何形容我的心情，见到你，我很高兴，比我能获救更高兴。我这次决定随军来到东洋，就是为了寻找你们。东洋的鲛人正濒临灭绝。在大西洋我们已经组织起海洋生命保护会。"

杨海尔悄声问："大西洋，也有鲛人吗？"

查尔斯与杨海尔对视，他蓝色的眼睛忽然明亮了一些。查尔斯有些焦急地寻找到一根树枝，蘸着海水，在礁石上画出一张杨海尔不熟悉的地图。

查尔斯："当然有，我的小鲛人。你们是亚洲鲛人，生活在这里——太平洋和印度洋沿岸。"

查尔斯在地图上画了几个圈。

查尔斯："亚洲鲛人的生活习惯和欧洲鲛人、美洲鲛人不一样，亚洲鲛人没有巡游的习惯，除了成年之后有一次远航，其他时间都与家人在一起，你们好像称之为'鲛家'。"

杨海尔："你见过很多鲛人吗？"

查尔斯摇摇头："我来到这里之后，只找到过一个鲛人少女，她和她的家人为了生存搬到岛上生活，然而她的鲛家还是没能孕育出新的生命，反而……反而遭受了鲛贩子的掠杀。”

查尔斯说着，眼泪又从他的眼眶里落下。

杨海尔不解又惶恐地看着查尔斯：“那我们变得越来越少，究竟是因为什么？”

查尔斯非常用力地摇头，他的表情夸张，让杨海尔不太习惯。

查尔斯：“不，我的朋友，没有人知道亚洲鲛人为什么会越来越少，也许是基因，也许是气候，也许是洋流，导致这一结果的可能性太多了，至今为止没有人探索到答案。”

杨海尔：“可你不是生物学家吗？”

查尔斯苦笑：“生物学家也是人啊，人是多么矛盾而渺小的生物，你知道吗？大海那么广阔，我们百年来只开发了眼下的航道，却已经引起了人类与人类的数次战争，人类自顾不暇。我们用自以为是的智慧去揣度这个世界的真谛。”

杨海尔不是很明白查尔斯的话。但他心中未熄灭的余烬又一次被点燃。

他低头去看礁石上的地图，手攥紧了自己的裤子。

青浜岛上的渔人花了相当大的力气，两天后，安全送走这些英国人。

他们走后，青浜岛没有恢复往日的宁静。

“最近青浜岛上来了几个外乡人。”班长说。

杨海尔没兴趣地摇了摇头。班长却警惕地拉着他，继续说：“他们打听鲛人呢。”

漫长的沉默之后，一个呼救的声音忽然打破了沉寂。

“海尔！救我！”

灵灵的声音从他们的身后响起。

灵灵不知道什么时候来了，她胡乱地走进了海里，一个猛浪卷走了灵灵，杨海尔吓得一个激灵，班长和他同时冲向了海里。

但灵灵没有沉下去，她的手脚迅速习惯了水的质感，在大海里自成韵律地摆动起来。大海仿佛是一个久违的长辈，心心念念灵灵的样子，在灵灵的脸上揉了揉，又生怕她畏惧，而不得不放开手。灵灵被海浪送回了浅滩。

杨海尔抱起灵灵：“谁让你下海的！”

杨海尔的声音好大，他把灵灵吓哭了，也把他自己给吓到了。

那一瞬间，他居然觉得自己像极了大姑。

杨海尔回到家的时候，大姑抱着灵灵，神情肃然地看着杨海尔。杨海尔不敢看大姑。

大姑不说话，狠狠地拍了拍灵灵的背脊，杨海尔看到灵灵背脊上闪耀的七彩皮，心中一紧。

杨海尔："大姑，灵灵和我们不一样，海水保护着灵灵。我看到了。"

大姑的脸色很差，全家的脸色都很差，他们不想听杨海尔说这些话。

大姑："你还记得你阿妈说过什么吗？"

杨海尔低头不说话。

大姑："杨海尔，我们一家子，活着已经很不容易，你还想要什么？"

大姑父也劝他："海尔啊，外面有什么好去的。地的尽头是海，海的尽头是天，天的尽头还是地。这就是我们所生活的世界。"

杨海尔焦灼地沉默着。他不是查尔斯，他贫乏的语言无法准确描述他心中那幅庞大的画卷。

八

十月末的一个夜晚，秋风给小岛带来了寒意，杨海尔毅然地跑向了海滩。

他决定不告而别，游出了浅滩，他脸上的鳃在海水的润滑中显现出来，他的身体在海水里变得像一颗出了膛的子弹。

"海尔。"一个奶声奶气的声音在岸边响起。

杨海尔以为自己是幻听了，但灵灵的声音又响起来，更加大声，带着哭腔。杨海尔浮起身子，看向岸上，他看到灵灵站在那里，他已经游得很远了，只看见灵灵小小一个人，除此之外还有月光下被海水倒映的七彩的光。

杨海尔登时紧张起来。

更糟糕的事情发生了。灵灵的身后还站着两个陌生男人。距离非常远，但杨海尔确定那两个人不是自己的家人。

他们从背后抓住了灵灵。

"海尔！啊！救我！"灵灵的声音刺穿了海面朝着杨海尔传来。

是鲛贩子！

杨海尔的脑子里像是蒙了一层厚厚的油布，嗡嗡发响。杨海尔发了疯地往回游。

杨海尔再起身的时候，又离岸近了些，他看见鲛贩子抓走了灵灵，朝高处的峭壁上走去。

他们没有直接带走灵灵，他们像在与什么周旋。

鲛贩子的对面站着一个高大的男人，男人手持鱼叉，愤怒地跑向了鲛贩子。

杨海尔疯狂地往回游，他终于上岸了，朝着峭壁狂奔，他抬头仰视峭壁高处，看到了大姑父。大姑父正拿着鱼叉冲向那些鲛贩子。

“砰！”

一声枪响。大姑父的鱼叉落到了地上。

“阿爸！”灵灵拼命挣扎。

鲛贩子手上的枪冒着青烟，随即抵住了灵灵的脑袋。

大姑父壮硕的身体强撑着没有倒下，反而更加快速地朝着鲛贩子狠狠地扑过去。

霎时间，更多的枪响在杨海尔的头顶响起。

杨海尔失去了思考能力，他的双脚以前所未有的速度奔驰，他的脑中一片空白。

杨海尔跑到峭壁的上方，他愤怒地朝着鲛贩子跑去，他的牙齿变得锐利无比，他的手臂长出倒刺，他浑身的血肉都变成了凶器。

等杨海尔再反应过来，鲛贩子也倒在了地上，他们的腿像是被什么巨兽的爪子撕裂，不停地流血，他们不能动了，嗷嗷地叫唤着。大地被血染红。鲛贩子走投无路，爬着从峭壁上跳了下去。峭壁距离海面有百尺高，海上狂风骤起，鲛贩子落在了礁石上，很快，被大海吞噬了进去。

不久，班长和大冲哥带着渔民跑来，他们只见到杨海尔蜷缩成一团，趴在大姑父的尸体旁边，发出兽类的呜咽。

“没事了，杨海尔。没事了。”

九

大姑父死了。

鲛人知道自己天年将至的时候会自己一个人跑去外洋，在大海里度过最后的时光。所以鲛人没有葬礼，大姑父死了，他的尸体要被运到外洋的海沟里去，这是鲛家能为大姑父做的最后一件事。

鲛人的尸体沉入海沟之后，鲛皮会发出微弱的光，随着尸体的分解，鲛皮的光越来越亮，最后，鲛皮上七彩的光芒会照亮大海最暗最深的地方，以最温暖的光束抚慰海水深处的亡魂，这是鲛人能为大海做的最后一件事，也是鲛人皮真正的价值所在。

鲸鱼的尸体供养大海的生物。

鲛人的尸体抚慰大海的亡魂。

他们是大海的安魂曲。

小舅沉默地起身，脱掉了他的白衬衫，露出精壮的肉体。

小舅："我来送。"

大姑挥了挥手，对小舅说："现在东海的情势太复杂，我不能让你冒险。他是我的男人，要送也是我来送。"

阿妈哭丧着脸，拉着大姑："不行啊，阿姐，你要有个闪失，灵灵怎么办？"

大姑父平静地躺着，好像熟睡了一样，只是不再用他那些稀奇古怪的胡话打岔，哪怕这一场家族的讨论是以他为中心的。

土房内的气氛陷入胶着。一直跪着的杨海尔忽然站了起来。

杨海尔："我来。"

一家人齐刷刷地看向了杨海尔。

杨海尔吞了一口口水，目光里的坚毅没有减退半分。

阿妈气愤地上前，狠狠推了杨海尔一把："你不要再惹是生非了！"

杨海尔却稳稳地站着，丝毫没有被阿妈的力量动摇。

杨海尔淡然说："这一年里，我做了很多远航的准备，我知道怎么去外洋，也知道最近的海沟在哪儿，我可以带着大姑父出去。"

鲛家的人面面相觑。

阿妈和阿爸傻愣愣地看着杨海尔，他们像是在看一个完全陌生的人，他们记忆中那个跌跌撞撞的崽子不见了，转而出现在他们面前的是一个镇定自若的少年。

大姑最终点了头。但有一个条件——全家为他护航。

十

"嗨嘬吔啰嗨，嘬吔啰啊啰！"

屋外已是清晨，舟山渔民的号子由远及近地响起。

鲛家把灵灵托付给了大冲哥一家子。

鲛家起航了。

小舅和沈朝青抬着大姑父的遗体来到浅滩，遗体用布包裹着，系了一条长绳，长绳的另一边缠着杨海尔的腰。

十月份是季节转换期，夏季季风逐渐被冬季季风代替，沿岸的洋流增强，给他们的运送带来难度。他们谨小慎微地保护着大姑父的尸体，非常缓慢地进入浅滩，深入海底。

当他们离青浜岛不到十公里时，巨大的水流忽然袭来。

沈朝青："是鱼雷！"

鲛家被突如其来的巨浪打散了。杨海尔紧紧抱着大姑父的身体，没有让巨大的推力把他带走。

谁都不知道鱼雷从何而来。阿爸阿妈抱在一起，鱼雷在水中作用力强大，杨海尔只感觉到灼热的浪朝着他拍打过来。

他心中燃起一股灼热的火焰。

他紧紧地抱着大姑父的身体，身上的每一寸皮肤都展开。

鲛家看傻了眼。

他们从未见过这样的鲛，杨海尔长出了利齿，他的手臂上长出了刺，这些看似凶器的器官却在水中形成了一道强大的屏障，守护住了他怀中的大姑父。

巨大的冲击让整个鲛家都只能勉强前行，他们只能看着杨海尔在水中抱着大姑父的身体一路前行。礁石的碎片打在他的皮肤上，但他没有一丝一毫动摇，按照他的航道继续前行。

终于，海底平静了。

眼前的海水开始变暗，他们到达了海沟。

杨海尔轻柔地放开了大姑父的身体。他打开腰间的绳结，此刻，粗大的绳子已经破烂不堪。

大姑父沉下去了。

他们怀着忐忑的心情，不知道海沟内的生物是否能够接纳鲛人的身体。外洋的暖流推送着大姑父的尸体，海沟内开始微微发光。

光照亮了海底的一部分。

此刻，他们眼前出现了前所未有的景象。

"啊！"阿妈惊叫了一声，阿爸搂着阿妈，遮住了她的眼睛。

出现在鲛家人眼前的是无尽的尸体。他们漂浮着，徘徊在海沟的周围。

小舅："是他们……"

沈朝青："那些英国兵。"

他们看到了"里斯本丸"号里逃生失败的英国战俘的尸体。数不清有多少，或许因为洋流，也或许因为船体下沉，他们被带到了这个寂静的海沟。

接下来的一年，大姑父的身体内部会被微生物吞噬，鲛皮会越来越亮。第二年，大姑父的肉与皮将开始分离。到了第三年，鲛皮会剥离身体，后面的一百年中，鲛皮的光芒继续燃烧，这片海域内所有的亡魂都会被大姑父的鲛皮照耀。深海的光辉抚慰所有的哀伤和仇恨。

大海早已安排好了一切。

疲倦侵袭着杨海尔的身体。他以最大精神力支撑着自己把大姑父带到了外洋，他已经十分困倦了。

鲛家人踏上了返航的路程。

大家痴痴地望着杨海尔，像他们从不认识这个少年一样。

他们看到他在海面上浮起，看到他壮硕的身体在阳光下露出七彩的颜色。

杨海尔脱力的声音在海水里缓慢地展开："我们永远不会知道……"

"如果不去探索，很多事情我们永远不会知道。"

比如杨海尔的身体可以长出利齿，而灵灵被大海庇护着。鲛人最初又是什么样子？也许阿爸说的没有错，他们可以单手杀死虎鲨，甚至拥有能与鲸鱼比拟的力量。

没有人说话。

他们看着杨海尔的肩膀轻微颤抖。

"我想让你们活下去，不仅仅是我们的鲛家，而是整个亚洲的鲛家，还有印度洋的，太平洋的，大西洋的鲛人，我们此生会与他们相遇，然后一起好好活下去。"

说这些话的时候，他的声音一直颤抖着。

波澜拍打在他的肩膀上，像是一只极力安慰他的巨大手掌。

十一

杨海尔十八岁的时候，迎来了他的第一次远航。

阿妈趴在他的肩头哭了很久，眼泪沾湿了杨海尔强壮的肩膀。

杨海尔拍拍阿妈的背，说道："阿妈，你不要担心，我会沿着海岸走，去福州、海口，接着去河内、吉隆坡、雅加达、加尔各答，然后到科伦坡，沿途会遇到鲛人，还有鲛人以外的生物。”

阿妈努力点头，她听着那些从来没有听过的地名从杨海尔口中说出，他是那么胸有成竹。整个鲛家的人都跑过来拥抱了他。

远处班长家的三艘巨大的渔船停泊在海上，却没有要捕鱼的迹象。

班长：“我来给你送行。”

海风把班长晒得黝黑，他笑起来，显得牙齿格外洁白。

班长撞了撞他的肩膀，坏笑：“杨海尔，你长大了，要生好多好多的崽啊。”

杨海尔听到这些，忽然有些不知所措，脸刷地红了，但还是点了点头。

与此同时，更远的地方，一条抹香鲸从水平面升起。

蜉 生 六 记

一、蜉蝣之羽，衣裳楚楚

卫蝉非身上总有一股好闻的味道，迎风飘逸时刻，叫人散去了提防之心。

像是酒气，像是，他年轻的身子承担不起的陈酿。

今天是卫府大白的日子，华贵男子躺在锦棺内，着白绫罗，环佩玲珑。他是卫家二爷。

二爷死后，人们纷纷来凭吊。人姑且说之，我姑且听之。二爷十八岁的时候劫富济贫犯过不少案子，人称义侠卫帅。但只是流于表面，学艺不精，后几年退出江湖，又迷上了铸剑之术，想求一柄古剑，遂入蟠龙剑冢问道。

一去五年，杳无音信。

我十二岁的时候在阳关遇见他，那时他只穿了一袭白色粗布衣，头戴玉簪，天质自然。我偷馒头摔断了腿，他要了我做小婢。初见时惊似琼瑶美玉，二爷的风雅，一笑一颦，让我立刻沉醉了。

记得他手中始终握着一柄剑，叫雌剑。雌剑精致如碧玉，分不清是凶器还是古玩。

二爷也给我一把剑，叫废剑，顾名思义是爷铸剑失败之作。我收剑不语，鞠了一躬，做他的婢女应该要有儒雅的样子。二爷说："虽然不能给你一把好剑，但是能教你些剑招。"我满心欢喜地学了，才几天就已经悟出几路剑法。

二爷惊见自己教学的天赋，笑若春花。

他带我回临安的时候，已经灯火阑珊。

那半煌半黯间，二爷说："这是蟠龙山剑奴，这是大少爷蝉非。"

"我不是什么蟠龙山剑奴，你为什么要说谎？"这句话我始终难以启齿。大少爷卫蝉非有一张苍白的面孔，不及二爷十分之一。

反正他不是我喜欢的类型。

卫蝉非不急不躁挑一盏灯朝我走来，端详片刻，说："正好本少爷睡不着，讲个蟠龙山的故事听听。"

我逃不过这个清丽的声音，我窘迫，像个十足的骗子，只好求助二爷这个始作俑者，他径直过来，站到我俩中间。

二爷整了整自己的衣袖，笑说："上古时候……"

卫蝉非打着哈欠转身离去。我却鬼使神差地拉住了卫蝉非的袖子，我想听，想听二爷的故事。

上古的时候天地唯衡，云水无隔。两种极物同生于陆，因缘成友，鲲鹏浩浩上天入海，但命短，蜉蝣渺渺无所事事，唯命长。

那一年，火神祝融不满天条，燎原三天三夜，眼看草原上的英花即将灭绝，蜉蝣心急如焚却无能为力，鲲鹏提议说："我能一飞千里，只是生命太短怕有去无回，你把一些寿命给我，我便能去救她。"蜉蝣把一半生命交予鲲鹏，鲲鹏一跃而上，冲破烟海。

鲲鹏果真救了英花，一路纵横四海。鲲鹏带着英花回到陆地，蜉蝣接下她，鲲鹏便离开去为她求水。英花见到还是花苞的时候曾见过的蜉蝣，舒展筋骨，散落一地芬芳。她说："蜉蝣，谢谢你。"

与鲲鹏相见之前，英花从未意识到世界之大，我之渺小，她多想一直待在鲲鹏的背上，与他上天入地，与他生生世世。

而蜉蝣是那样弱小，漆黑，微不足道。英花香溢四方，满口吞吐烟云薄雾，她把蜉蝣贬得一文不值，蜉蝣的眼中溢满了怒火。

鲲鹏回来，见到默然的蜉蝣和被咬断的英花，勃然大怒，仅仅是愤怒挥起的烟尘就让蜉蝣粉身碎骨。

他将英花放在背脊上，先来到蓬莱给予她仙水，又去了天山供她泥土，最后遁入青云为她寻来明光。英花没有死去，反而活了千百年之久，那自然不是仙水的缘故，也不是泥土的缘故，更不是明光的缘故。

鲲鹏记起先破而后立，想起蜉蝣的翼蜷缩成一团，在给自己一半寿命的时候，也咬了他的脖子。

那时起，有了长生的鲲鹏，有了长生的英花。

那时起，蜉蝣朝生而暮死。

故事讲完了，二爷进到屋子里头，卫蝉非却捉住我，说：“轮到你了。”

他抓住我的衣袖，厉声斥责：“你才不是什么剑奴，说，叫什么名字？”

我没名字。全阳关的人都叫我臭丫头。他们一叫臭丫头，就是我挥拳的时候。我不客气地打在他精致漂亮的脸上，他立刻松开了手。

我一阵狂奔，身后传来一声缥缈的“蚕生”。

听到那声音我忍不住回头看他，颀长的背影印在月色下，似梦里人。

二、蜉蝣之翼，采采衣服

往后，卫蝉非没来找我麻烦，因为他要被他爹送去远方的私塾念书。他很不乐意，又吵又闹好几宿。他的哭声和骂声常常传到我的耳中。

我与二爷对弈，每每听到卫蝉非的声嘶力竭，二爷总是唉声叹气。

他是这世间最好最好的男子，我见不得他唉声叹气，便有一股力量由内而生推着我走向东厢。

这时候冷不防地冲出几个家丁，把我按倒，他像早就预知了我要来，得意地笑。我卧倒在杜鹃丛中，狼狈到了极致。

他说：“你这个骗子，整治你的办法我有千种万种。”

他拿出一枚针。

“这种百花针绣出来的衣服香气宜人，然而一穿上就脱不掉，接触人身一日后原本的香气就会变成恶臭，今生难以去除。”

他拿出一盘糕点。

“这个叫檀蜜酥，味道鲜甜入口即化，吃了这个，看到任何东西都像泔水，难以下咽，最后不饮不食。”

他还说：“有一种食心蚁，只要放在人身上就会四处找孔爬入体内啃他的心头肉。”

说罢，卫蝉非哈哈大笑。我头皮发麻，正不知他会选哪一样虐待我，他的声音却变了，问：“你怀里抱的什么？”

“是废剑。”我看了看剑匣。

这会儿，他便昏厥了过去。这一晕，大院厢房都闹开了。我虽没有被食心蚁咬，却被罚跪一天一夜。小梅警告我：“别家的少爷晕船晕高晕血，我家少爷晕剑。”

晕得可真有特色啊，我傻傻看着不省人事的卫蝉非。

第二日厢房鸦雀无声，说是二爷趁着少爷昏厥，派人连夜将少爷送上小松书院。少爷离去时，还神志不清地骂“臭丫头、臭丫头”，不知说的是谁。

我听着，一身冷汗。二爷对我极善，说我立了送大少爷念书的头功。他婉然笑着，好像一幅画卷，我又痴迷了进去。

二爷给我取了个好听的名字，叫卫亭亭，取自亭亭玉立，又给了我很大的住处。我的屋子离东厢房不远，被装上了十色花，床单和门帘都是上好的绢缎。每晚我都要喝三苜燕灵露，也因此，婢女们在私下散布一些谣言，因为三苜燕灵露是延年益寿的补品，比金子还值钱。

我知道自己的身份，我知道他是对我最好的人，因此任流言蜚语穿堂而过，心里只能残留感恩。

卫蝉非这一去就是一载半的岁月。

九月桂花甜遍了临安，卫蝉非回来，他依旧视我如仇敌，想尽办法要赶我出卫府，软磨硬泡，无所不用其极。然而二爷永远站在我这边。

卫蝉非走到侍女身边掀开青花瓷碗，厉声问：“这是什么？”

侍女说：“是给亭亭的三苜燕灵露。”

刚说完就被他一饮而尽。

侍女告诉我，知道这件事后，二爷脸色铁青，将大少爷一巴掌打在了地上，我心头猛抽搐了一下。

这次不知要被他如何迁怒。

卫蝉非虽晕剑，却熟谙剑法，我们便以树枝为剑，比试了不下百场，输赢各半。每次二爷都在一旁浅笑观战，这倒成了卫府的一处景致。

他高兴，我也自然心悦起来。

卫蝉非也常去卫老爷那儿说我的坏话，只可惜，这一年我早已熟谙大户人家的勾心斗角之法，他对我的中伤太弱太无力，远不及他的那些丫鬟歹毒。而我仗着二爷，有恃无恐。

“卫蝉非，蚕生是谁？”我打掉他手上的树枝，问，“你曾经这样叫我，我和她很像吗？”

他说只是小时候见过的一个人，都快忘记了。

“七岁？五岁？三岁？”

他终于不耐烦了，说：“走。”

“干什么？”

“打猎。”

我猜卫蝉非带我上山，是要把我丢在荒山上，果然如此。幸而我小时候也丢过，才没有乱了阵脚。我摸索着走到半山腰，有灯火，一看是卫蝉非和他的马。

“你该不会是……迷路了吧？”我大笑。

他极其羞涩地转了过去，于是我们俩点起了一把火，他靠着火光，脸上有了几分男子的气概。

“臭丫头。”他忽然瞪了我一眼。

“我没有念过书，不像二爷那般见识广博，卫蝉非，你念过很多书。这一年半，我都在想，如果你能给我讲个故事该有多好。”

我甜言蜜语地乱讲一通，最后他咳嗽了几声，说道：“五百年前……”

五百年前的邵国，有个长盛公主，自打她出生那日起，邵国便战乱不断民不聊生，国力日竭，长盛公主不忍看到国民受苦，节衣缩食，把自己的用度都留给百姓，然而也只是杯水车薪。

他们说公主是灾祸，她曾想过轻生，那日，她在湖畔闭上眼睛，脚踝忽然被什么抓住，是一个负伤的男孩。衣衫褴褛，唯独一根玉簪惹人注目。

他已经奄奄一息，她放弃了寻死的念头，照顾了男孩二十一天，男孩说：“你跟我走吧。”她说自己离不开邵国。

二十一天后，男孩不见了，他将自己的骨玉发簪留给她。

不久，邵国新来了国师，他说卦象之意是——疾风。邵国有一场灭顶之灾，其疾如风，然而公主的血涂在士兵的武器上，可使其无往不利。

她自愿献出鲜血。果然只要是公主的血祭过的武器便能无坚不摧，就这样，邵国又脱胎换骨兴盛了十年。然而国主却贪得无厌，盛气凌人摆出了一统天下的架势，他要更多的胜利，更多的武器，更多的部队。长盛公主在千呼万唤中走出城墙，用自己的鲜血沐洗新的武器，有人谈论起公主的相貌，因为她在黑纱后面的脸已经有好些皱纹。

邵国不费吹灰之力便吞并了两座城池，然而本国却遭遇了北方黑骑部队的突击。

先锋部队匆忙折转。然而黑骑的骁勇不是南方小国所能比拟的，他们需要更多的部队，更多的兵器。国主命令所有俘虏都上战场，所有缴获的兵器都接受公主的洗礼。

黑纱中的她已经看不清也听不清，只感觉液体汩汩流出体外，城内厮杀声一片。她鲜少凝视一个人的面孔，因为他们都会迅速躲开，唯独这次，眼前的黑衣铁甲没有躲。

她见到敌军的首领，男子将手抚在她全是皱纹的脸颊上，她的鲜血已经干涸，但他认出了她头上的骨玉发簪。十年了。

他已然英姿飒爽，伫立风中如同不败的城墙。

他微笑说他来接她了，虽然有些迟，他挽起她如同枯枝的手："你不是说你离不开邵国嘛，现在我让你当邵国的王后，对了，我还不知道你叫什么名字？"

"长盛。"

"我叫疾风。"

枝叶败落的那一刻，邵国化为一片焦土。

寒风吹过山，弯月已经淡去一半，是要日出了，卫府的人敲锣打鼓上来，见到靠在我身上熟睡的卫蝉非，又看到泪眼婆娑的我，气氛一下子尴尬起来。二爷过来分开我和卫蝉非，他还是笑着，带着一丝丝温润，叫我怎能不沉醉其中。

我感觉昏天黑地的，是卫蝉非先反应过来，狠狠敲我脑袋。

"你哭什么哭？"

"谁让你讲这种伤感的故事！"我反驳。

卫蝉非是个悲剧，他一边骂我一边上马车，回来不久就被遣送回私塾了，我觉得自己真对不起他。卫蝉非走后，我花里胡哨的屋子里多了一本《淮南子》，书面上写了好大一个卫字，一看就是他忘带的。我偶尔看看，并没有多大兴趣，跟《淮南子》相比我还是比较喜欢废剑。

他走后的几日锣鼓喧天，山河锦绣，隔壁的表小姐要嫁人，她十七岁。

我在十七岁的时候问卫蝉非："我什么时候能嫁人啊？"

他眼中闪过一道光芒，立刻为我找来临安最厉害的媒婆，媒婆带着十几幅富家公子的画像兴致勃勃地来了，我翻阅了几张便没有兴趣了，居然都没有卫蝉非好看。绝望之际，我又从他书桌下找到了一张画像，这个人剑眉星目，青丝如黛，更有一股故人的气息迎面而来。

"他，好看。"我说。

媒婆沉默半晌，然后说"错了错了"。

"怎么错了？"

媒婆说，这是卫二爷年少时的画像。

卫蝉非没了踪影。

那时的我不懂羞涩不懂回避，我只知道喜欢这两个字，是宁为玉碎不为瓦全的，二爷一笑置之。

"亭亭啊，你是没办法嫁人的。"

他没让我继续追问。他不要我问，我自然不会问，二爷抽剑对我笑，说这是比试，点到为止。

我说好。

到了第九招，我眼前闪过火光，数十朵红莲从他胸口绽放开来。接着他便倒了下去，迎着一阵暖风倒在桃色花丛之中，我脑中一片空白。

"二爷没有呼吸了！二爷往生了！"

耳边是小梅的惨叫，我恍惚睁开眼睛，血色染了他的素衣，卫府乌黑的门如同五年前一样虚掩，里面是杂乱唏嘘。他们捉住我的手臂，有人趁乱抽我耳光。

"你这个疯丫头！怎么下得了手！"

我眼见自己手中的鲜血，变成一个动物的形状，又好像一个印记。管家第一个向我奔来，这几年的怨恨得以释放般地将我锁起来，他们一个个面目狰狞，仿佛生来就已经是这副恶毒的样子。

神算子看了看棺木中的二爷，严肃地说："这是天意。谁都无力反抗天意。二爷长久触犯仙山灵物，死后要无垢的侍女护驾，方免炼火之刑，此女必定要生于蟠龙山上，极尽剑冢灵华。"

他们又看我。

我心中一片空。老爷命人将我锁进了隔间，沧桑的额头又多了几丝皱纹，窗外飘过一层细雨，耳旁仿佛有谁在感叹，真是场罹难。

三、蜉蝣掘阅，麻衣如雪

卫蝉非这次回来戴孝，又好看了几分，他被安排到我的屋子住下，我时常能见他摇着逍遥扇从屋子里走出来，穿着宝蓝色的长袍，文质彬彬地跟婢女们交谈。

他变成一个俊俏的男子。

他看到我就愤怒，我知道他是想起了二爷。二爷一身血迹如同雪里的腊梅，我不敢往下想，他是这世间最好最好的男子，他丧生于我的剑下。

这个大院不会有人站在我这边。卫蝉非和他们一样恨我，他的瞳色是赤红的，想把我扯碎。

“卫蝉非，你穿这样，真好看。”

他苍白地笑了。

这次卫蝉非回来后，整个临安一片沸腾，仰慕他的莺莺燕燕从我眼前飞过。她们的脂粉香飘四方，她们的衣衫要把满园的春色比下去。

他与谁闲庭信步都与我无干，我是一个将死之人，仅仅是凝望远处的棺木，就已经要将我自己耗尽。

今天是行刑的日子，我终于能从偏屋里出来。卫蝉非第一次穿了白色，从头至尾的雪白，把他映衬得像一株雪梨花。

我问他：“为何大喜是红，大丧是白？我想穿青色，可不可以？”因为我见二爷的第一天，穿的就是一身青色。

他答不上来，饮一口花茶。

天边群聚的雁尽数散去，有一两只落单的不甘寂寞鸣几声，无人问津，又扇动翅膀，袭来一阵凉意。他事不关己地起身，迈进灵堂。我察觉他眼角有一丝丝红润的痕迹。那是我今生最后一次见到他的泪。

他走后不久我也被人架起，小梅为我抹上胭脂水粉，套上与二爷相配的华贵衣衫，是青色。

我被人押到堂前，捆在石柱子上，九十九支羽箭稳稳对准我的胸膛。我的血流成蜿蜒的溪流，渗入地表，我的身体起了微妙的变化，因为没有了血肉，居然有金属的声响。

“妖剑蚕生。”一个黑纱蒙面的人以一种正义的姿态将一把剑拔出地面，我觉得我的肉身剧烈地疼痛，而眉目间却还是欣喜的。

我捂住黑衣人的脸，他大惊失色。

我说："我都看到了，棺木是空的。你还活着，真是太好了。"

死去，并不是一件难事。二爷要我死，我随时随刻就可以死去。

天色阴沉，云间弥漫着紫色的烟气，二爷的头上冒出汗珠，我看到天空中有锐利的刀光闪过，紧接着周遭的景物化为粉尘，一切我都来不及看，只觉得四周悄无声息，身子软软的，好像被谁抱着。

“闭上眼睛。”我听到卫蝉非的声音，却再也见不到他的人。

他要我抱着他的腰，我看不清前路，腾云而上。

我看不见二爷，看不见卫蝉非，看不见山川湖海，只有一束火光将我整个包围了起来。

“你为什么要救我？”

“臭丫头。我怎么能不救你呢？”

这层云，似乎晕染着茉莉香气。

卫蝉非抚摸我的脸庞，他说话，不是卫蝉非的语气。

他曾要听蟠龙山的故事，我最终还是给他讲了一个。

有一把尘封在林山洞穴的宝剑，是天地间难得的宝物，它一直在等一个人进入这个洞穴，直到三十年前，它等来了。那是一个高大男子，这个男子眼中有愤懑不平，是血色的，它喜悦得颤抖，与这男子杀得酣畅淋漓。

可是某日他要将剑再次封印，剑却意犹未尽，他不得不请来天师做法将剑的妖力散去，化成了一个婴孩。

然而男婴长大后，身子一天比一天虚弱，只要碰到剑，无论是什么剑，都要忍受魂飞魄散的痛苦，男子得知自己这把剑是雌剑，还有一把雄剑，毁其体取其元就能救他。

人间极品的三首燕灵露，这补品对剑来说却是毒药，能消磨剑气，让它无力保持人形，最后，用九十九支羽箭贯穿肉身，便能成剑。只是它毕竟是神剑，力道无穷，要她自愿受刑，恐怕还需要一番苦肉计……

火光尽的时候，我们已经身处别地，我没能讲到结局。

四、蜉蝣还魂，忆梦成阵

风卷起沙砾，往事尘起。

“我们是同生在一个炼炉中的雌雄剑体，你只晚我片刻出世。”蝉非说。

怪不得我见他总是如此熟悉，卫蝉非也说，很小很小的时候见过我，那时候，我们还只是一堆铁器。铸剑人嗜酒如命，总把我们弄得浑身酒气，那过往是尘土，衣不如新，人不如故。

逃离了卫府的追捕，他带我来到一个村落，放眼望去，好多白发苍苍的老人，他伸手来牵我，手上不再是香气，而是浓郁的腥，我几乎要吐。老人们兴高采烈地迎接我们，独臂老人将天竺花佩戴在我胸前，我微微颤抖，比面对九十九支羽箭还要难受。

蝉非剑有一个梦想，我们二人能不借外力，独自使用体内的剑气，浪迹江湖。

他要我陪他，我们本来就应该成双，他说下山先要拿整个卫府下手，竟将他玩弄于股掌之上，我们生来就是要杀人的，怎么能被人的感情左右？什么恩，什么情，都是虚情假意。

“我们明日就下山去，明日，我们就能重生了。”蝉非剑喜悦地握住我的手，他的身上没有卫蝉非的香气。

我不挣扎不反抗，我已然不在乎天下是否会因此有一场浩劫，我只是常常做梦，梦见二爷。

独臂老人说：“你们毕竟还是不同。”

若是蝉，每到一个时节，都会褪去身上的表皮，年少轻狂都将在流水的岁月中不断地被冲刷，任何的情感，任何的恩怨，此消彼长。

若是蚕，随着年龄的增长，不再为世俗的功利所束缚，化茧成蝶，过自己想过的生活，做真正的自己。人活一世，凭着自己的真性情。

“你想要的是什么呢？蚕生。”

我也想要为人，哪怕经历生、老、病、死、爱别离、怨憎会、求不得、五阴炽盛。我，我也想见完完整整的卫蝉非，见他哭闹，见他耍公子脾气。我更不愿二爷被辱骂，被杀害。

他选了两匹西凉宝马，行在我的前头，他的背脊那样好看，我唤起体内的剑气，四周卷起一阵紫色的风。这一把利器，轻易地倒在我的脚边。

我们罪孽深重，死亡也难以磨灭。却为这执念苟延残喘。

老人说：“是身如焰，从渴爱生。”仅仅以看戏的姿态目睹这场毫无意义的斗争。对他们而言，我们仅仅是两把冷兵器，要凭自己的意识去闯荡？是个笑话。

他们要掌握我们的命运简直易如反掌，如果我不杀他，我们也没办法走出蟠龙山。“我们今生就此别过吧，雌剑蝉非。”我感叹了一会儿，又觉得疲倦了。

我下马，独臂老人笑着走开了。我独自漫步在蟠龙山的青草上，这个故事终了，了结得太过平淡，不禁让我回忆起曾经的我们。

今生我们是雌雄双剑，而前生，你是薄情的鲲鹏，我是长情的蜉蝣，蜉蝣死前诅咒鲲鹏：“今生我的命短，但来世，生生世世，我都要看你受尽折磨死去。”

来生来世，我是疾风，你是长盛。

再来生再来世，我是蚕生，你是蝉非。

其实，眼见你死去，并非一件快活的事情。后一年我在阳关见过一个男子，他手中空空如也，神情漠然，有一张我不知道的脸，我忽然控制不住自己的声音叫一声“二爷”。

他回头朝我一笑，又继续他的路程。

《淮南子》说，蚕食而不饮，二十二日而化；蝉饮而不食，三十日而蜕；蜉蝣不食不饮，三日而死。

长 安 客

一

洛阳的人说赵长安是天下第一的画匠。将画作嵌入人体的肌肤幻术，即使痛苦血腥，我却仍然痴迷。忘记了何年何月遇见的他，我只求他教我那样本事，月色下他眉目间有了迷幻的笑，似阴转晴。

“我教你文绘，作为回报，你要给我天底下最好的画作。”他说。

我疑惑望他，无法言语。只有天下第一的画匠才能给出天下第一的画作，只有赵长安才是天下第一的画匠。我心念，却不愿把这没骨气的想法传达给他。

第二年，赵长安收了我做入室弟子。

第三年，赵长安潜心授课，少有新作。

第五年，绘刀不慎刺入他的胸腔，赵长安毙命，享年三十六岁。

那是一个春分，洛阳城里为此起了轩然大波。

二

一入夏，雨水又肆虐起来。

自今日起，我将继承赵长安的衣钵，便也要承担他的工作。我在这场雨中等待，等待一位贵宾。成家的财富地位足以让任何人迎在雨中。我已经忘了等了多久，直到沉重的车马声几乎响彻整个洛阳，那人下了车，浅笑着。

我依稀记得当时他的手上握着鲜红如血的栀子花。

我说赵长安已经死了。

他眯着眼睛，打量我。我抬头望他，他则立即回避了我的目光，除了那一身绫罗绸缎，除了那一片奇珍异宝，除了那一瓣诡艳鲜红，眸子中的空洞昭示着他的一无所有。

“你是如今天下第一的画匠吗？”他问我。

我摇头。

成玉不满我的回答拂袖而去。

第二天清晨，柴门有了些响声，是成玉独自来到我的偏厅。他身披朝露，从袖口里抽出一幅图交给我，图里是一株极其艳丽的栀子花，就如同他手上的那一朵一样。他要我把花朵文在他左肩，我没有与他多讲，淡淡取出了绘具。

栀子花惨烈地绽开着，凄凉地感受着他背上微弱的起伏。他的嘴角没有丝毫弧度，但他的眼睛却在微笑，精美到极限的微笑。

“小家伙，你叫什么名字？”他问。

“吴楚楚。”

“你是女孩子？！”成玉不可置信的表情映在我瞳中。他不顾疼痛迅速起身，望我许久，终于又露出初到此处的浅笑。我穿着粗布衣物，头发梳成男孩模样，人生头一次觉得羞涩，当时我只觉得那笑容好看。接下来的几日，成玉见我就笑，他说我一个人在这里一定会寂寞，不如和他一起回成府。

我知道那都是他的轻薄戏弄之词，可每次我的脸都变得滚烫。

完成文绘的那一天，车马又像当初一样沉重地响彻整个洛阳。我没有不舍，就同成玉一样。他依旧风华绝代，离去的时候所有邻家女子都争相出来见他，成玉不留眷恋地上车，没再提起过一起回成府的事。

我目送他离去的那一刻，他伸出手，忽而一朵鲜红落到我头上。是他时刻拿在手中的栀子花。

成玉把花留了下来，而他带走的那幅花绘是我做过最美的作品，和他的身体相得益彰。

三

一直到又一年的夏季，蔓延着潮湿而炎热的空气的夏季，远处传来成三公子暴毙的消息，我忽然觉得头重脚轻。

自那天起，我再也画不出像样的东西，荒废了赵长安教授我的技艺，只是重复地制作颜料。很快我的院子就空旷起来，无比悲哀。

人们都说天下第一的画匠走了，如今再也没有天下第一。

正是那段日子里，我闲闷地在街上游荡，目睹一个老人被一群少年欺侮，我看见被我救的老人左肩上模糊映出奇异的花纹，虽然已经磨乱，他的皮肤也满是褶皱，但那艳得蛊惑人心的色彩不允许我怀疑。

成玉？

我的声音几乎颤抖，他不可思议地凝视着我，我努力地回想我记忆里他年轻的模样，与他如今的落魄重合，他不理会我的叫喊，拔腿就跑，可他的身子却着实像老了三十年一般，一点都不灵敏，我轻易拦住了他的去路。

他不告诉我发生了什么，任由身子一天比一天更加衰老。我见他的模样只觉得伤心，全洛阳最好的大夫也无能为力，按他的话说，天下百病都是有法治的，唯独苍老无药可医。

可他今年才十八，应该是骄阳韶光。

那些日子，成玉总是独自看花，我不愿打扰他，便独自到郊外采集花朵制作颜料。沿途街市里吵吵闹闹，原来是妇人们正围着皇榜议论纷纷，有个少年心狠手辣，杀了第一夫人不说更是扒了她的皮。

我顿觉悚然。

冬至，洛阳下了一场暴雪，他的皮肤忽然变得黄脆，四肢也扭曲了起来。他浑身散发出微弱的光芒，直到死前一刻，苍老的身子忽然又饱和起来，变成了十八岁的模样。

我抚摸着他的脸庞，却再也听不见他的戏谑。

“楚楚，不要哭，如有来世我一定对你好。”这是他的最后一句话，原来他也知道自己对我不够好。

成玉尸骨未寒，偏厅里忽然有了动静。刚跨进厅堂，一个浑身是血的少年卧在地上，我定睛一看，不禁倒退了几步，他就是被重金通缉的少年。与画像上不同，他浑身泥泞，手臂上开了一道道巨大的口子。

“姐姐，求求你救救我。”

吴鹭见到我便哭起来，我实在不忍心看到这一幕，便为他清洗了手脚，包扎伤口，掏出自己为数不多的银两，让他早日离开这是非之地。

吴鹭噗通一声跪倒在地，紧紧抓住我的衣袖不肯放开，膝盖的伤口血流不止，我赶紧扶他起身。

“我没有别的亲人，自小被第一夫人收养。那日夫人本该在梳妆，却久久不见人影，我也太唐突，冲进门，夫人浑身是血地躺在地上，她手里拿着一把尖刀一张皮，我看清了些，居然是一张人皮！我吓得浑身发软。”

夫人竟是自己将皮割了下来，最后疼痛致死。

说到这里，吴鹭咽了咽口水，一双圆溜溜的大眼睛看着我。

“姐姐，我已经无处可去，你收留我吧？”

他的话我全都信了，成玉一走我的心也随之空了一半，鬼使神差地，我点了头。这让吴鹭喜出望外，蹦蹦跳跳地进到屋子里。

“我从小就想要一个姐姐，楚楚姑娘，我对你一见如故，从今以后你做我的姐姐可好……”

我没答他，他便自己叫起姐姐来，兴致高昂。可那兴致在进内屋的时候戛然而止。我险些忘了，成玉的尸体还躺在那里，吴鹭的脸上流露出了复杂的表情。又惊恐又意外。

“你怕吗？”我问他。他可爱的小脑袋剧烈地摇起来。

第二日，他帮我将成玉的遗体入土，我告诉他今时不同往日，我不能再绘图，独自生活都相当窘迫。如果哪日我没能力养他了，他还是要另觅生路。

吴鹭用力点头，紧紧抓住我的衣袖不肯放。

我想这世间的事情总是难测，命里有时终须有。

四

吴鹭来的第二个月，有个叫西辰的青楼女子来找我，那女子美艳动人，前一年艳满洛阳，只可惜这世道花无百日红，三个月前被人摘了牌子，如今花容虽在艳色全无。她求我为她绘一只孔雀在腿上。我无能为力，推辞说颜料用尽了，她面露绝望。

这时候吴鹭不知从哪里摸出一个锦盒，我不喜欢他这古灵精怪的样子，却也无力再推托。

打开盒子，一股浓香就扑鼻而来。仿佛是逝去的岁月又回到这个屋子，我依稀能见到赵长安的模样。

那日，我为西辰姑娘绘了一只孔雀，那只孔雀栩栩如生，绝不亚于当年我为成玉绘的花朵。我望着那盒诡异的颜料，心里不知什么滋味。

“吴鹭，这是哪里弄来的？”

他没回答我，反而是喜悦地拉住我的手。

“姐姐又能画画了！姐姐又能画了！”他一遍一遍叫喊着。

“这样一来姐姐就能和吴鹭永远在一起了吧？”他问我。

他说得没错。我的文绘让西辰重登花魁宝座，她赏了重金给我，从此我在青楼间有了起死回生吴楚楚的名号，不光是青楼，各家名流也都纷纷上门拜访。一时间，这小院子又恢复了当年赵长安在时的情景。

锦盒的分量越来越轻，香气渐减，然而过不了多久又会满溢出来。我猜是吴鹭在作祟，就躲在帷幕之后，见他偷偷地将颜料加了进去，第二夜他又独自去了郊外。

所谓郊外，却是成玉的墓地。

吴鹭把成玉的遗骨偷出来，磨碎混在颜料中。他像个鬼魅一般完成那些动作。

我把他拽起来，狠狠摔在石上，争执中我用刀具划伤了他的脸，接下来是长久的宁静，一双明亮的眸子惊慌地望着我。

“我只是想和姐姐在一起。”

“我不是你姐姐，你这个妖孽……”我心疼地抱着成玉的尸骨，泣不成声。

“我是妖孽，那你手中抱着的又是什么呢？”

成家本没有三公子，成玉是一株赵长安绘在成夫人背上的栀子花，成夫人喜爱他人形模样便收他做了义子，后来成夫人驾鹤西归，他便迅速苍老，成老爷不愿见到这人不人妖不妖的东西，就把他逐出家门，对外说是成玉公子暴毙。

他是一朵花，生前怒放，生后寂寞。我在为他文花的时候就知道了，他带来的那幅画就是他自己的原形。可那又怎样？我依旧不可救药地喜欢上了这个风流公子。

“我只是想和姐姐在一起。”吴鹭可怜巴巴地望着我。

传说中花妖骨是最上层的材料，历经人世沧桑七情六欲的花精死后，若将其尸骨磨成粉，能制出绝佳的颜料。吴鹭说，这花妖生前动过情，所以才能绘出这么美丽的颜色。

“成玉生前不能表达他的欢喜，至少死后还能助你一臂之力，如今你连他的这番好意都要拒绝吗？”

我果然无法拒绝。

五

不久后，鸿鹄徘徊天际，官府包围了我的院子，里里外外搜查了一遍又一遍。他们出现之后，吴鹭就不见了。

他一走就是十七年，洛阳的商人换了一批又一批。官府的人也对此感到疲惫，我感到自己的身体逐渐沉重，我独自一人在这屋中守了十七年，不嫁不婚。不愿再见人的我总是披着黑纱为人绘图，没有了吴鹭的生活变得死气沉沉，那盒颜料很快就被我用完，我只好自己亲手取成玉的骨头磨制。

我渐渐变得小有名气。

那日，据说有个十恶不赦的犯人在我的宅邸出现，官府要保我周全，就派了新上任的督察来亲自查看。我任由他们搜查，目光没有离开带头的督察一刻。

“楚楚姑娘？我脸上有什么东西吗？”他不好意思地问我，我摇头。

只是一个故人，现在这个故人成了我手中的颜料，我想不到天下会有如此相似的人，我也想不到自己竟能如此平静地面对那张绝色面容。

那天下了雨，我厌恶这场雨的优柔寡断。

他的名字叫江池，他才十八岁。

成玉死的那年，也才十八岁。

江池说：“这个大盗不算凶残，十七年前的吴鹭才算决绝，虽年少却凶残，在京城取了第一夫人的性命不说，更是将她整个人脱了皮，手段令人发指。”我怔怔看着他，他又笑着让我不必惊恐，他说他一定能捉拿到吴鹭。而我只想亲手掌他的嘴，不准他口出狂言。

我回到屋子里，脑子里都是与吴鹭有关的过往，他应该已经长大了，仪表不凡。他留下的只有一个瓶子，瓶子里散发着浓郁的味道，我鼓起勇气把瓶子打开，里面掉出一块被浸泡在液体里的纸，却又不像纸张的材料，更像一块皮，那皮上画着一朵白色的栀子花，极其素雅，是赵长安的手笔。

每次看都觉得惊恐，我又将它放回瓶子，调整了呼吸，又打开颜料的盒子，里面空空如也。接下来的日子，我拒绝任何文绘，因为成玉也终于被我取竭。

那些日子，江池却来了。他求我重握绘笔，我不理他，他还是来找我。渐渐地我散尽了家财，想要离开洛阳，他居然把他的俸禄都给了我。

“洛阳需要一个画师。你不能走。”江池说。这个十八岁的少年此时却格外老成。

江池对吴楚楚的情意洛阳路人皆知，说是忘年之交。我一个三十好几的女子，怎接受得起他这般的抬爱。可偏偏天意弄人，让我遇见了成玉又遇见江池。

一次我和他闲来无事上街，遇上了测字先生，先生说：“他是上辈子欠了你的，这辈子要来还你。”

我稍稍惊讶地朝他一望，成玉走后的第十八年，江池来了，他也正好十八岁。

我挥散了脑中奇异的想法，取出许久不动的画笔，在他的手臂上稍稍描绘了片刻，他欣喜若狂，像个孩子般天真地期盼着。

“楚楚，人生能有你这样的知己，我心满意足。”

对，我们是知己。

第二年春，江池晋升，要前往京城，临行时我还是没能画完他手臂上的雏鹰。我觉得惋惜，不知是为那绘图还是为他。他走的前一天，整个洛阳忽然沸腾起来，我听说有个通缉十八年的人犯终于被捕获，要被凌迟处死。

不顾一切赶到刑场的时候，吴鹭正四处寻觅什么，我脸上依旧蒙着纱巾，可他仿佛知道一切，掉下了豆大的泪。他居然和十八年前一模一样，丝毫未变，没有成长的痕迹。

吴鹭隔着黑纱依然能认出我来，一直流泪，直到行刑完毕。我问周遭的人是谁捉住的人犯，他们个个神情自豪。

“自然是江督察。江池正是因此得到晋升，前往京城，听说丞相的女儿燕鱼早就心仪江池，正请求赐婚。”

多好的前程。我苦笑。

那夜，我潜入乱尸岗，背出了吴鹭残缺的尸体，他的身体十八年来一直未变，我记起了，第一夫人的皮，它被吴鹭泡在药水里，这样皮肤上面的花就不会随人的死亡而凋谢。

原来，他也只是赵长安笔下的一株花朵罢了。

六

江池来向我告别，我按住他的手，取出怀中的盒子，一打开，里面就散发出浓郁的香气。这是我新得到的颜料，有了它，我的笔和刀都有了力气，我将那只雏鹰完美地呈现在他的皮肤上，江池又惊又喜，赞不绝口。

“你果然是我的知己！”

“你的知己在洛阳，你却还是要走？”

他苦涩地摇头，人总有千般万般的无奈，也有千条万条的路要走。

“你我只是忘年之交，却不能结成夫妇，如果我能早生二十年……”

那又如何？早生二十年，你只是一株残花！我愤怒地掀掉酒桌，他只是微微退身，最后还是离去。

我抚摸着残余的颜料，可惜了他生前是一朵花，只能倾其一生怒放，生后我让他化身为鹰，去啄食仇人。我记得那是一只白鹰，有吞食天地的豪气。

江池走后，我又重整旗鼓开始了文绘。自始至终，我都不知道赵长安是如何绘制出那些妖精的。这也是我与他的不同之处，我不会造妖孽，我把精神都放在图的本身。

一年后，我听到了这样的话：吴楚楚是天下第一。

不多时，京城传来了丞相之女燕鱼与江池的婚讯，我收到一张请柬。我去了，见到燕鱼小姐的第一眼，我笑了。

她是一朵牡丹。

燕鱼小姐辞世多年，她父亲因为思念她，便用这个法子造了一个假燕鱼，牡丹图案绘在丞相的右胸口，这样一来他的女儿就随他生而生随他死而死了。

多好的父亲。

“我想活，你能帮我吗？”燕鱼的表情不像是恳求，更多的是命令。

“你帮我脱离我父，我就把江池还给你。”想必这笔账她是早先就算好了的。吴鹭就是在第一夫人死后还活了十八年的花妖，而我是唯一知道这秘密的人。

她说：“我得重生，你得江池。”

第二日丞相的卧房里传来一阵凄厉的叫声。

又是一个冤魂，我心想。刚要起身却被人阻拦，一队人马毫不客气地押住我，江池悲伤地握住奄奄一息的丞相的手，见我被捕，他大步朝我走来，狠狠地给了我一记耳光。好狠的一记，黑纱掉在地上，我掩藏了十八年的面目暴露于人世。

江池瞪大了眼，喘着粗气，最后愤愤说："你……你……你这妖人罪该万死！"

他一句话，让我被关进了死牢。我觉得胸腔里有种莫名的情绪正在起伏。

那是恨。女子踱步走来，跪下来朝我一拜。"我要谢你。"她说。

"一谢你引吴鹭出，助我郎建功。

"二谢你取牡丹皮，助我得重生。

"三谢你从此幻灭，助我得郎心。"

即使是花妖，也像人心一般难测。她走后，我躺在昏黄的牢笼里等待死期，时而听到江池在外面呵斥的声音，如今他位高权重却不再看我。只有燕鱼天天都来探望我，说尽了感激之词。

七

七月初七行刑，前一天燕鱼来看我。我让她走近些，让我看清楚，她走近时，我燃了一把火将手上的画皮化作灰土，燕鱼还未来得及叫喊，花容尽失，干瘪地倒在地上。

我取了随身的绘具，沾上浅粉色的骨灰，在自己左颊上绘制了一朵栀子花。香气弥漫开来，十分感人。画着画着，还差一笔的时候，我居然昏睡了过去。有个好听的男声在我耳边轻语。

"你记得答应过我什么吗？我教你文绘，作为回报，你要给我天底下最好的画作。"

"只有天下第一的画匠才能给出天下第一的画作。"

"不，只有天下第一的画匠和天下第一的绘料才能给出天下第一的画作。"

"哪里去找天下第一的绘料？"

"一株花妖经历了爱别离、怨憎会、求不得……你不是天下最好的绘料，谁是？"

赵长安掀起衣袖，手臂上是一朵白色的小小花朵。那是我的原形，十八年来我和吴鹭一样，容颜不曾有过丝毫改变。

"你安排了一个成玉又安排了一个吴鹭，最后给我一个燕鱼，你真是用心良苦。"

"他们都是你自己的命，既然做人，就得认命。赵长安从来都只是一个过客。"

他不在尘世之中，跳出五行之外，想生就生，想死就死，自然只是一个过客。千百年前赵长安的名号就已经享誉天下，千百年后人们的记忆里赵长安却始终只有三十六岁，从没有人觉得奇怪。

“楚楚，我的绘料用完了，可这人间的纷纷扰扰还要继续，只有天下第一的绘料才能绘出天下第一的图，那图的名字就是……人。”

我见他衣衫下露出一角皮肤，竟见不到肤色，密密麻麻地刻画着极细小的图案，有花朵，有鸟兽，也有人，都只有毛孔般大小。无论是爱子如命不惜割肤的第一夫人，还是为求一生不惜弑父的燕鱼，都只是他局中的一粒尘埃。

每一千年，绘料都会用尽一次，他便要花费多年时间，培养一株经历爱恨情仇的花妖来供他使用。所以你要问他人是什么做的,他便会答你:无非就是那些个七情六欲。

我觉得眼花缭乱，无数光斑将我包围，还差一笔的花朵好像活了一样从我的脸上繁衍出来，赵长安惊异地望着那株花落在地上，生根发芽，地上开遍了白色的花朵。

“能画出这样花朵的人，你还是头一个。”赵长安说。

那一年，我死了。

八

几十年后，有个垂暮男子叩门，邻里间传说那是如今掌天下大权的江池。他求赵长安绘一株花在他背上，他说自己罪孽深重，想要一个活生生的吴楚楚，他愿倾其家产倾其生命。赵长安望了一眼庭中的花树,那花开得旺盛,只是每一朵都少了一个花瓣,他头一次说出了“无能为力”四个字。

我不愿做人背上的一朵花妖，我宁可盛开在庭院里，这是我自己绘出的命脉，终有一日我要补完前世的一笔逃出他的掌控。可逃出去又怎样？天下都是人，天下都是赵长安，他不掌控你，便有别人会来。

赵长安饮着春茶，看我的挣扎如同看一出好戏。

人世间，任谁都只是过客。太认真，只是徒劳。

释戒嗔

释戒嗔

讲述禅味故事和佛经故事的神秘小和尚。

其清新趣味的文字风格引起了网络中大量读者的关注。

已出版《小和尚的白粥馆》《有人说》等作品。

作品目前已经在多个国家和地区发行。

如 意 说

如意小的时候，很受父亲宠爱，父亲喜欢把如意抱在怀里，一起坐在营帐中，欣赏如意母亲的歌舞。

父亲对母亲说："如意这孩子真像我，以后呀，我要把我的事业统统交给如意。"

如意的父亲可不是某某乡镇的暴发户，而他的事业更不是多少多少亩良田以及多少多少头耕牛。他的事业很大，大到我们想象不出的极限！

如意的父亲就是击败了西楚霸王项羽并建立了汉王朝的刘邦，而他的事业就是整个天下。

可惜，父亲心中虽有了让如意当接班人的念头，但真正想要实现，却艰难得很。

如意并不是嫡长子，他的母亲戚夫人不是刘邦的正妻。刘邦早年未发迹还是泗水亭小小亭长的时候，便娶了一个叫吕雉的女人为妻。吕雉也有一个儿子，比如意大上三岁，叫刘盈。

如意三岁那年，刘盈已被立为太子，如果父亲想要兑现自己的诺言，首先要做的事情就是废黜刘盈这个太子。

在那个时代，想要废长立幼可不是凭借着君王的喜好就可以做到的。父亲不但要打破自古传来的惯例，还要想些办法对付那些冥顽不灵思想守旧的老臣。

不过母亲对这件事倒是满有信心的，母亲偷偷告诉如意："你这个哥哥，性格最是懦弱无用，你父亲最讨厌的就是他这一点。"

母亲还告诉如意一个笑话，有一年，父亲领兵伐楚，结果不慎败北了，项羽自然不肯轻易放过父亲，一路追着父亲的败兵。

父亲逃到家乡，原想顺道接了自己的父亲刘老太公一起逃亡，结果老太公没见到，却见到了刘盈。

母亲说到这段旧事的时候，便忍不住乐了，她说："也不知道这个不识相的小子怎么惹毛了你父亲，你父亲一路上越看他越讨厌，几次三番地要把他推下车子。"

母亲说到这里又叹了一口气："可惜夏侯婴这个老小子喜欢当滥好人，连续几次把已经被推下车的刘盈又救了回来。如果不是他多事，现如今我们哪用这么烦？"

不知道为什么，如意听到这段往事的时候，并没有他母亲那般雀跃。

那一夜，如意做了一个梦。

那是一个夕阳西下的黄昏，尘土飞扬的原野上有辆残破的马车狂奔着，如意看到一个小小的孩子惊恐地缩在马车的角落里，小孩子抬起头，居然是自己的脸。

在车的另一头，如意看到另一张脸，那是父亲的脸，在这张脸上，如意看到过许多微笑与温暖，可是这一次，这张脸狰狞得让如意恐惧。

如意醒了后，出了一身冷汗，耳边仿佛还能听到父亲在梦中的咆哮声："滚下去，快滚下去。"

如意知道，这个声音曾经真实地发出过，只是不是对着他的爱子如意，而是对着那个不肖子刘盈。

如意想到这个光亮渐渐暗下去的黄昏的时候，心中总有些许的不忍。

如意不常见刘盈，父亲对他们母子都不待见，父亲出征的时候，带着的总是如意和他母亲，至于吕雉和刘盈十之八九是留守的。

最近一次见到刘盈，是在父亲的军帐前，吕雉带着刘盈与刚从军帐里出来的他和母亲相遇了。

许是听到了易储的传言，吕雉冷冷地望着如意和他的母亲，有股寒意透了过来，一直冰到如意的心底。

倒是事件的另一个主角刘盈，像个木偶似的傻呆呆地跟在吕雉身后。

刘盈看到如意的时候，居然笑了一下，如意揣摩了一下，这笑容中竟似没有恶意和阴冷。

如意心想，也不知道这个人是像母亲评价的那样是呆子，还是像父亲评价的那样是窝囊废。总之，被这种人压在头上，确实是件让人不忿的事情。

如意知道，从那一天起，最惨烈的战争已经开始了。

身上流淌着同样的血液又如何？

刘盈和如意，只是棋盒中不同颜色的棋子，结果只有两个，黑的吃掉白的，又或是白的吃掉黑的。

在欲望斗争的棋盘上，亲情注定要被分隔在楚河汉界两旁。

母亲知道，刘盈并不是一个真正的对手，真正操控局势的人，是他的母亲吕雉。

吕雉是一个顽强的女人，因为刘邦，她吃了很多苦，先是被当作反贼的眷属关押在沛县的监狱中，然后又被项羽当作人质羁押了几年。

困苦的岁月是漫长的，在经历长达七年的囚犯和人质生活后，吕雉从一个富家小姐成长为一个对手，一个谋略与手段都属于上乘的对手。

吕雉人生最悲惨的七年，最后成为母亲一生的隐痛，那七年牺牲，最后成为吕雉巩固后位的法宝。它让占尽父亲宠爱的母亲，一生都无法动摇吕雉的皇后地位。

母亲知道吕雉已经开始动手了，因为不停有人告诉母亲，今天吕皇后又和某某大臣接触了。

可是母亲却不是那么担心，因为在整件事情中，最终能掌握决定权的人是父亲，母亲知道，父亲的心早在如意这边了。

如意知道母亲还是做了努力，她用了自己的杀手锏，那就是哭。

如意也哭过，失去时哭过，难过时哭过。

单纯地去哭，像个小孩子那样哭。

可是如意也知道，成人的眼泪所包含的，远比他的要复杂得多。

他们用眼泪掩饰着欣喜，用笑容隐藏着心碎，用沉静遮挡着杀机。

相对来说，母亲的眼泪要直接得多，她只是用哭泣替如意争取着权力。

如意没有走上太子的位置，因为刘盈请出了四位隐士来辅佐他，而此前父亲也遣人去请过他们，却被拒绝了。父亲动摇了，他觉得刘盈也许没有他想象中那么差劲，或许民心已经开始向着刘盈了。

母亲当然知道这事的背后是谁在起作用，她在背地里狠狠地抱怨："这个姓吕的阴险婆娘，不知道花了多少黑金，才请动了这四个贪财的老头。"

母亲安慰如意说："就让他们暂时得意一下吧，白痴是没药可医的，用不了多久，刘盈就会把他幼稚懦弱的一面淋漓尽致地展示出来，到时候你父亲就会发现，天下还是应该交给我们聪明乖巧的如意。"

其实如意也不是那么难过，如意并不明白"天下"是多么大的一个地方，又或者是多么高的一种权力。

也许母亲并不是真的要安慰如意，她只是想安慰一下自己。

让母亲梦想破灭的是英布的箭，那一箭带走了父亲的性命。

这一次，如意真正地讨厌刘盈了，如意知道，这次平定英布的叛乱本来应该是刘盈去的。可是那个缩头乌龟却赖着不肯走，父亲迫不得已替他去收拾这个烂摊子。

如意怀疑父亲驾崩的消息传来的时候，刘盈可能不会像自己一样哭，因为那一天刘盈跨越了所有的障碍，他想要的东西，终于都拿到了。

即位的这一天肯定不能算刘盈权力登顶的纪念日，真正权倾天下的是他的母亲吕雉吕太后。

也许在这一天前，并没有多少人发觉吕雉的欲望，至少没有发现吕雉的欲望是如此之大。

吕雉恨如意的母亲，也恨如意。

如意承认吕雉的恨并不是空穴来风，她为刘邦付出过很多，而回报却不多，她以富家小姐的身份下嫁了一个当时一事无成的混混，再接着是苦难的牢狱之灾和提心吊胆的人质生活。而到头来，刘邦宠爱的是母亲，甚至为了如意要剥夺本该属于她儿子的权力。

吕雉自然会报复，那些曾经、正在、即将威胁她幸福的人都应该自食其果，至少她自己是这样认为的。

其实在废立之争不了了之后，父亲已经明白，他在爱子如意的身旁遗落了一把剑，一把足以致命的剑。

父亲想过要保护终将失去依靠的如意，他把如意托付给对吕雉有恩的耿直大臣周昌，然后再让如意远离京城。

然而天变了，父亲想象中坚硬的屏障，实际上脆弱不堪，即便再有贤名，周昌能挡住的只是三次征召，却阻不住如意走向绝境的步伐。

如意最终还是踏上了他的死亡之旅，死亡无疑是曾经被他们逼退在绝地里的敌人最好的安慰剂。

那座即将让如意失去性命的宫殿，如意住过，母亲曾经一次又一次去想象，如意拥有了这座天堂后的结果。可是现在如意可以肯定，这座天堂是那对母子的天堂，对于如意和母亲来说，这已经成了不折不扣的地狱。

如意知道，那年那道冰到如意心底的目光，又要发作了。

在这座宫殿里，曾经有两个人真正爱过如意，一个是长眠于地下的父亲，另一个就是如今已经没有自由的母亲。

如意从来没有想到还有第三个人。

如意再次看到刘盈的时候，他还是像当年那样笑着，如意仔细分辨着这笑容，在这样可以撕下伪装的日子里，如意依然没有在他的笑容里发现恶意和阴冷。

也许在这一天前，兄弟这一个词，能描述的只是刘盈和如意之间的亲缘关系，而手足这一个词，用在他们身上更像一个玩笑。

如意看到了吕雉，她还是那样阴沉着脸，如意注意到了她身后的刀光剑影。

如意发现吕雉的嘴角有一丝笑意，那是种得意的笑，但很快那丝微笑便消失了，因为吕雉看到刘盈牵住了如意的手，紧紧地握着。

如意见过那些颠沛流离的逃荒者，在拥挤的人群中，哥哥紧紧牵着年幼弟弟的手，唯恐分离。

如意以为那样才是真正的兄弟。

如意没有想到这样的场景也会出现在刘盈与他的身上。

如意第一次在吕雉眼里，看到果敢和冷漠以外的东西。

如意甚至可以理解吕雉的不解和无奈。

吕雉也许想告诉刘盈，如意今天的绝境，可能本该是属于他们母子的。

吕雉也许想告诉刘盈，在冰雪中沉睡的毒蛇，终会把毒牙咬在对它手下留情的农夫身上。

吕雉也许想告诉刘盈，她所做的一切，是天下父母都会做的，只是父亲想到的是如意的未来，而吕雉想到的是刘盈。

吕雉也并非无懈可击，刘盈无疑是这个主宰者心口唯一柔软的地方。而现在刘盈正用着唯一有效的办法去抵挡那些可能刺向如意的剑。

如意很想念父亲，如意忘不了父亲抱着他一起看母亲歌舞的场景，如意记得父亲的怀抱很温暖。

可这一天，如意发现原来哥哥的怀抱同样温暖，和父亲的一样。

如意知道，在这座充满欲望的宫殿里，有很多双目光藏在黑暗之中，一刻不停地盯着他。很多人期待着用如意的死亡一步登天。

可他们还是失望了，每一分每一秒，他们都没有机会。

因为每一刻刘盈都陪伴在如意身边，吃饭也好，睡觉也好。

没有人敢透过刘盈的身体，把剑刺向如意。

如意曾经以为哥哥的仁弱会让他一无所成，可是如今如意知道，退缩与忍让，只是因为那些东西对他都不重要。

刘盈独自离开的那天，如意睡得很沉，这些日子如意很累，身心俱疲。

内侍告诉如意，刘盈坐在如意的床前很久，最后还是不忍心叫醒他。

吕雉派人把毒酒送来的时候，如意正坐在窗口，静静地望着窗外的小径，那是哥哥归来的必经之路。

如意想，这大概就是自己的宿命吧，就像世间万物一样，注定要从荣到枯，没有谁能逃脱，只是有些长，有些短而已。

如意知道，哥哥可能不会成为万世景仰的帝王了，因为被人铭记的永远只有丰功伟绩，而不是功绩背后流淌的血。

如意知道，可能有人会被哥哥感动，虽然他只是缩在史书的一角，用只字片语书写一生。

如意还知道，哥哥一定会哭，就像父亲驾崩的消息传来的时候，如意那样放声痛哭。

因为我们都失去了自己最珍贵的。

（参考资料：《史记·项羽本纪》《史记·高祖本纪》《史记·吕太后本纪》）

舞 阳 说

舞阳十三岁那年干了一件震动燕国的大事，他杀了一个人，一个比他大许多的成年人。

舞阳的对手，是一个命案在身的囚徒，杀了狱卒逃窜的亡命徒。

坊间有许多传闻，大抵是夸奖名将秦开的孙子舞阳是如何如何英勇，又是如何如何惊险地擒杀了亡命徒。

那件事，舞阳如今想起来还是一身冷汗。

舞阳记得那个人从街道那头蹿出来的时候，他正准备爬到墙头去捡那只断线的风筝。

舞阳本不想来的，但哥哥说：“你长得这般高大，你不捡谁捡？”

那个人就这样直直地倒下了。

舞阳替那人拔刀的时候，他大叫了一声，昏死过去。

舞阳手忙脚乱地想替他包扎一下，但除了弄得自己身体上的血越来越多，并没有真正起到止血的效果。

等官差来的时候，舞阳站在囚徒的尸体前，浑身都是血迹，手中还拿着一把刀，滴着血的刀。

人群中有人惊呼了一声，这个孩子杀了逃犯。

有人向舞阳打探事情的过程。

舞阳木然地看着他，脑子一片空白，舞阳毕竟只是一个小孩子，怎么可能不害怕不紧张呢？

于是坊间又有一种传闻，名将秦开的孙子秦舞阳杀了人后还很镇静。

很多年以后，有人问舞阳："你最讨厌什么人？"

舞阳说："我最讨厌搞不清楚状况就乱说话的人。"

坊间发生的大事并不多，舞阳的传说就这样，被传颂了一遍又一遍，加强了一次又一次。

后来舞阳在街上走路的时候，已经没有人敢直视他了。

舞阳不知道为什么没有人质疑过那个传说，可能是舞阳的长相确实很符合那个传说吧。

舞阳很想替自己喊冤，我是名将秦开的孙子，长得粗壮一点，威武一点又有什么不可以吗？

太子丹的登门拜访让舞阳和他的爷爷很兴奋。

舞阳曾经很看好太子丹。

秦王嬴政登基的那一天，秦开兴奋地告诉舞阳："燕国的和平年代，就要来临了，你知道吗？太子丹以前在赵国做人质的时候，便和嬴政认识了，两人关系很不错。"

嬴政不是赵国的人质，他是人质的儿子。

舞阳相信这样的友情，因为那份友情是属于两个无依无靠，孤独的人。这样的友谊，无疑比用利益做纽带的感情要牢固得多。

舞阳没有想到，如此纯净的东西也是会变质的！

太子丹恶狠狠地对舞阳说："我要杀掉嬴政，为了这个国家。"

舞阳后来知道太子丹是从秦国逃回来的。

舞阳想，嬴政俯视太子丹的时候，太子丹一定很难受吧。

舞阳以为，如果站在不平等的地位上，就得不到平等的友谊！这样的友谊失去又有什么可惜的呢？

舞阳没有弄清太子丹要杀嬴政到底是为了国家还是为了他被羞辱过的心灵。

舞阳后来想通了，国家不也是他家的吗？为国家为自己有什么区别？

舞阳有个合作者叫荆轲。

荆轲也是一个有传说的人，舞阳更愿意相信荆轲的传说，比自己的要准确得多。

荆轲有两个很奇怪的朋友，一个是以杀狗为生的屠夫，还有一个是喜欢边敲筑边唱歌的高渐离。

狗屠说话很粗鲁，而且口无遮拦，但舞阳喜欢他说话的方式，也许是因为舞阳骨子里也不是斯文人，只是在光鲜的衣着和身份下不得不说些言不由衷的话。

狗屠告诉舞阳，荆轲也曾怀才不遇，也有潦倒的时候。

荆轲曾经在卫国的国君面前舞过一次剑，可是卫国的国君连看都懒得看下去。

荆轲还和赵国鲁句践下过棋，可是因为耍赖被当场抓住，最后不欢而散。

舞阳想，也许英雄都是这样孤独的，但他不是有剑神盖聂这样的朋友吗？人生中有了盖聂这样的朋友还不知足吗？

可是狗屠说，盖聂和荆轲只见过一面，论过一次剑，盖聂对于荆轲的剑术完全看不上。

舞阳终于明白，传说毕竟是传说，不管是自己的传说，还是别人的传说，都只是传说。

高渐离的名气要比狗屠大很多，高渐离唱歌的时候，常常被一大堆人围观着，每曲唱罢，疯狂的掌声经久不息。

高渐离的嗓音很沙哑，声音低沉，像骤雨前的闷雷。

舞阳并不觉得高渐离的歌声有多么好听多么动人，舞阳甚至认为随便把一个碗砸碎了发出的声音都比高渐离的歌声好听。

可舞阳的叫好声，总是观众里最大的。

因为舞阳不想让人觉得自己并不是一个高雅的音律爱好者。

舞阳承认高渐离是一个很好的朋友，他对待狗屠、荆轲与达官贵人的态度是一样的。

舞阳认为，如果高渐离不经常特意为自己献歌一首，自己会更喜欢他一点。

合作者是舞阳对自己的定位，荆轲从不这样认为，他认为舞阳只是他的助手。

舞阳很想提醒荆轲，他用这样无理的态度对待一个来自名门望族的知名的合作者是不对的。

但太子丹对荆轲的态度让舞阳气馁了。

太子丹每天都会来拜访荆轲，荆轲想要的东西，都可以轻易得到，舞阳见到酒席、车马与美女被源源不断地送进荆轲的馆舍。

太子丹知道舞阳的不满，有一次舞阳和太子丹在路上遇见，太子丹说："我们是自己人，所以不必像外人那么生分。"

舞阳疑心太子丹的说辞只是在敷衍自己，但他不得不承认太子丹敷衍得很有水平，因为舞阳的心底甜丝丝的。

舞阳承认太子丹看人是准确的，荆轲是有热血的人，舞阳有次听到荆轲对高渐离说："太子丹是一个知己，如果需要，我愿意为了他付出性命。"

舞阳听到高渐离长长地叹息了一声，声音还是像闷雷一样，舞阳觉得这个人的声音已经没有救了。

舞阳觉得，太子丹与荆轲永远都不可能成为智伯与豫让，更不可能成为伯牙与子期那种知己。

这件事情，从头到尾更像一次交易。

有钱的人不会把金钱看得宝贵，而穷人能不可惜的只有自己的命了。

太子丹是个富人，而荆轲是个穷人。

这件事情，就是这么简单。

不过舞阳承认这次交易很公平，因为交易的双方都在用不在乎的东西换取自己在乎的。

当秦军压境的时候，舞阳知道自己的使命就要到了。

舞阳听说，荆轲要去拜访樊於期。

樊於期同样是个有传说的人，舞阳本就生在一个传说的时代里，这样的时代有传说的人自然很多。

传说樊於期在秦国做将军的时候很威风，传说秦王悬赏了一千斤金和一万邑要他的人头，传说秦王杀光了他的家人。

舞阳一直不相信樊於期是个做过将军的人，但是舞阳相信，樊於期是个有过去的人。

舞阳在街边的酒肆饮酒的时候，常常见到樊於期勾着腰从街头走过。

舞阳直视过樊於期的眼睛，他原以为可以透过这双眼睛看到樊於期叱咤风云的过去或者那股仇恨的怒火。

可是舞阳什么都没有看到，樊於期眼睛里有种舞阳看不懂的东西。

舞阳问过爷爷秦开，秦开说："那是长长的思念、无尽的悲苦以及深深的悔恨混杂在一起了。"

秦开还说："等你到了像爷爷这样年纪的时候，就会发现每个人的眼睛里都有他的故事。"

舞阳原以为荆轲去找樊於期是为了刺探秦国的军情，但荆轲带回了樊於期的人头。

荆轲说："樊将军知道我们要去刺杀秦王，便把他的人头送给我们当作敬献给秦王的礼物，这样我们的刺杀行动便有更多成功的机会。"

太子丹为樊於期痛哭的时候，舞阳的心中一样是酸酸的。

太子丹对史官说："你们要把樊於期的故事记录下来，总有一天要让全天下的人都知道樊将军的节义。"

舞阳不太确定樊於期的死是否真像荆轲所说的那样。

因为一切都是荆轲转述的，没有人知道那次会面到底发生了什么！

但是舞阳愿意相信这个让人热血沸腾的故事结局，因为这也许正是樊於期想要的。

舞阳知道，那道充满思念、悲苦和悔恨的眼神，永远地藏在那双不会睁开的眼睛之后了。

易水的水很清，也很冷。

舞阳不是怕冷的人，但是那一天舞阳的心情不是很好，因为在前一天，舞阳和荆轲吵了一架。

舞阳虽然一直不喜欢荆轲，但是两人从来没有这样正面冲突过。

舞阳一直告诫自己，自己是一个有身份的人，身为名将秦开的孙子，即使和一个来自乡野的莽夫合作了，一样要重视自己的身份，和荆轲这种人吵架除了自贬身份，什么也得不到。

挑起那场争吵的是荆轲，在秦军蠢蠢欲动，燕国乱成一团糟的时候，荆轲还在馆舍里过着吃了睡，睡了吃的生活，完全没有行动的迹象。

舞阳知道不能责怪荆轲不爱国，因为荆轲并不是燕国人。

太子丹来催促荆轲的时候，舞阳也在场。

太子丹说："时间已经紧迫了，荆卿还在等什么？要不我让舞阳先去吧。"

舞阳心里说，然也，太子丹早就应该想到荆轲不是一个可以托付的人了，这样的大事还是自己人去稳妥点。

荆轲的反应比舞阳想象中激烈，荆轲说："这么重要的事情，我们怎么能草率呢？我还在等一个很重要的朋友，我想他应该已经收到了我的飞鸽传书，正在赶来的路途中了。"

那场争吵舞阳本来应该是局外人，舞阳一直认为看别人吵架也是一件蛮有意思的事情，如果不是荆轲用手指一下指到舞阳鼻子前，舞阳是绝对不会加入战团的。

荆轲说，现在冒失地前去，简直就是去送死，特别是派秦舞阳这种没什么用的人去。

舞阳记得自己"呼"的一下就跳了起来。

荆轲和舞阳之间没有发展到动武的地步，因为太子丹的几个随从死死地抱住了舞阳。

在跳起来之前，舞阳其实并不确定自己和荆轲一对一地单挑，能不能打赢，但是舞阳确定太子的随从一定会拉着他。

舞阳还不确定，那天在荆轲馆舍外他射下来烧烤掉的鸽子与荆轲用来飞鸽传书的那只有没有关联。

舞阳承认，高渐离的歌声虽然很一般，但是他击筑的技艺是天下无双的。

易水边和着筑声歌唱的是荆轲，舞阳觉得，荆轲的歌声比他的人品要好很多。

舞阳记得，荆轲唱的歌词是："风萧萧兮易水寒，壮士一去兮不复还！"

在易水边送别他们的人都哭了，这样的场合，如果不哭，怎么能看出我们是一群重感情，有风骨的燕赵之士呢？

舞阳很不满意荆轲唱的歌词内容，舞阳觉得这歌词不吉利，荆轲简直就是乌鸦嘴。

既然是如此艰巨的任务，为什么不能唱点成功刺杀然后全身而退的内容呢？

舞阳也哭了，但是眼泪的含义和他们的未必相同。

舞阳心里有一种说不出的悲凉。

舞阳觉得荆轲的歌词可能是真的。

曾经有很多人猜测舞阳的血一定是冷的，心是硬的。

但是舞阳知道他们全错了。

秦王的宫殿比舞阳想象中要大很多，舞阳曾经想过秦王的宫殿应该要比燕王的大一点，却没有想到居然大这么多。

爷爷说过，空旷的地方给人的压迫感往往比狭小的地方更强。

舞阳以前不相信这句话，可他现在相信了。

舞阳觉得自己有点紧张，但是舞阳认为自己的紧张是正常的，舞阳毕竟不是荆轲这种吃一个饱全家的亡命徒。

舞阳有爷爷，有父亲，有母亲，有哥哥。

还有很多爱他的人。

在这样的时刻，每个爱舞阳的人，都让舞阳有颤抖的感觉。

所以舞阳抖得很厉害，舞阳听见手中的地图被自己晃动得沙沙直响了。

那张地图是督亢的地图，督亢是燕国最繁华的地方，荆轲用来诱惑秦王的便是这块肥美的土地，还有樊於期的首级。

舞阳知道，这种响声不完全是地图发出来的，还有地图里面藏着的那把匕首，那把花费了一百金从赵人徐夫人手中买下的匕首。

严格来说，地图里藏着的匕首已经不是当初那把散发寒光的匕首了，现在的匕首上有一种毒药，一种中者立毙的毒药。

舞阳看到很多秦国大臣都看着他。

舞阳听到荆轲说："舞阳是北方藩属蛮夷之地的野人，从来没有见过天子，所以他非常害怕。希望大王宽恕他一些吧。"

舞阳知道荆轲说的不是什么好话，但他必须承认这是两人之间配合最好的一次。

舞阳看着荆轲从自己手上取走了地图，然后带着温和谦卑的笑，一步步走向秦王。

舞阳承认荆轲的演技比自己好，在同样的情况下，舞阳可能笑不出来。

荆轲摊开地图的刹那，舞阳觉得那是他人生中最漫长的瞬间了，一切一切就像慢动作一样一张一张地翻过。

舞阳看到荆轲拔出匕首刺向秦王。

舞阳看到秦王惊恐地绕着大殿的柱子逃窜。

舞阳看到有个医官用药囊砸向荆轲，在此之前，舞阳还从来没有想过药囊也可以以这种方式救人。

舞阳还看到秦王拔出剑还击，他的剑术居然还不赖。

舞阳最后看到荆轲倒在血泊中，周围围着大群的侍卫。

舞阳不记得刺在自己身上的这刀是什么时候飞来的，但是可以肯定的是，这把刀的主人原意并不是要砍舞阳，只是失手从荆轲的身上擦过，飞到了舞阳身上。

舞阳忽然有种感觉，自己可能是配角了，也许并不是这一刻才是，可能从见到荆轲的第一眼开始便是个配角了。要不，为什么侍卫全部围着荆轲，而不是他舞阳呢？

舞阳觉得人类的历史，其实很简单，不过是你杀我，我杀你，他杀他，成功者的微笑，失败者的鲜血以及小民们永恒不变的泪水与叹息。

舞阳觉得这一天一定会被历史铭记，虽然自己可能只是那张华丽画卷上一只可有可无的苍蝇。

舞阳忽然想起了高渐离的歌。

虽然舞阳坚持认为高渐离的歌还是不如摔碎碗的声音动人，可是舞阳忽然明白了那些曾经让舞阳似懂非懂的歌词。

也许正是一首小人物的悲歌。

（参考文献：《史记·刺客列传》）

沈鱼藻

沈鱼藻

故纸堆里蠹虫，老歌声里寻梦人，
有许许多多老故事，讲给诸位听。
已出版《旧梦 1913》《旧梦 1937》。
作品对民俗风情描写细致精彩，人物性格鲜明，情感动人。

他 从 蓝 桥 走 过

一

对于 E.C. 瑟林格的作品，评论界往往有两种截然不同的意见，一方认为他的作品肤浅无聊不堪一看，纯粹是糊弄稿酬的敷衍之作，一方却说从他表面的玩世不恭中可以看出他过尽千帆后对生命真谛的感悟。这两派评论家互相攻击已达半个世纪，前者指责后者矫揉造作牵强附会，后者指责前者思想浅薄不配评价伟大作家瑟林格……

但是对于最近即将在中国出版的这本瑟林格的小说，两派却很默契地达成了一致——所有人都认为，这是一部伟大的作品。

这是他的遗作。

我算是 E.C. 瑟林格的半个粉丝（当然，令我感兴趣的不只是他的作品，还有他本人），他创作前期中期那些风花雪月的小说我全部读过，但独独这一本被公认为最伟大的作品我并未拜读过。原因说来挺可笑，这本名为《错误》的小说，在 2016 年 10 月之前是没有合乎法律的中文出版授权的，所有刊行的中文版本都可视为侵权。作为粉丝，我自然不会阅读非法读物，但阅读原文对我来说又太困难——天知道，我从小学起就是个外语白痴，无论是英文法文还是日文德文，对我来说都跟天书无异，活到二十岁也只能勉强跟人做口语交流。

但是我和这本小说不是没有缘分的。

2012 年，我大学毕业，毕业旅行去了 E.C. 瑟林格的故乡，一个英国的小镇，在镇上的二战纪念馆里，我看到过《错误》手稿的影印件。

玻璃窗的铭牌上写着捐赠人的名字：顾蓝桥。

是个中国人的名字，一个中国女人，她既不是瑟林格的妻子，也不是他的晚辈，她和他没有任何亲缘或法律关系，只有瑟林格极认真的粉丝才知道这个人。

从《雾都》到《霓虹酒馆》，E.C. 瑟林格 1932 年后的作品全由同一间出版社出版，E & E 出版社是二战时期伦敦一家极负盛名的出版社，而顾蓝桥是 E & E 的员工，一名校对人员，瑟林格 1938 年后的作品大多是由她校对。

更令人惊讶的是，2016 年 11 月出版的这本《错误》中文版，顾蓝桥是译者。

二

1939 年伦敦的一个冬天傍晚，E.C. 瑟林格问顾蓝桥："BB，你的名字是什么意思？"

顾蓝桥这三个中文字的发音对于一个英国人来说实在太难，他又不肯喊她的英文名字 Emily。于是他自作主张地翻译她的名字，蓝桥，蓝色的桥，blue bridge，简称 BB。难听死了，顾蓝桥反抗过无数次未果，只好随他叫去。

顾蓝桥把手从打字机上移开，转过头认认真真地回答他："我的名字来源于一句清朝的词。"

她的名字出自清初词人纳兰性德的《画堂春 · 一生一代一双人》，想了很久她也不知道该怎样给这个英国人翻译那句"浆向蓝桥易乞"，只好写在纸上给他看。她是第二代移民，从小在英国长大，一手中国字写得恁不怎的，瑟林格忍不住撇撇嘴。

顾蓝桥厚颜地无视掉他的鄙夷，向他解释自己名字背后的故事："我爷爷很喜欢这位词人，于是给我取这个名字。蓝桥有典故，说的是唐朝时期一个秀才在蓝桥下遇到一生挚爱，向她祈求一瓢水，赠她玉杵臼为信物，并最终与她携手成仙去的故事。爷爷希望我未来能遇良人，白头偕老，快活似神仙。"

瑟林格看她一眼："你们中国人真奇怪，我看过很多中国的故事，大结局都一定要在一起。在一起真的那么重要吗？"

顾蓝桥奇怪地看回去："当然重要，相爱的人在一起，难道不是天经地义？"

对瑟林格那句“你们中国人”耿耿于怀，她愤愤不平地补一句：“再说了，什么叫我们中国人奇怪，你们西方人的《格林童话》，难道大结局不都是王子公主幸福地生活在了一起？”

瑟林格脸上带着微笑耸耸肩：“我可不觉得《格林童话》里有爱情。”

顾蓝桥又开始用起了打字机，她手上不停，嘴里敷衍：“是是是，只有你懂什么叫爱情。”

她这话不乏揶揄，瑟林格摸了摸鼻尖，没有说话。

1939 年的伦敦，小说家瑟林格是出了名的风流浪子，瑟林格知道，顾蓝桥对他的爱情观不敢苟同。她虽在伦敦长大，连长相上都颇受西化（2012 年我在二战纪念馆里看到顾蓝桥的照片，她颇有几分像法国女明星玛丽昂·歌迪亚），但骨子里更像个传统的中国姑娘，有着古老中国的爱情观。

比如，相爱的人就应该在一起。

瑟林格不再说话，他只是双手放在脑后再次躺了下来，继续口述他的文章。

这是瑟林格和顾蓝桥认识的第二年，他们的关系已经很好，不再似初识时那样针锋相对。

望着顾蓝桥认真的背影，瑟林格的嘴角忍不住翘起，他想起了他们第一次见面时的场景。

三

1938 年 11 月，一个难得没雨的傍晚，瑟林格心情格外好，他单脚踩在凳子上，哼着小曲将一双崭新的皮鞋擦得锃亮，舞会一个半小时后开始，就在距离他公寓三英里外的酒店，他大可以慢悠悠地走过去，边走边欣赏天边绚烂的云霞。

临出门前瞟到电话机，他的好心情就此咯噔了一下子。

电话机已经有一小时没有响过了，难道那小校对员已经放弃了？

因为新书的一些校对问题，出版社新来的校对员已经和他较劲了整整一星期。瑟林格觉得好惊奇，他和 E & E 合作已有数年，当年 E & E 费尽力气把他从别家出版社手中抢来，向来把他当神般供着，对于他文章里那些大大小小的错误，在遭遇了一次拒绝修改后，出版社便学会了睁一只眼闭一只眼，实在不行，则由编辑帮忙改过。但这次新来的校对员不知道搭错了哪根神经，非缠着他修改错误，且非小修小改。

瑟林格对此嗤之以鼻，修改往往更难于创作，他才不要浪费去酒会和剧院的时间来做劳什子的修改！

这一周以来，新来的校对员越过编辑给他打了无数次电话，瑟林格几乎已经可以背出她的开场白："瑟林格先生你好，我是 E & E 的校对员顾蓝桥，负责你即将出版的这本新书的校对工作，尽管编辑说无所谓，但我认为有一些错误必须得到纠正……"

顾蓝桥，听上去是个中国名字，想必是一个执拗的中国女孩子吧。

现在她终于放弃，真是太好了。瑟林格长舒一口气，捞起外套下楼去。

他没有想到，刚一出公寓他就被堵住了。

一个娇小的身影朝他扑了过来，又恰到好处地在他面前停下拦住他去路，那套听了千八百遍的话在耳边响起："瑟林格先生你好，我是 E & E 的校对员顾蓝桥……"

瑟林格无奈地看过去。

1938年时，顾蓝桥刚满二十岁，东方姑娘有着天然的纤细和娇小，她穿烟灰色大衣，围一条红围巾，仰脸望着瑟林格，满眼的真诚恳切。

瑟林格忍不住要叹息了。

他一字一句地对顾蓝桥说："我想我已经表达得很清楚，我并不想做任何修改。现在我要去做很重要的私人事情，请你不要跟着我。"

说完他侧身闪过她，大步流星地走开。

这小小的中国姑娘有着非同一般的执着，她愣了一下，很快就跟了上来，瑟林格步伐越来越快，她只好加速小跑起来。

两个人你追我赶地走了半个小时，瑟林格闪身进了一家富丽堂皇的酒店。

顾蓝桥犹豫了一下，还是跟了进去。

瑟林格噔噔上楼，顾蓝桥仍旧跟在后面，但当瑟林格进入了一个宴会厅后，顾蓝桥却被拦住了——她没有请柬。

瑟林格回头看一眼，小小的中国姑娘被拦在门外，真是可怜，他心里好得意，然而得意没有持续几秒钟——顾蓝桥没有走，她靠着栏杆站住了。

她是铁了心要自己更正所谓错误。

E & E 什么时候来了这么个不识时务的小东西！瑟林格心里懊恼，跳舞的时候也不专心，不小心踩了舞伴的脚好几次。

舞伴是位社交名媛，一朵伶俐的解语花，她看出来瑟林格有心事："瑟林格先生今天是怎么了，为什么心不在焉的？”

瑟林格嘴里嗯嗯啊啊地敷衍着，视线却在往外瞧，舞伴好奇地看过去，一个娇小的异国女孩子正在门外走来走去，时不时地朝宴会厅里看一眼。舞伴瞬间了然，嗔怪地对瑟林格说：“没想到你连东方小姑娘都下手，她看上去满十五岁了吗？”

瑟林格打断她：“伊莎贝，别想当然，她是我新书的校对员……”

他把事情大致向伊莎贝一说，伊莎贝笑了：“竟然还有这么不识时务的小东西，你等着，我来帮你个小忙。”

她丢开瑟林格，朝人群走过去，走到某个年轻男人旁边和他耳语两句，指了指门口。很快那男人朝门口走了过去，不知道他和门卫说了句什么，最后他回来时身后跟着顾蓝桥。

这场舞会是某位男爵夫人为庆祝病愈而举行的，在场皆是伦敦社交界名流。乍入这样的声色场合，顾蓝桥有些怯，她小心翼翼地迈着步子，用雏鸟一样湿漉漉的眼神打探着四周。瑟林格皱眉，他问伊莎贝：“你想怎么样？”

伊莎贝笑吟吟地看着顾蓝桥：“没怎么样，让她丢回丑，给她个小教训。”

她附在瑟林格耳边，将她的计划娓娓道来，她找的年轻男人是伦敦的万人迷，无数名媛贵妇拜倒在他的柔情攻势下，这个顾蓝桥也不会例外，她请求那男人带顾蓝桥进场，和她共舞一曲后再丢开她，当众小小羞辱她一番，好给瑟林格出一口恶气。

听完她的计划，瑟林格没有说话，他只是大步走向顾蓝桥，攥住她的手腕，礼貌地对那年轻男人说：“她是我的舞伴，谢谢你带她进场。”

然后他拉着顾蓝桥进了舞池。

音乐响起来后，他在她耳边训斥：“你是不是脑子有问题？竟然随便跟个陌生男人搭话，你知道他是谁，抱着怎么样的心思吗？”

回想起她刚才乖顺无辜的样子，好像一只待宰羔羊。

偏偏瑟林格先生天生怜香惜玉，见不得任何一个漂亮姑娘受委屈。

唔，漂亮姑娘，顾蓝桥应该算是吧，她有一双楚楚可怜的猫眼，一张翘翘的嘴巴，但这漂亮的嘴巴怎么老是说旁人不爱听的话，比如现在，她又开始了：“瑟林格先生你肯理我真是太好了，我觉得有些问题真的是必须修正的，牵扯到故事的逻辑……”

瑟林格低低地威胁她：“Shut up！”

她的大眼睛里闪过一丝的委屈，瑟林格叹口气：“专心跳舞，出去再说，OK？”

四

一跳完这支舞，瑟林格就迫不及待地拉着顾蓝桥出了酒店。

顾蓝桥还真是孜孜不倦！她从公文包里拿出一沓厚厚的稿纸：“瑟林格先生，需要修改的地方我都在这里标注好了，你只需要……”

瑟林格打断她的话，他指指身后灯火辉煌的酒店：“说说你对这儿的看法。”

顾蓝桥犹豫了一下，小声回答：“醉生梦死。”

瑟林格长吁一口气：“是啊，醉生梦死，我的小说就是写给这些醉生梦死的人看的。你说，有什么必要去顾忌所谓逻辑？我只想当一个流行小说家，用笔头赚点轻松钱，给都市里的花花公子和小姐们编织个美梦般的故事，大家醉眼蒙胧里就着霓虹灯光看，滴两滴酒精味的眼泪。我也轻松，他们也喜悦。这个世界已经够辛苦了，流行小说还那么严肃，让不让人好好活了？”

顾蓝桥小声咕哝了一句话，古怪的发音像是中文，瑟林格问：“什么？”

顾蓝桥重复：“天地不仁以万物为刍狗。”

她又用英文解释：“意思是，造物主没有仁人之心，把万物都当作猪狗一样对待。既然造物主已经把生命的存在当成个游戏，人为什么还要游戏自己？为什么不能把自己当回事，活得严谨认真些？”

瑟林格哧地笑了：“你既然这么喜欢把中国的古话挂在嘴边，那不如这样，倘若你能做出一道像样的中国菜，我就按你的意见修改。不如就饺子吧。”

他这纯属刁难，二代移民顾蓝桥吃 fish and chips 长大，连她的父母都不会包饺子！

顾蓝桥咬了咬牙：“成交！”

此后三天，顾蓝桥都没有出现，也没有给自己打电话。瑟林格以为她这是放弃了。他去过中国，观摩过中国菜的做法，天哪，多么繁琐，想必顾蓝桥是打了退堂鼓，悄悄消失了。

他低估了中国姑娘的执着。

第四天中午，他还在蒙头大睡，房门却被敲响了。

打开门，一堆东西涌了进来，这堆东西后，是中国姑娘如花的笑靥：“我来履约了。”

瑟林格翻看着她带来的那一堆东西，面粉、面盆、蔬菜、肉、刀、木板……他挥舞一下那根小木棍：“这是什么东西？”

顾蓝桥告诉他，这叫擀面杖。

这三天，顾蓝桥晚上就泡在唐人街的中餐馆里向人学习怎么包饺子，等到终于觉得学得有模有样了，她就搬了这些东西来，给瑟林格现场表演包饺子。

“怕直接拿包好的来你会说我是从唐人街买的，眼见为实，我不欺你，你也不赖我。”

瑟林格扑哧笑了，这中国小姑娘真是他平生少见的头一号认真人物。

小姑娘已经认真地开始她的包饺子大业。

她把面粉倒进面盆里，加水揉成光滑面团，切成几块，捞出其中一块，有模有样地用手揉推成长条状，用刀切成一小份一小份，再用那个叫“擀面杖”的东西按压，很快就出现了一张张薄薄圆圆的皮。

整个过程里，顾蓝桥都紧抿着嘴一言不发，过度的认真紧张让她出了满脸汗，汗水沾上面粉，她的脸花得一塌糊涂。做好了所有的准备工作，终于到最后也是最难的一步——包饺子。

第一次她失败了，所有失败品都被扔进了垃圾桶里。

第二次还是失败，幸亏她带的面粉够多，直到第四次，终于包出来了瑟林格觉得不错的成品，此时瑟林格陪着她包了几个小时的饺子，早已经饥肠辘辘，馋虫也早被饺子馅儿的香味勾起，看到终于像样的成品，他眉开眼笑：“我觉得这次不错……”

他话音还未落，顾蓝桥已经把东西全丢进了垃圾桶。瑟林格欲哭无泪，顾蓝桥却严肃认真地说：“不行，下锅后会变成一锅馄饨。”

瑟林格真痛恨她的认真。

直到太阳下山，顾蓝桥才终于包出了她满意的饺子。白白胖胖的饺子出锅后个个完好无损，顾蓝桥很得意，她翘着鼻子对瑟林格说：“无可挑剔吧，现在你得履约改你的稿子了。”

五

愿赌服输，吃人嘴软。瑟林格只好如约改稿子。

一个星期后他亲自去出版社交稿子，惊煞了满出版社的人。

他来出版社，还有另一个原因。

自 1932 年开始，瑟林格将自己小说的出版全权委托给了 E & E，至今已有六年，眼见合同期满，续约与否需要另行商谈，他这次来出版社，正是为了谈这个。

这几年合作愉快，大抵是会继续合作的，无非走个过场罢了。

主编恰巧刚出去，瑟林格于是四处逛逛等他回来，他心血来潮地去了校对部，想看看那认真负责到死板的中国姑娘的工作环境。

兴许因为是午饭时间，校对部人迹寥寥，只有一个女孩子在奋力敲打着打字机，瑟林格礼貌地问："请问，顾蓝桥坐在哪里？"

女孩子指了指一个位子："那里。"

瑟林格顺着她的手指望过去，咦，奇怪，那桌子上放着一个纸箱子，里面塞满了东西，桌子上却几乎要空了，只剩下一台打字机，他问女孩子："这是怎么回事？"

女孩子的声音里听不出情绪："她要走啦，实习期没满，要被辞退了。"

瑟林格大为惊讶："为什么？"

女孩子压低了声音："听说是因为得罪了人。"

她小声说了个名字，是瑟林格责编的名字，瑟林格恍然大悟，想必责编大人是恼了顾蓝桥越过她与自己联系，担心顾蓝桥有企图心，故此要把她驱逐出出版社。

下午，和主编谈合约的时候，瑟林格提出要求："续约没问题，但我要附加一条，在新约期间，我希望书的校对工作都由顾蓝桥小姐负责。"

走出出版社，瑟林格才有些后悔，哎呀呀，指定了顾蓝桥负责，那顾蓝桥岂不是要烦他个五六年？要死了要死了。

但人生如棋，落子无悔，也只好这样了。

接下来的两年，顾蓝桥果真不厌其烦地"骚扰"着瑟林格，一开始她只要他更正逻辑错误，后来连拼写错误都要他自己更正，她对于矫正别人有着磅礴的热情，这让瑟林格头痛不已。

倒是很怀念她包的饺子，于是他和顾蓝桥达成协议，如果送稿的错误率低于某个水平，顾蓝桥就输他一顿饺子。

从 1938 年到 1940 年，两年时间，顾蓝桥输给了他三顿饺子。

而瑟林格换了六七任女朋友。

在成为他的校对员之前，顾蓝桥就听过瑟林格的鼎鼎大名，他的风流比之他的文采有过之而无不及，伦敦半数的贵妇名媛以俘获他为荣。再找不到比他更放浪形骸的作家了，那些作家们喜欢的文学沙龙他一概不参加，他只喜欢声色犬马的场合，诸如舞会酒会。外界评论他，沉湎声色某种程度上损毁了他的创作，如果他肯认真收敛些，绝不会只是一个流行小说家。

对于这些批评声，瑟林格从不放在心上。

但他到底还是为自己的风流付出了代价。

1939 年的一个清晨，顾蓝桥接到他的电话："BB，我需要你的帮助，我在公寓等你，速来。"

六

顾蓝桥在瑟林格的公寓见到他，他可真惨，脸上青青红红，胳膊上绑着绷带，靠在床头哼哼唧唧的。

他日前刚和女友分手，这位女友可不好惹，瑟林格昨天走在巷子里突然被人教训了一顿，用他的话说，对方不仅打了他英俊的脸，还打断了他点石成金的手。

但是新书半个月后就要交稿，于是他只得求助顾蓝桥："我口述，你帮我写下来吧。"

他已经这样惨，顾蓝桥怎么好拒绝。

于是从那天起，顾蓝桥每天晚上都会来帮他敲新书。

台灯洒下暖黄的灯光，顾蓝桥就在灯光笼罩下，有条不紊地跟着瑟林格的节奏敲打打字机，瑟林格歪靠在沙发上口述他的新作，顾蓝桥发现他有一副很好的嗓音，平日里显得轻佻，但在朗诵时却显得异常深情，尤其是当他念到男主角对女主角的表白。

"我不知道该如何表达爱你的喜悦，但我知道，每天清晨我都会在八点一刻之前起床，趴在阳台上躲在花盆后面等你从对面的旅馆里出来，因为早晨这匆匆的单向的一面，我的一天都会变得绚烂……"

顾蓝桥强自镇定着，她的手却一抖，敲错了字。

终于结束的那天，瑟林格的手也好得差不多了，他开玩笑地对顾蓝桥说："每个字都是你亲自敲出来的，这下不需要校对了吧？"

顾蓝桥却认真地回答他："要的，我们中国有一句古话，叫当局者迷。"

瑟林格撇嘴，她还真喜欢她的中国。

他说："既然你帮我写书，不如我也帮你校对啊。"

顾蓝桥惊讶：“怎么校对？”

瑟林格说:“你做当局者，我做旁观者，你念稿子给我听，我来辨别下是否有错误。”

他的眼睛里冒着兴奋的光，顾蓝桥只得应允，她念那份稿子，这是一个关于暗恋的故事。

念到女主角回应男主角的告白。

“我早知道你躲在花盆后偷窥我，所以我把收入的三分之一都拿来置办了衣裳，周一的嫩绿，周二的鹅黄，周三的枫叶红……我希望你一周的每天都有着不同颜色的绚烂。”

瑟林格突然打断了她，他问她：“BB，老实告诉我，你喜欢我的小说吗？”

他有些紧张地看着她的眼睛，顾蓝桥轻轻一笑：“我以为你从不在乎别人对你的看法。”

瑟林格不说话，只是看着她，半天，顾蓝桥妥协了，她老实回答:“说真话，并不喜欢，我可以看到你的天赋，但看到更多的是你的投机取巧。”

瑟林格的内心失望一浪高过一浪，他早该知道，认真，是这位中国小姐让人敬佩的品格。

他问她：“那你喜欢谁的作品？”

顾蓝桥想了一想，说出一个名字：“周念琛，出版社最新的签约作家，他的作品我很喜欢。”

周念琛，一个中国人。

她喜欢中国，她喜欢中国人。

七

后来，瑟林格偷偷找来周念琛的作品看过，那确实是顾蓝桥的审美，认真严谨严肃，语法一丝不苟。瑟林格知道了周念琛是位年轻的中国作家，两年前来伦敦求学。

见到周念琛却是在一个舞会上。

和周念琛一起出现在舞会上的还有顾蓝桥，这让瑟林格大为惊讶。严肃认真的中国小姐向来瞧不起这种声色场合，但她今天打扮得多漂亮！是中国打扮吧，她穿的应当是旗袍，珍珠耳环的光彩映着她的脸。

他没有想到，顾蓝桥来舞会的目的，竟然不是跳舞，而是演说和筹款。

更准确地说，她是陪周念琛来演说和筹款的。那年轻的中国作家站在高台上，慷慨激昂地发表着自己的演说，他说起他的祖国，目前正遭受战火蹂躏的故乡，说起日本侵略者的暴行。

听众们都沉默着。

这是 1939 年的 9 月，月初，德军侵占了波兰，英法被迫对德宣战，战争的阴影又开始在欧洲上空蔓延，在座诸位都是经历过一战的人，深知战争的可怕，而这可怕的战争，在他们未知的东方之地，已经持续了数年！

这场舞会，最终变成了周念琛的个人秀，绅士贵妇们为遥远中国的抗日战争慷慨解囊，周念琛声名大噪。

瑟林格望着台上的周念琛和顾蓝桥，真真一对璧人，难怪顾蓝桥会喜欢周念琛，一个这样认真激昂的年轻人。

从那之后，瑟林格和顾蓝桥的关系开始变得疏远，他亦不再指定顾蓝桥做自己的校对员，顾蓝桥觉得惊讶，跑去问他，瑟林格笑她："傻姑娘，我当初是可怜你要被人家赶出去了，我对伦敦所有漂亮女孩都心怀怜悯，现在你已经在出版社站稳脚跟，用你们中国话说，我已经送佛送到西啦，再和你合作下去，把时间都浪费在修改稿子上，我要把伦敦社交界的名流们都得罪光啦。"

瑟林格和顾蓝桥的关系从此解绑。瑟林格的新书由别人校对，而顾蓝桥呢，她负责给周念琛的新书校对。

有时候顾蓝桥会路过瑟林格的公寓，她抬头看一看，瑟林格的窗子上没有花盆。

1940 年 9 月，和周念琛认识满一周年的时候，周念琛突然向她求婚："蓝桥，我在伦敦的学业要结束了，祖国需要我，我想要回去，我想带你一起回去，你愿意嫁给我，和我一起回中国吗？"

顾蓝桥不知所措。

她一直以为，他们的关系不过是两个在异乡的同乡人，她从不认为他们是情人，而现在他竟然突兀地向自己求婚，并且要带自己回从未涉足过的故乡之地。

她的耳边突然回响起一段话。

"我不知道该如何表达爱你的喜悦，但我知道，每天清晨我都会在八点一刻之前起床，趴在阳台上躲在花盆后面等你从对面的旅馆里出来，因为早晨这匆匆的单向的一面，我的一天都会变得绚烂……"

她对周念琛说："抱歉，我有事先离开一下。"

她噔噔地跑开了，朝着瑟林格家的方向奔去。

他轻浮，他玩世不恭，他沉溺于声色犬马，他有她最讨厌的性格，她也不喜欢他的书……但是在被周念琛求婚的那一刹那，她突然觉得，她应当是喜欢他的。

她在瑟林格的公寓楼下撞上他，他打扮得衣冠楚楚，像是要去赴什么酒会，顾蓝桥扑上去，就像1938年第一次在公寓楼下堵住他时那样："瑟林格，我有话要和你说……"

空袭就是在此刻来临。

八

1945年，二战以德意日的失败宣告终结，在中国的顾蓝桥接到了来自英国伦敦的一封电报。

电报上只有简短的一句话：事关瑟林格，请速回，E & E。

顾蓝桥坐在石榴树下愣了很久。

事关瑟林格……事关他的什么呢？

五年前，他和她都离开了伦敦，她和周念琛一起回了中国，而他却去了美国。

最后见面那天遭遇空袭，他拉着她跑进防空洞躲避，空袭终于告一段落后，她鼓起勇气对他说："就在我来之前，周念琛向我求婚，说想和我一起回中国……"

瑟林格打断了她的话："好事情呀，你不是一直很喜欢你的中国吗？正好我也要离开伦敦了。"

沮丧和悲伤像海浪一样席卷了顾蓝桥的世界，她强撑着用颤抖的声音问他："你要去哪里？"

瑟林格耸肩："去美国，波兰已经亡了，欧洲眼见就要沦为战场，我可不想在战争的阴影底下讨生活，我要去美国，换个地方，继续纵情声色。"

顾蓝桥笑了，笑出了眼泪，最后，她轻声对瑟林格说，保重。

从防空洞出来后，她再未见过瑟林格，也再未听说他的消息。

她和周念琛一起回了中国，但没有结婚。战争岁月里，她成了一名英文教师，原本她以为，自己会在中国终老的。

没想到，却收到这样一封速回的电报。

1945 年底，顾蓝桥回到伦敦。

经历了战火洗礼，E & E 却还存在着，她推开门走进去，还是旧时摆设旧时人，百废待兴，大家都在忙碌地工作着，看到她出现，每个人都未感觉意外，像是她昨天还来上过班，大家都友好地同她打着招呼。顾蓝桥径直走到主编室去，主编已等候她许久。

桌子上放着厚厚一沓稿纸，主编示意她拿起来：“这是 E.C. 瑟林格先生的手稿，他委托我们出版，但要求必须由你做校对……这是他的遗作。”

稿纸纷纷扬扬，落了一地。

1945 年，冬日的阳光从冰糖样的窗子里照进来，外面大街上人来人往，经历战争浴火重生的人们在和平的空气里闲适地走来走去。

而瑟林格死了。

九

E.C. 瑟林格死于波兰的纳粹集中营。

1940 年，他确实离开了伦敦，但他并没有去美国，他加入了军队。在 1943 年的一次战役中他被敌军俘虏，关入集中营。这部遗作正是他在集中营笔耕的产物，非常凑巧，集中营的一个头目是他的读者，为他提供纸笔，默许了他的创作。

这份手稿就是后来在这个纳粹头目的身上发现的，而瑟林格死于盟军大反攻的前夜。纳粹心知回天乏术，丧心病狂地对集中营的战俘们进行了大清洗，瑟林格在胜利来临前化作了一阵烟尘。

在这份手稿的最后，瑟林格写，若能见天日，委托 E & E 出版，由顾蓝桥小姐校对。

半个多世纪的时间里，没有人知道为什么。

直到前不久这本书的中文版得以出版，在新闻发布会上，顾蓝桥的后人向大众公布了这个秘密。

这个秘密是在顾蓝桥生前的中文译本里发现的——顾蓝桥于 1977 年突发心脏病去世，直到几十年后，她的后人才在她的遗物里发现了《错误》的中文译本，顾蓝桥的余生都在努力钻研中文，只为将《错误》亲自翻译成中文。

在 E.C. 瑟林格的这本遗作手稿里，存在着非常多的拼写错处。

而当把这些错处拼凑起来，恰恰是一封信。

E.C. 瑟林格写给顾蓝桥的信。

十

亲爱的 BB：

是时候向你讲讲我自己了。

我的父亲死于第一次世界大战，从他死之日起，我就知道，人生短暂，需要及时行乐。你们中国有一句古话，来日大难，口燥唇干，今日相乐，皆当喜欢。

我很喜欢这句话，若未来必要遭遇大难，在大难来临前，不妨日日狂欢。

对了，我还要告诉你，你对“天地不仁以万物为刍狗”的解读是错误的。

我要告诉你的是，我是喜欢你的。

在战争来临前，我就喜欢你了，可是你们中国人多固执，觉得喜欢就要在一起。我想了想，大约不能跟你在一起，所以也只好把喜欢放在心里。

直到被关进集中营，有一个和我一起被俘的战士，他跟我说，这辈子最不后悔的事，就是在参军前和邻居姑娘互相倾诉了喜欢。

我才渐渐明白自己当初有多愚蠢，1940 年，我应该把喜欢告诉你的。

不知是否还可再相见，你们中国人总爱说来生，若来生还能再相见，期盼会是在蓝桥下吧。

此生光阴最好处

一

“我也有过好光阴呐。”

坐在我面前的这个人突然伸了个懒腰，发出这样一句喟叹，我忍不住撇撇嘴，好光阴，什么好光阴？难道这位老先生还在怀念他曾经“叱咤风云”的“峥嵘”岁月？

老先生大名陈继宗，其实也不见得多老，算一算年纪也就古稀，在我历来的采访对象里可以算得上年轻。

他和季然有着曲里拐弯的亲戚关系，季然喊他一声叔公，在经济不景气的年代，他对季然父亲颇为照拂，因此血缘虽远但关系却近，这次听说季然快要结婚，他特地邀请我们到他加拿大的家中做客一叙。

来之前，季然已经跟我交代过这位叔公的身世，他曾经做的事情并不光明。我生在红旗下长在春风里，自然对贪污舞弊这种事情没有好感，即使是发生在与我的生活全不相干的另一个时代另一个地域，心中也对叔公颇有微词，而他竟然跟我讲，那是他的好光阴！呔，不知悔改。

叔公瞧出我面有异色，苦笑着摇摇头：“不不不，你想错了，我说的好光阴，是我还未成年的时候，在油麻地的庙街……”

二

“我也有过好光阴呐。”

说这句话的不是十四岁的少年陈继宗，而是十二岁的少女谭碧薇。

她背贴在躺椅上，向后伸足懒腰，穿着平底鞋的双足蹬在地上，小腿绷出漂亮的肌肉线条，阳光透过树冠的缝隙斑斓地洒在小女孩的脸上，像擦了一层胭脂粉，整张脸都是红彤彤的。

这是午后，还不到庙街的好时候，谭碧薇在庙街卖唱，得等到晚上人潮来了方才是她的场。

陈继宗在庙街摆地摊卖菩萨像，卖给今生无望寄托来生的穷苦阿婆，谭碧薇没事的时候就喜欢在他周围晃，这句“我也有过好光阴呐”是她的口头禅，陈继宗听了千百遍，早已耳根子生茧。

他知道谭碧薇的好光阴指的是什么，谭碧薇颇有表演天赋，五岁时借着远亲的帮助在歌厅登台，客人们看惯了丰腴的艳女，乍一看到这样的小天使，奶声奶气又颇有腔调一本正经地唱着歌，不由得耳目一新，谭碧薇在歌厅里风光了几年，直到她长大，不再是娇憨的孩子，客人们的兴趣渐淡，加上远亲去世，谭碧薇被歌厅经理客气地解了约，只好沦落到油麻地。

即使可爱如秀兰·邓波儿，一旦长大，观众们也立时把她厌弃，谭碧薇不比邓波儿更幸运，她哀叹：“人家都说青春无价，但我的青春偏偏不值钱，观众只爱看我幼稚无知。”

她翻个身，问正在整理菩萨像的陈继宗：“你呢？你的好光阴是什么时候？”

陈继宗摇摇头：“我没有过。”

他确实没有过，他是广东宝安人，随父亲到这里，在庙街卖卖小像赚一日衣食，听上去已经够惨是不是，但之前的他更惨。

谭碧薇问陈继宗：“你为什么来这里啊？”

在这里大家各有故事，为情为爱为生存……而陈继宗告诉谭碧薇，他来这里，没有半点别的原因，只是因为穷。

谭碧薇惋惜地摇头，穷有什么好说的，这个世界上的苦难千万种，偏偏穷是最乏味且尴尬的，别的苦难譬如是下油锅上刀山，惊险刺激，而穷是身上的虱子，令人难以启齿。

陈继宗哼一声，重重地放下手里的菩萨像："你等着，我迟早会有钱的，我来这儿，可不是为了卖菩萨像的！"

天黑下来了，夜市开始上人了，谭碧薇画好劣质的妆登台，她唱流行曲，唱了这许多年，自有一套架势，只见她清清嗓子扭扭腰踢踢腿，开始唱：

人人想过好光阴　家家有本难念的经

有的是没金钱呀　有的是没感情

无钱有感情　穷有穷开心

有钱没感情呀　富有富伤心

难得有钱又有情　有的是饱暖又思淫

把好好的家庭搅得不太平

……

陈继宗就在一旁津津有味地听着，等谭碧薇嗓子唱累了收了场子，两个人一起去吃东西，在街边小店坐下来，要两份鱼蛋和碗仔翅，吃着吃着，陈继宗突然听到身后传来女人的嗤笑声，他回过头，看到身后一张桌子旁坐着一男一女，不由得惊了一惊。

不像是该在这种地方出现的人啊。

那个男人二十五六岁模样，斯斯文文白白净净，穿着挺括熨帖的衬衫和西装，蹙着眉头，他身边的女人也差不多这个年纪，倒像是油麻地出身，一脸没卸干净的残留浓妆，陈继宗觉得她好眼熟，睁大眼睛努力辨认，直到被发现，那女人指着谭碧薇笑："咦，那不是刚才唱歌的小姑娘吗？"

谭碧薇吓了一跳，羞赧地冲她笑笑。

女人转过头去继续和男人说话："怎么样，张少，知道我和你之间的差距了吧，奉劝你不要再在我身上浪费时间，还是去找个大小姐一起开车兜风。"

男人有些委屈："我对你是真心的，你为何就是不肯接受我？"

女人捞一个鱼蛋往嘴里送，慢悠悠道："张少，人生不如意之事十之八九，你已经这样有钱，做人不能太贪。难道你没听到刚才小妹妹唱的歌？"

有钱没感情，富有富伤心，难得有钱又有情，偏是饱暖又思淫……说到底，钱情相斥。男人冷笑：“我才不相信，不过是穷人仇富，编排来诋毁财富自我安慰，我偏要有钱有情。”

听了他的话，陈继宗暗暗点了点头。

男人喊谭碧薇：“小姑娘，我叫张明光，她叫楚雁雁，你记住了，十年后，我必带她来这儿见你。”

他们走后，陈继宗顿悟：“我知道了，难怪看着眼熟呢，楚雁雁，她是我们上次看的电影里的妃子呀！”

谭碧薇也想起来了，在那部电影里楚雁雁演一个妖妃，有一场沐浴戏，粉红色纱帘隔着香艳的躯体。

楚雁雁是个女明星，或者说得更难堪些，她是个艳星，一个油麻地庙街出身的艳星。

三

转眼就是六年。

六年里陈继宗和谭碧薇的生活并没有什么大变化，依旧是在庙街讨生活，依旧是穷。

陈继宗六年里换了很多营生，但都不比卖菩萨像好到哪里去。

谭碧薇日日怀念着小时候在歌厅的风光，她被称作安琪儿，满座衣冠楚楚，人人都给她掌声。现在她十八岁了，过了最尴尬的青春期，她攒钱请歌厅经理吃了一次饭，希望可以重回歌厅。

为什么不行呢？十七八岁年轻的女孩子，很是讨人喜欢的。

经理却婉拒了她，拒绝的理由是，他们的歌厅只能有小薇，老客人们是不会接受小薇长成大人在舞台上搔首弄姿的，他们宁可小薇死在了八九岁。年轻会唱歌的姑娘很多，不缺一个谭碧薇。

谭碧薇带着酒，和陈继宗在港口旁大醉了一场，大哭了一场。

谭碧薇说：“我也有过好光阴。”

谭碧薇说：“客人们真薄情，秀兰·邓波儿重返舞台也失败了。”

谭碧薇说：“秀兰·邓波儿后来还是飞黄腾达了，陈继宗，我也一定能！”

陈继宗嘴里敷衍着她，他在想另一件事情。

不久前他接到了从宝安寄来的信，信里说，他叔叔想要带着小妹妹来这里，希望到时候陈继宗父子可以收留他们。

妹妹是陈继宗的亲妹妹，出生后过继给了叔叔，分别时妹妹才八岁，现在是个少女了，他迫切想和妹妹见面。

谭碧薇发够了宏愿，又转身抱着陈继宗哭："要是一直长不大该多好，永远活在五岁登台那年，那一年灯光真亮掌声真响……"

她醉死过去，陈继宗背着她回家，少女微凉的手臂搭在他的肩上，陈继宗抬起头看了一眼太平山顶上的灯光，站在太平山顶上看这里会是什么样的光景呢？陈继宗想："有朝一日，我一定要上去看看。"

背上的少女睡着了，但还在边打酒嗝边哭泣，陈继宗托了托她的膝弯，在内心里悄悄加了一句，"和你一起"。

五月的一天，谭碧薇还在睡觉便被陈继宗拉起来："跟我走！"

他拉着谭碧薇奔向华山，在那里他看到了熟人，是他在老家时的邻居大叔。

七年啦，陈继宗早已经变了模样，他向邻居大叔表明身份，急切地问："我叔叔和妹妹呢，他们在哪里？"

邻居大叔突然哭了，在他的哽咽里，陈继宗知道了，他的叔叔和妹妹来不了这里了，在偷渡的过程中他们已经丢了性命。

陈继宗如受雷击，呆愣半晌后，他膝盖一软跪在地上，号啕大哭。

陈继宗哭得脚软，由谭碧薇搀着走回家，在昏黄的路灯下，他脸上犹带泪痕，咬着牙发誓："我一定会出人头地的，小梅，小薇。"

小梅是他已经去世的妹妹，而小薇，是站在他身边鲜活的女孩子。

他生命里两个顶重要的女孩子，他受死去的小梅的刺激而发奋，他要为活着的小薇而发奋。

四

谭碧薇决意要找新的出路。

她十八岁了，十八的姑娘一朵花，长在庙街这种地方是很危险的，在又一次被小混混骚扰后，她下决心要另谋生路。

回家的时候路过电影院，新的海报正张贴出来，谭碧薇驻足看了一会儿，是个时装粤语戏，海报上的女演员个个面孔漂亮，谭碧薇摸摸自己的脸颊，“我也不差啊。”她想。

次日，她在报纸上看到了一则启事，有电影公司公开招聘女演员，欢迎 15 ~ 25 岁的年轻女孩子前来试镜。

谭碧薇欢欢喜喜拿着报纸去找陈继宗，结果与陈继宗碰了个对脸，陈继宗也是喜上眉梢。

他也谋到了新出路，他千方百计花钱托关系，在警察局谋到个小警员的职位。

这个年代，做警察是个肥差，在任何秩序混乱的年代，警察都是个好工作。

谭碧薇问陈继宗：“你不会变坏吧？”

她见过一个消防警员因为主家不给小费而放任大火肆虐，因此有些担心，陈继宗笑一笑，捏一捏她的脸：“反正我永远不会对你坏。”

两个星期后，谭碧薇去电影公司面试，她父母是唱粤剧的，耳濡目染，所以她唱也唱得，跳也跳得，肢体柔软颇有架势，面试官们目光交流，看上去颇有些赏识。

蹦蹦跳跳地出电影公司门，却兜头和人相撞，谭碧薇抬眼一看，不由得喊出个名字：“张明光！”

眼前这人不是张明光是谁？六年过去，他比当年成熟了很多，但长相却没有什么明显变化，三十来岁的年纪，正当好，风度翩翩的，很容易让女孩子心仪。

张明光惊讶地看着她，谭碧薇提示他：“当年在庙街，你听过我唱歌的呀，带着一个漂亮的小姐，跟我说歌词都是穷人诽谤，你要情钱双全，你叫我记住，你叫张明光，她叫楚雁雁，十年后你要带她给我看。”

张明光终于想起来了：“是你。”

没想到在这种地方重逢，谭碧薇问：“那位楚雁雁小姐呢，你们在一起了吗？”

张明光的神色暗淡下来，他的眼睛里浸着苦楚，谭碧薇识相地跟他告别：“我要回家了，再见。”

张明光喊住她：“你来这里干什么？”

谭碧薇回答他：“来面试呀。我不想继续在庙街唱了，想试试看当电影明星。”

张明光的目光在她身上扫了一圈，像在做什么鉴定，最后他和谭碧薇握了一下手：

"祝你成功。"

回家后，谭碧薇向陈继宗讲了这件事，陈继宗嗯嗯啊啊地敷衍着，他只顾看自己的新警服，多威风！从此也要有人对他低声下气了。

五

又过了两个星期，谭碧薇收到了电影公司的信，她被录用了。

她去找陈继宗，陈继宗还没下班，陈继宗刚刚入职，最近总是很忙，他们都已经好几天没有一起去吃鱼蛋和碗仔翅了。

谭碧薇在陈继宗家门前蹦蹦跳跳，这次一定要逮到他让他请吃咖喱鱼蛋。

天黑的时候，陈继宗终于回来了，谭碧薇冲上去迫不及待地宣布了自己的好消息，陈继宗搂着她的腰在半空中转了一圈："走，我请你吃东西！"

他没有带她去吃街边小吃，而是领她进了一家西餐厅，谭碧薇吃了一惊："你疯啦？"

他刚入职半个多月，薪水都还没发，哪来钱进这种地方？陈继宗示意她安静，在她耳边悄声说："外快。"

谭碧薇心领神会。

去电影公司报到时，谭碧薇再次见到了张明光，这时她才知道，原来张明光是这家电影公司的股东。

电影公司集中了最漂亮的姑娘们，大家美得各有千秋、不相上下，所以当她接到要做女一号的通知时，受宠若惊又不知所措，只好去找张明光。

他似是知道她的来意，在她开口之前先说话："这部戏的女主角是唱粤剧的，要求有粤剧功底，候选人里你最符合，我只给你这个机会，能不能表现好看你自己。"

谭碧薇略略安心，晚上她在警局门口堵住陈继宗，陈继宗看到她有些惊讶："你怎么来啦？"

这次换谭碧薇请他吃饭，谭碧薇宣布了自己即将出任电影女主角这件事情，陈继宗皱眉："你才刚入行就有女主角演？"

他的话里颇多怀疑，这让谭碧薇觉得不舒服："你觉得我不够资格？"

陈继宗忙澄清："不是怀疑你不够资格，只是这个世界上哪有那么多理所当然的事情，你有天赋，难道旁人就没有？怎么就偏偏落到你头上，你上次说你的老板是那个张明光对吧，难保他没有什么别的想法，答应我，别演，你还年轻，机会多的是。"

谭碧薇没有说话，他以为她妥协了，给她布菜，继续说:“还有，以后别去警局找我，警局可不比庙街简单……”

他不知道，他那句“你有天赋，难道旁人就没有”已经深深刺痛了谭碧薇的心。

谭碧薇一语不发地站起来，转身跑了出去。

谭碧薇到底还是演了那部戏，这是部粤剧武打戏，谭碧薇在里面演红拂女，编剧虚造出个反派女，巧得很，演那反派女的人，正是楚雁雁。

楚雁雁今年三十岁了，脸颊已经开始失去艳色，上镜前她需要扑比谭碧薇厚一倍的粉。

近距离观察楚雁雁，平心而论，从五官可以看出她很美，但是美又怎样？照样在跑龙套里把青春蹉跎掉了，谭碧薇有些替她惋惜，但也有些抑制不住的得意。

同样是美人，别的美人青春蹉跎掉了，她的还在，她抑制不住这点卑鄙的优越感。

但她也同样抑制不住对陈继宗的思念，从那次不欢而散后她就和陈继宗开始了冷战，她躲着陈继宗，陈继宗也不来找她。

一转眼就到了戏杀青的时候。

杀青那天，张明光特地请她一个人吃饭，席间，沉默着喝到微醺，张明光才开口：“我入股这家电影公司，原是为着她。”

她是谁？毫无疑问，她是楚雁雁。

“我看她辛苦，入股电影公司，愿意捧她成大明星，但她偏偏对我避之不及。”

“她一贯如此，从上学时就是这样，她家贫没有钱升学，我乐意资助她读大学，她却偏不接受，宁肯辍学去做艳星。”

张明光蹙着眉头，自眼睛里滴出苦水，好看的男人哭起来也是很让人同情的，谭碧薇轻声安慰他：“是她自甘堕落，不关你的事。”

当一个人不爱另一个人的时候，你真的没有法子。

张明光伏在桌子上，似乎已经睡着，谭碧薇轻轻喊他的名字，他突然直起身来，一双通红的眼睛望着谭碧薇，他说：“我要捧红你，我要让她后悔。”

说完这句话，他又倒了下去。

原来如此，原来如此，谭碧薇一颗原本七上八下的心彻底沉到肚子里，她长舒了一口气，唤了他的司机进来，自己悄然离去。

走出餐厅门，她跳下台阶，胸腔里像是张起了一面帆，夜风鼓荡着帆，她的步伐快了起来，最后开始跑，她要去找陈继宗，告诉他，张明光对自己没有任何非分之想，他大可以把心放回肚子里。

她的爱情和事业是可以兼得的，谭碧薇踌躇满志。

六

她去了警局，浑然忘了上次见面时陈继宗曾经提醒过她不要去警局找他。

而现在她终于明白了陈继宗为什么不让自己去警局。

她站在警局门口，看着陈继宗同一个穿制服的年轻姑娘挽着手臂走出来，那警花有一张甜美笑脸，一看就是蜜罐子里出身，她望着陈继宗，一双眼睛里全是迷恋。

谭碧薇站在原地没动。

陈继宗看到她了，他稍微愣怔了一下，然后把眼神从谭碧薇身上移开，若无其事地侧过了头，绕过了谭碧薇，和警花小姐一起走远了。

谭碧薇气得发抖，半天才颤颤巍巍地往家走。

半夜，陈继宗来找她，他爬上楼，贴在她的窗子外喊她的名字，谭碧薇不理，陈继宗这半年警察也不是白当的，见谭碧薇不开窗，他身手利落地打开了窗跳进来，长臂一伸把谭碧薇牢牢揽在怀："你听我解释。"

他说："我和玫瑰不是真的，她是华探长的女儿。"

两句话已经将一切交代清楚，说得直白一点，他在利用女人对自己的爱慕。

谭碧薇挣脱开："你是假意，她可是真情。"

陈继宗去牵她的手，向她保证："我发誓不会弄假成真，你给我一点时间，一旦有资本，我立刻收手，如果违背誓言，那就让我后半生孤独。"

他表情严肃，急得赌咒，谭碧薇的表情和缓下来，她放轻了声音："别这样，阿宗，情债难偿，答应我立刻离开她好吗，你还年轻，有的是机会，犯不着冒这个险。"

陈继宗突然脸色一变："你这是在报复我？"

谭碧薇一愣，继而想到，几个月前，陈继宗也是这样劝她放弃那部戏的。

陈继宗的脸色冷了下去："你有你的手段做大明星，我也有我的手段往上爬，你既然不信任我，那凭什么要求我信任你？想我和玫瑰划清界限，好啊，你先和张明光一拍两散。"

不可理喻！谭碧薇拉开门："滚。"

陈继宗冷笑着走到窗户前，身手敏捷地跳了出去，像只壁虎一样消失在了谭碧薇的视线里。

"其实没必要的。"我忍不住说，"假使你们两个当时都后退一步……"

陈继宗苦笑："年轻人是很蠢的，总以为未来还长得很，什么都来得及，也总是搞不懂自己最想要的到底是什么东西。"

从那之后，陈继宗和谭碧薇之间真正的冷战才算是正式开始。

或许正是应了那句情场失意赌场得意，这段时间里陈继宗和谭碧薇的事业发展得都相当不错，谭碧薇的《红拂女》公映，票房打破记录，她一跃成为电影红星，张明光的公司趁热打铁为她量身打造作品，一时间她风头十足。

而陈继宗呢，他头脑灵活又最会察言观色，更借着玫瑰的庇佑，在警局混得如鱼得水连连升迁。

谭碧薇新片上映的时候，玫瑰缠着陈继宗陪她去看电影，她是谭碧薇的影迷。

看完电影，玫瑰意犹未尽："听说谭碧薇正在拍新戏，我好想去现场看看啊，你陪我去好不好？"

陈继宗的脑海里还跃动着方才银幕上谭碧薇的身影，谭碧薇的定位是打女，她打起来真好看。

于是鬼使神差地，他答应了玫瑰。

他不该答应的。

七

那是陈继宗警察生涯中第一次开枪。

他没有想到，第一次开枪就要了一条人命，而且是无辜的人命。

片场突然有劫匪闯入挟持了楚雁雁，陈继宗为抓劫匪情急之下开枪，没想到劫匪以楚雁雁做肉盾挡下了这一枪，子弹正中楚雁雁的颈动脉，她人没有送到医院就死亡了。

陈继宗反应灵敏，在劫匪要逃跑时再开一枪打中了他的腿捕获了劫匪，无心之失，又有战绩，再加上玫瑰的关系，他并没有被诘责，反而成了有功之臣。

而楚雁雁却再也不可能活过来了。

一个龙套艳星的死并没有给人们的茶余饭后带来多少谈资，娱乐圈的大八卦在楚雁雁死后一个月爆发。

谭碧薇和她所在电影公司的老板张明光在一起了。

这个消息在谭碧薇的新片发布会上由张明光亲自公布，不到一天就已经传得人尽皆知。

警局里也在议论这件事情，陈继宗被聒噪的议论吵得堵心，他起身把手里的文件一摔："要议论就出去议论，这里是警局！"

说完这句话他自己走了出去，走在路上，他头昏脑涨，万万没有想到，楚雁雁的死竟然成全了谭碧薇和张明光。

走着走着竟然走到了自家楼下，然后他看到了谭碧薇。

谭碧薇手里抱着一只纸箱子正走出来，蓦地一对视，两厢无话。

还是陈继宗先开口，他问："你要搬家？"

谭碧薇的眼睛里似有万语千言，这时，不远处喇叭声响了起来，谭碧薇低下了头，回答了一声："嗯。"

然后她擦过他身边快步地走了，走向了一辆车，一个人从车里走出来接过她手里的纸箱，是张明光。

她要和张明光走了。

从此他见她，或许只能在电影院里了。

"你为什么不留下她？"

"那时候我觉得，我还没有足够的资本和张明光较量，他是有钱人，而我只是个警察。"

"你认为她是为钱跟他？"

沉默了很久，陈继宗轻轻地叹了一口气。

他没有回答，却没有否认，实际上他那时确实是这样想的，在庙街听谭碧薇唱那首《家家有本难念的经》时，他在内心里就觉得贫贱夫妻百事哀。

他想要扬名立万，他想要一鸣惊人，他想要有足够的资本，中气十足地对谭碧薇说："跟我走。"

他没有想到，这个机会来得这么快。

后来，陈继宗再次升迁，而张明光却迎来了生命里的寒冬——他投资失败，破产了。

更糟糕的是，因为受打击太深，他突发脑溢血，成了一个半瘫。

现在他远远不如自己啦，比起此时的张明光，他年轻、英俊、前途无量，就在半年前，他巧妙地和玫瑰和平分手，玫瑰是个好姑娘，并没有刁难他。

他去找谭碧薇，约在庙街见面。

十年啦，距离那年在庙街唱《家家有本难念的经》已经过去了十年，谭碧薇和陈继宗走出了庙街，又有新的少男和少女在卖唱和卖菩萨像。

谭碧薇憔悴了很多，照顾一个半瘫想来不容易。

陈继宗开口："回到我身边吧。"

谭碧薇踌躇着不说话，陈继宗有些着急："他现在已经成了这个样子，一个没钱的残废，你跟着他干什么？我不一样，我现在有钱了，我……"

谭碧薇深深地看了他一眼，然后她站起身来，转身离开。

八

谭碧薇没有离开又穷又瘫的张明光，这让陈继宗百思不得其解，他不明白到底是怎么了，他为了她努力赚钱，可为什么到头来却偏偏失去了她？

年轻时候的他不懂。

在困惑中，陈继宗继续做他的警察，谭碧薇继续做她的明星，没有了张明光的助力，谭碧薇的明星之路坎坷了许多，起起落落的，但好在她一直都还在。

每次她的新片上映陈继宗都会独自去电影院观看，他看着她一年年在银幕里长大、变老，倏忽之间，就是八年。

1974年，廉政公署成立了，警局上下人心惶惶，那样混乱的背景下，谁没做过几件亏心的事情呀！越是在高位越是有可能狠狠摔下。

陈继宗的上司嗅觉敏锐，早在几年前就提前退休，怕秋后算账，现在他打算移民到加拿大，他好心地提醒陈继宗："身后有余忘缩手，眼前无路想回头，趁现在还有路，赶紧走吧！"

走，走到加拿大去，他有足够的资本，让他可以在异国重起新路，可他不能一个人走，他要带着她一起。

陈继宗再次找到了谭碧薇，他对她说了自己的处境："我是非走不可了，可是我想和你一起走，你愿不愿意和我一起？"

谭碧薇沉默着不说话，陈继宗急了，他握住她的手："我有钱，即使出逃也不是丧家之犬，你跟着我不会受苦的。"

听了他的话，谭碧薇如受雷击，她抬起头望着他，像八年前那样，深深地望着他，然后她摇了摇头。

她不肯走。

他只好自己走。

坐在飞机上，望着渺小下去的城市，陈继宗的心仿佛被凿了一个大洞，高空的风统统呼啸进这个空洞，飞机飞过太平山上空，他蓦地想起那一年背着谭碧薇回家，那时的灯光啊……

一转眼，天地都像衣服渐渐旧了。

九

陈继宗来到了加拿大，他办理了移民，靠着早年的积蓄，生活得并不贫穷，到了加拿大后他对钱倒是渐渐看轻，做了不少慈善，附近的小孩们都笑嘻嘻喊他陈大善人。

谁又知道陈大善人有过怎样的过去呢？

看淡了金钱的陈继宗常常想："我的好光阴到底是在什么时候？什么样的光阴才是好光阴？"大概是在那几年吧，在庙街，他卖菩萨像她卖唱，他们还没有去外面的世界，他们只是彼此的。

"她呢？"我问陈继宗，"从那之后你们再没有联系了吗？"

陈继宗摇摇头，淡淡一笑，他抬起头来看看时间："差不多了，该出去散步了。"

他站起身来，朝楼上走去，我亦步亦趋地跟在他身后上了楼，看他推开一间房间的门。

咦，那是什么？

窗边有一架轮椅，轮椅上坐着一个女人，她头发花白，在咿咿呀呀地唱着什么，我依稀听到歌词。

毛毛雨，不要尽为难，微微风，不要尽麻烦，雨打风吹行路难……

陈继宗走上前去，把双手放在扶手上，轻声问："小薇，唱得累不累，我们出去散步好不好？”

我如遭晴天霹雳，愣在原地。

他喊她小薇。

她是谭碧薇。

一代打星谭碧薇竟然落到这种境地！

陈继宗推着轮椅往外走，边走边跟我讲述后来的故事。

他来到加拿大后第二年，张明光也来了，他是带着谭碧薇来的，一个瘫子带着一个无法自理的女人是没办法出门的，他用尽所有积蓄雇了人带他们来。

他是来把谭碧薇还给陈继宗的。

到那时，陈继宗才知道，原来他离开的那天，谭碧薇是去找了他的，但是天意如刀，她在路上遭遇了车祸。

她去找他，原也不是为跟他一起走，而是为了告诉他，已经有人向廉政公署举报了他，要他小心。

举报他的人，当然就是张明光。

张明光恨他，如果不是他，楚雁雁就不会死。

正是因为恨他误杀了楚雁雁，张明光才会强留谭碧薇在身边，他吃准了陈继宗与谭碧薇两情相悦，吃准了谭碧薇因为楚雁雁的死而替陈继宗觉得愧疚，他和楚雁雁死别，那好，他也要让陈继宗和自己的爱人生离。

陈继宗终于了解了一切。

他蹲下来看着轮椅上的谭碧薇，她圆睁着眼睛，眼神是纯真无邪的，陈继宗去捏她的手，她粲然一笑，突然开始唱歌。

毛毛雨 下个不停 微微风 吹个不停 微风细雨柳青青

小亲亲不要你的金 小亲亲不要你的银 奴奴呀只要你的心

毛毛雨 不要尽为难 微微风 不要尽麻烦 雨打风吹行路难

年轻的郎太阳刚出山 年轻的姐荷花刚展瓣 莫等花残日落山

陈继宗先是一愣，然后笑了，然后眼泪落了下来。

这首《毛毛雨》，是当年谭碧薇五岁登台时唱的第一首歌，那时她是个小天使，大家都喊她小薇，灯光，掌声，安可……那是她最好的光阴。

在港口边，她对他说，如果可以永远活在五岁就好了。

现在她永远活在五岁了，她求仁得仁了。

陈继宗也一样，独自在加拿大的岁月里，他笃定了自己的好光阴是与谭碧薇两小无猜没有其他人的时光，现在他只有她，她也只有他了。

求仁得仁。

十

加拿大枫叶满天的黄昏，陈继宗推着谭碧薇渐行渐远，我望着他们的背影，耳边回响起陈继宗的最后一句话。

“我想回到那一年那一天，我背着她迎着夜风回家，那时我的心里想着太平山，但如果可以回去，我只想她。”

她沉睡在半个世纪的梦里

一

去美国之前，我和季然刚吵过一架。

我和他高中相识，他擅长数理化，我擅长语史地，是后来学妹学弟们口中的学霸情侣，我们谈了十年恋爱，从十六岁到二十六岁，从两个高中生谈到一个会计师一个小说家，毫无疑问的是，我们深爱彼此，但同时，爱不是解决一切的良药，我们会吵架，激动时甚至会动手，姑姑还在世的时候，说我们两个都当惯了天之骄子，脊背上那根骨头一样硬，没有俯首弯腰的基因。

这次吵架，自然还是为我的工作。

我是一个小说家，有人觉得这是神秘优雅的职业，但长辈们大多认为这是无业游民——为了搜集素材，我一年跑十来个地方，季然开玩笑说我是蜻蜓他是湖面，玩笑语气里有点嗔和恼，他父母让他游说我，找一份公务员工作，稳定下来，不要再东奔西跑。

都什么年代了，况且我吃喝旅行不用他季家一毛，结果当然是大吵。

在机场候机时又接到季然的电话，他得知我要去美国，气得跳脚："有本事走了就别回来！”

我讥笑他：“好的，先生，那请你记得让海关限制我入境。”

然后我将手机关机，看看时间还早，从背包里拿出本书打发时间。

书的封面是一张肖像，小楷字写：岑荔荔（1920.7.20–　），照片里的姑娘很美，有一张小小的标致鹅蛋脸，黛眉如清瘦远山，微鬈的发束一个麻花辫搭在胸前，穿白上衣黑裙子的校服，露出一截细而滚圆的小手臂，长筒白袜踩一双圆头的平底皮鞋。照片摄于1936年，这个如今已经90多岁的老妇人在这张照片里只有16岁，高贵、秀美，还带着一点少女的娇憨。

她是我这次去美国的目的。

前不久报纸上刊登了一则消息，曾经的船王之子周公子去世了。每天都有名人在去世，从政界到商界，而这位曾经的船王之子不过是民国众多名流之一，这个消息并未引起太大轰动，但我却上了心，我是小说家，对一切传奇都嗅觉敏锐。

而岑荔荔，是周公子的前妻。

是的，前妻，早在1949年他们就离婚了，其中情由湮没于尘埃，无人知晓，我这次去，就是为了挖掘这个情由，想要以此为蓝本，写一个爱情故事——或许不是爱情故事，其实我想过，听说周公子去世，岑荔荔是否会有大仇已报的快感，毕竟她是他的弃妇。

岑荔荔1943年去到美国，从此再没回过国，她住在曼哈顿。

陈叔来机场接我，一路黑着脸，低气压在头顶盘旋，不怪他怠慢客人，实在是我强人所难。

据我所知，1953年后，岑荔荔一直是拒绝接受采访的，这次我能有幸采访她，多亏陈叔，准确地说，是我以情义要挟了他。

第一次见到陈叔是在姑姑的葬礼上，他是姑姑年轻时候的同学和爱慕者，那时我才知道，原来姑姑竟然认识岑荔荔的管家。周公子去世后，我软磨硬泡，以给陈叔看姑姑生前日志为诱饵，终于磨得他同意我采访岑荔荔。

进门前，他强调：“不许提姑爷和小姐离婚的事情，不许提姑爷去世的事情。”

周公子与岑荔荔离婚已逾半个世纪，但在岑家，依旧称呼周公子为姑爷，而周公子早在离婚后不久就另娶了新人，这真令人哀伤悱恻。

我连连答应，若她真的爱他，我确实不应用她生命中最痛的两件事情刺激她。

一进客厅便被惊住。

好似走进了民国剧的置景现场，最最精细考究的民国戏剧组，时间的轮子在这里被卡住，这间房子里的人永远活在 20 世纪。

楼梯吱呀作响，我抬起头，陈叔搀着一个老妇人下来了。

那就是岑荔荔了，如果没有记错，她应该已经九十多岁，但看上去她至多七十岁，时间在她的脸上停下来了，她是一个安详的老贵妇，至好的是身上没有死亡的味道。

我呆呆地看着她，直到她走到我身边，对我微微一笑。

这一笑，让这个 90 多岁的老妇人，和照片上那个 16 岁的少女重合了。

二

尽管年事已高，但岑荔荔说话仍然口齿清楚，真令我这个采访者欣慰。

岑荔荔与周公子是包办婚姻，我问她："那时候你并没有见过他，为什么会认为自己能爱上他？"

她带一点温软的南方口音："我见过他照片的呀，他那时是很出名的。"

对啊，我怎么忘了，除了船王之子，周公子还有一个诗人的名头，他写新诗，在那时是很出名的，岑荔荔应该是读过他的诗，由他的诗爱上了他的人。

"那你为什么认为他会爱上你？"

婚姻是一场豪赌，尤其是包办婚姻，婚后发现彼此不合酿成悲剧的例子不胜枚举，会接受，多半是因为懦弱。

她睁大眼睛看了我一眼："他为什么不爱我？"

她有一双婴儿似的眼睛，清澈，没有一丝蛛网，从这一眼里，我看到了她年轻时的风华，在 20 个世纪 30 年代，她是上流社会最自信的名媛。

岑荔荔的父亲，是那个年代的橡胶大王，他在南洋做橡胶生意，很快声名远播到中国，岑荔荔 1920 年出生于越南的西贡，1936 年她回国的时候，她的父亲已经是国内人尽皆知的橡胶大王。

她回国是为了读书，读她父亲出资投建的南洋华侨师范女校，出身富贵，相貌漂亮，还带一点久经浸染的南洋风情，16 岁的橡胶公主岑荔荔很快成了名人，那时女子读书，多是在为自己攒精神上的嫁妆，她们很多都是中上层家庭出身，有追求者甚至未婚夫，女校是纨绔子弟们的猎艳胜地，那时女性解放的口号喊得也响，男女间正常的交往，在年轻人里是被当作文明和开化的。

岑荔荔很快成了各种聚会的座上宾，她漂亮又年幼，可以当花瓶而无威胁性，大家都乐于邀请她，而她也几乎从不拒绝邀约。

直到有一天，岑荔荔突然开始拒绝舞会邀约，而且自那之后，她再也没有参加任何一场舞会。

她订婚了，对象是船王之子。

那是1938年初，订婚后的岑荔荔恪守妇道，不再与异性交往，有人不信邪，在她的宿舍楼下念自己写的情诗，而她不为所动。

“他们都没注意到，我那时几乎从来不推舞会，但只推过两次，两次的东道主，都是诗人。”

她的心上人是诗人，因为他，她刻薄了世界上所有诗人，她认为世界上只有一个诗人，那就是她未来的丈夫。

我却对那个被她拒绝的人很感兴趣：“你还记得那个被你拒绝的人吗？”

她摇头：“太多了，不记得了。”

哎，真悲剧，我替那人叹息，他不被她记得名字容貌，仅仅被记住在她楼下读过一首诗——这还是托周公子是个诗人的福！

“我们第一次见面，我就告诉了他，我喜欢他的诗。”

岑荔荔与周公子第一次见面是在他们订婚后的第四个月。

那是一场舞会，不是同学组织的那种舞会，而是由岑家和周家共同的朋友组织的，舞会上有很多人，岑荔荔记得那天自己穿了一件旗袍，搭配一条米色的披肩和一双缎子高跟鞋，出发之前得知周公子也要去，她犹豫了。

要不要避嫌？今天穿的是否不够漂亮不够庄重？她在镜子前转了又转，像只困兽，苦恼死了，父亲的三姨太打趣她：“你怕？”

谁会怕！岑荔荔到底还是去了舞会，不敢与别的男人跳舞，站在二楼和东道主千金聊天，一双眼睛却像个小贼到处乱看。

周公子来了。

人群里一阵喧哗，这个新诗人名头响亮，他穿了一件毛料西装，英气漂亮，岑荔荔望着他，脑袋里隆隆作响，等到她反应过来的时候，已经走到了他的面前，她有一腔勇气，痴痴地看着他，问他：“我可以请你跳支舞吗？”

周公子认出了她，他看过她的照片。

他握住她一只手，揽住她的腰，音乐声起来了，他们像两只蝴蝶在舞池里翩跹，岑荔荔踮起脚尖凑到他的耳边，小声说：“我读过你的诗，我喜欢读你的诗。”

周公子啊了一声，尾音上扬，好像没有听懂，岑荔荔干脆开始背诵那首她最喜欢的作品，那首诗很长，一直到一支舞曲结束她才背完。

跳着舞背诗，停下来的时候岑荔荔气喘吁吁的，她用一双黑亮湿润的眼睛看着他，如同在看星辰，周公子凝视了几秒钟他美貌而勇敢的未婚妻，从口袋里把三角巾拿出来擦擦她的额头，笑着说：“瞧你，一脸的汗。”

他轻轻一笑，岑荔荔知道，自己这辈子已无可救药。

三

船王的儿子和橡胶大王的女儿，诗人和读者，郎才与女貌，这世上还有比他们更般配的一对吗？ 1938 年底，他们结婚了。

从 1938 年初订婚，到 1939 年的 7 月，这是岑荔荔一生中最快乐的时光，他们的婚后生活如她想象中一样美好，但欢愉短暂，仅仅维持了一年。

1939 年 7 月 20 日，岑荔荔的 19 岁生日，在这一天，周公子被捕了。

警察是来家里拿人的，变故发生的时候，周家正在给岑荔荔庆祝 19 岁生日，白天碍着亲朋好友的面子，先做了传统的席面，吃寿桃和寿面，晚上就是小夫妻的独处时光了，他们夫妻是新派人，周公子给岑荔荔买了一个蛋糕，插两支蜡烛代表 1 和 9，岑荔荔握着手许愿。周公子好奇地问她：“你许了什么愿？”

岑荔荔笑一笑，没有告诉他。

然后就听到了喧闹声，楼梯的咯噔声，门被粗暴地推开了，荷枪实弹的警察一拥而入，周公子站起身来，他似乎早就料到会有这天了，他厉声喝止了警察往里走的脚步：“站住，我会跟你们走的，走之前先让我吃完蛋糕，今天是我夫人的生日。”

他是诗人，竟然有军人的威严，警察们对视一眼，退了出去。

周公子像是没有发生过刚才的事情那样，吃完了妻子的生日蛋糕，为她裹一裹披肩，柔声说：“我跟他们走一趟，很快就回来。”

他却再没有回来。

1939 年，周公子被判终身监禁。

岑荔荔好后悔，她许的愿是和周公子一生相爱，若是早知道，她应该许愿他一生平安。

那之后的事情我知道，因为周公子的牵连，岑周两家的生意也一蹶不振，1943 年，岑荔荔得重病来美国医治，同时，为了维持岑周两家的开支和营救周公子，岑荔荔开始学做生意，不愧是橡胶大王的女儿，她做生意很漂亮，可以说，在曼哈顿这套价值不菲的房产，全是岑荔荔两手赚来。

后面的事情便是不可说，1949 年，周公子被无罪释放，那一年周公子与岑荔荔离婚，两年后，他娶了新人，终其一生，也没有去过美国。

不可说，不可说，我收拾好东西，打算告别，那老贵妇却用一双婴儿似的眼睛好奇地望着我："这就走？不听后面的事情了吗？"

她突然笑起来："正好，我也乏了，后面的事情，让霁晴讲给你听吧。"

我的脊背一凉。

霁晴，是周公子的笔名。

他不是已经死了吗，就在两个月前，死在了家中。

我僵硬地回过头，看到了他，他站在楼梯上，像是已经站了很久，儒雅的老先生，他严肃地向我点点头，目光再转向岑荔荔时，已是柔情似水。

陈叔推门进来，搀着岑荔荔上了楼，经过他身边时，他为岑荔荔掖了掖披肩，亲昵得让人脸红。

等到岑荔荔彻底消失在视线里，我才忍不住压低声音对他说："你不是周公子，你到底是谁？"

他决计不会是周公子，真正的周公子已经死了，可是他却以周公子的身份在这房子里自居，且没有人戳破他，我甚至已经脑补了一个阿加莎式的悬疑案。

他笑一笑："我当然不是周公子，我叫邱雨路，是荔荔的老朋友。"

他顿了一顿，接着说："一个她不记得的老朋友。"

四

邱雨路，就是我感兴趣的那个，邀请岑荔荔去舞会，却被拒绝的年轻人。

岑荔荔不记得他了，对于她来说，他是若干个被她拒绝的人之一，唯一的不同是，他写诗，且因为写诗，被她分外刻薄，但她不记得他的脸和名字。

他在她的宿舍楼下读诗，他自己写的诗，他知道她的未婚夫是个诗人。

她的楼下有一棵树，秋天到了，树在落叶子，他站在树下念了半小时的诗，半小时后，她宿舍的窗户推开了，那张让他魂牵梦萦的脸探出来："别读了，我是不会参加舞会的。"

他抬起脸来看她："我看过周霁晴的诗，如果你喜欢诗歌，我写得比他好。"

岑荔荔眯了眯眼睛，这是她发怒的前兆，然后她砰地关上了窗户，把他结结实实地关在了自己世界的门外。

那时代毕竟保守，邱雨路知道，岑荔荔是别人的了，但他不甘心，他偷偷跟踪岑荔荔，为的只是在她嫁人之前多看她几眼。

她和女伴们在一起的时候他跟踪她，她去图书馆的时候他跟踪她，订婚后的岑荔荔沉浸在对未来的想象中，在少女的娇憨之上有了即将成年的羞怯，越发美丽，令他心生妒忌。

一个下雪的冬日，岑荔荔去市图书馆，从学校到图书馆，需要经过一片小树林，冬天的小树林，叶子落光，枝丫秃秃，地上有落叶和积雪，岑荔荔穿一件呢子大衣，双手插进衣兜里，小声哼着歌步履轻快地在前面走，落地有沙沙声，邱雨路小心翼翼地远远跟在后面。

但是他终究还是暴露了。

岑荔荔突然停下脚步转过头："出来吧。"

邱雨路磨磨蹭蹭地从树后走出来，岑荔荔没有认出他就是那个楼下念诗的人，她像警告每一个追求她的登徒浪子那样，严肃地警告他："我已经有未婚夫了，请不要再跟着我。"

她严肃起来更漂亮，小小的、幼稚的鹅蛋脸，让邱雨路神魂颠倒。就在他神魂颠倒的时候，岑荔荔走了。

一个月后，岑荔荔办了休学，回家等着嫁人，从那之后，邱雨路没有再见过她，直到 1943 年。

其实他本来有机会见她一次的，在她的婚礼上，但是他不敢，怎么忍心见心上人为他人披嫁纱？

1943 年，岑荔荔为病来到美国，而那时的邱雨路，在美国做一名医生。

天可怜见，他又见到她了，但是她不认识他了——准确地说，她从未认识过他。

岑荔荔五劳七伤，23 岁的年纪，身体连 32 岁的都不如，邱雨路知道她这些年的境遇，知道她的丈夫入狱，他从未放弃过打探关于她的消息。

“岑荔荔为什么会把你当成周公子？她得了阿尔茨海默病？”

我的眼神里满含质疑，我是个感性的小说家，在和岑荔荔的谈话里，我已经成为一个坚定的周岑 CP 粉，而现在竟然有人冒充周公子，来骗取岑荔荔的感情——或许还有财产。

邱雨路看出了我的心思，他淡淡地问：“你被周霁晴和岑荔荔的爱情故事所感动，对吗？”

我磊落点头，他笑：“那你有没有想过，如果相爱如斯，1949 年他们又是为什么离婚？”

我迷惘，邱雨路一字一句，为我解惑：“因为，周霁晴，根本不爱岑荔荔。”

我震惊如眼见火山爆发：“不可能，他们第一次在舞会见面……”

他打断我：“那次我也在，周霁晴拒绝了岑荔荔的邀约，他说他不舒服。”

“那他被捕的时候说‘等我回来’……”

“他被捕的时候实际在文敏公寓。”

文敏……周公子与岑荔荔离婚两年后娶的新妻，原来他们竟然早就相识？我所读的关于岑周二人的文章里，从未有人提及这个。

“那岑荔荔……”

邱雨路指指自己的脑袋：“脑袋里出了点问题，但不是阿尔茨海默病，她的记忆出了错，对有些事情做了美化，有些事情做了扭曲，她记忆里关于自己和周霁晴相爱的部分，其实全是自己的杜撰。或者说，是她的梦想。”

呵，梦想，我愣在原地。

五

周霁晴不爱岑荔荔。

尽管她美丽，尽管她富贵，尽管她勇敢，尽管她爱他。

但他不爱她，他所爱的另有其人，文敏与他早就相识，但他的家庭不接纳文敏，他接受了家里安排的婚姻，但不接受家里安排的“爱情”，在他和岑荔荔短暂的婚姻里，文敏一直像个影子一样存在，后来他入狱，文敏亦不离不弃，她从 16 岁开始，用一生等他，在 1951 年终于嫁给了他。

很动人是不是，如果没有岑荔荔。

同学聚会上，有人谈起岑荔荔，谈她在爱情和婚姻上的不如意，有人惋惜，有人幸灾乐祸，邱雨路独自走出去，站在酒楼的天井里，仰着头看了一会儿雪，回来的时候脸上湿漉漉的，也说不清到底是雪水还是泪水。

他爱她，她的生命却被一个不爱她的男人给糟蹋了，他连眼见都不能眼见，只能听闻着，无能为力着。

1939 年的春天，邱雨路接受家里的安排，去了美国，读医科，等到 1943 年再见岑荔荔的时候，他已经成为一名医生。

岑荔荔没有认出他来。

他按捺住心里汹涌澎湃的失望情绪，脸上带着微笑给岑荔荔量血压，他的手轻轻触碰在她消瘦的小手臂上，以一个医生对病人的名义，他开玩笑地问她：“我觉得岑小姐好面善，我们是不是在哪儿见过？”

岑荔荔摇了摇头，她婴儿似的双眼让她说不了谎。

后来邱雨路成了岑荔荔的家庭医生。

他看到了岑荔荔对周霁晴的爱，岑荔荔所有的忙碌都是为了周霁晴，最初，她还抱着把他救出来的奢望，后来眼见着奢望真的是奢望，她开始把目标降低到至少让周霁晴在牢里不至于太受罪，这些都需要钱。他看着岑荔荔的病一点点好起来，看着岑荔荔为周霁晴一点点成长起来，成为一个女商人。他没敢再对她说喜欢。

岑荔荔和周霁晴的离婚事件，他也亲眼见证。

那是 1949 年，一天早晨，邱雨路照常去给岑荔荔看病，进门看到岑荔荔满脸笑容，她给邱雨路看了一份报纸，那份报纸漂洋过海从中国寄来，上面刊载着一个消息，周霁晴被无罪释放了。

邱雨路看着她的笑脸觉得心酸，她丈夫获释的消息，她竟然是从报纸上看到，这样还欢天喜地。

邱雨路觉得很绝望，他自暴自弃地想，哈，等到周霁晴来了美国，自己一定要给他好好做个检查，保证他能活到七老八十，陪岑荔荔漫长时光。

但是周霁晴没有来美国，来美国的是一份电报，电报内容是，他要与岑荔荔离婚。

电报来之前，岑荔荔正要出门。

她要去给周霁晴汇款，汇一笔让他来美国团聚的款子。

读完电报，她知道不必了，但还是站起来走了出去，邱雨路看出她的失魂落魄，他拿了一把伞追了出去，外面在下雨。

他跟在岑荔荔身后，举着伞沉默地跟着岑荔荔毫无目的地走了好几条街，岑荔荔突然停下来，眼睛是没有焦距的，她问：“霁晴是不是嫌我当初来了美国，没有留在国内陪他？我去给他汇款，让他来美国，他来了后你要替我作证，同他讲，我当时是实在病得没办法。”

邱雨路觉得鼻腔酸涩，他柔声回答她，好。

钱还是汇了出去，岑荔荔等了一个月，一个月后，她终于接受了事实，在协议书上签了字。

签字的时候她手抖得厉害，她的帕金森就是那个时候落下的。

那一年，岑荔荔失去了她的丈夫，永久地失去了。

六

岑荔荔的记忆是在 1953 年开始出现问题。

她不再记得和周霁晴离婚的事情，也不再记得故国已经换了新天地，在她的记忆里，周霁晴还在狱中，需要她的接济，她每个月照旧汇钱回国，给“狱中的丈夫”。

没有人纠正她的记忆，1953 年开始，岑家不再买报纸，邱雨路每次踏进岑家都觉得窒息，这是一个欺骗的世界。

岑家其他人却不这样认为，陈叔的父亲，老陈叔，他是照看岑荔荔长大的管家，他语气平静地对邱雨路说：“只要她觉得快乐，事实是怎样的，有什么重要呢？”

可这是自欺欺人。

1954 年底，岑荔荔记忆出现问题一整年，邱雨路终于爆发，那天他给岑荔荔看病，岑荔荔歪在床上，吩咐老陈叔下午不要忘记给霁晴汇款，邱雨路突然开口：“你们已经离婚了。”

岑荔荔睁大了她的眼睛，诧异而惊奇地看着他，然后又转头看看老陈叔，老陈叔有点不知所措，邱雨路再次开口：“陈叔，不要再帮她自欺欺人了，岑荔荔，你和周霁晴，五年前就已经离婚了，五年前周霁晴被无罪释放，他跟你离了婚，现在已经是 1954 年，周霁晴再婚都已经三年了，你不要再骗自己了，他不需要你了。”

他从口袋里掏出一张被折成四角的报纸，展开来给她看时间："你看，1954 年。"

他有备而来，整个屋子里是一阵吓死人的寂静。

然后岑荔荔突然抡圆胳膊，狠狠地给他一个耳光，她的手不停地抖动着，像她第一次拒绝他的时候，她楼下那棵落叶的树。

邱雨路站起身来，一言不发地推开门下了楼。

半个月，他没有去岑家。

半个月后，他去了越南。

他来到了越南，西贡，岑荔荔的童年和少女时期在这里度过，他在岑家老宅的对面租了房子，每天遥望着岑家老宅的门，想象着 16 岁之前的岑荔荔，她从大门里出来，她在门外放风筝……如果早来越南就好了，在岑荔荔还没有读到周霁晴的诗之前，来到越南，遇上她，爱上她，读诗给她听，让她爱上自己的诗，爱上自己的人。

渐渐地，望着岑家门的时候，邱雨路也出现了幻觉，他似乎真的可以想象出，童年时期的自己，少年时期的自己，在岑家的门外，和同龄的岑荔荔一起玩耍，郎骑竹马来，绕床弄青梅，同居长干里，两小无嫌猜。

他想回去了，回美国去，告诉她，他理解她了，因为他得了同她一样的病。

世间最苦求不得。

但是他没能回去，在他预备回去的时候，越战爆发了。

这场战争旷日持久，持续了整整二十年。

因为种种原因，邱雨路滞留越南，等到 1974 年，越战结束前夕，他终于回到美国的时候，他已经五十七岁，而岑荔荔，也已经五十四岁。

大半个世纪过去了，大半生已经被战争糟蹋完了。

站在岑家大门外，邱雨路觉得一切像是一场大梦。

他坐在岑家客厅的沙发上，楼梯咯吱咯吱响，岑荔荔下楼来了，她停在楼梯一半处，没有继续下来，好奇地看着他："你是谁？"

她忘了他，再次忘了他。

鬼使神差地，邱雨路回答她："我是霁晴啊，我被释放了，我来找你了。"

他已经做好了被再抡一个耳光扫地出门的准备，没有想到的是，岑荔荔的眼神柔和了下来，含情脉脉，让人脸红，她的脸也是红的，好像为刚才没有认出丈夫而感到害臊，她走下来，挽住他的手臂，眼神就如同 1938 年她在舞会上向周霁晴邀舞的时候那样，她说："你来啦，我等了你好久。"

1974 年，岑荔荔等了半生，终于等到了和她"丈夫""周霁晴"的团圆。

岑家上下对此很快地适应了下来，就像这些年里伪装周霁晴还没有同岑荔荔离婚那样，岑家的人有伪装的经验和天分。

岑荔荔总是拉着"周霁晴"讲他们那短暂婚姻里的事情，她问他："你记不记得爸爸那只黄嘴鹦哥？你说过要送我一只的，可惜后来你就走了。"

"周霁晴"温言软语地回答她，"记得呀"，转头他就去花鸟市场买了一只黄嘴鹦哥。

他知道，什么黄嘴鹦哥，什么许诺，都是岑荔荔自己一厢情愿编织的记忆，没关系，他陪她，活了半个世纪，经历了战争和离乱，只要活着，什么梦都好织。他陪着岑荔荔，帮她把一出杜十娘，生生织成了王宝钏。

关于岑荔荔为什么会相信自己就是周霁晴，邱雨路想，或许是因为，她等待太久了，她等了几十年，近乎半个世纪，像等一艘轮船，等得太绝望，总也等不到，如果此时有一条小舢板经过，告诉她，这就是轮船，她也会相信的。

她相信的不是谎言，而是自己的梦想。

而关于自己，邱雨路相信，岑荔荔是真的忘了自己，那个在她楼下读诗的爱慕者，那个跟踪她的爱慕者，那个被她打出门的医生，在尚且健康的她的认知里都是不相干的三个人，她唯一认识的是医生，而在她病后他离开的二十年里，她忘记了医生。

岑荔荔太爱周霁晴，爱得自己的世界里没了别人。

那么邱雨路也不介意，不介意爱岑荔荔，爱到自己的世界里没了自己。

七

回国后，我和季然和好了。

至少我们是相爱的，至少我们明确地知道，自己爱的就是彼此，不是谁的替身，不是谁的影子。

多么难能可贵。

我向他讲了岑荔荔、周霁晴与邱雨路的故事，他是工科生，却依旧听得唏嘘，同时他告诉我，橡胶一词来源于印第安语 cau-uchu，意为"流泪的树"。

流泪的树，我想起了岑荔荔的眼睛，那样干净清澈如同婴儿，她没有眼泪，她奇异的记忆把她的眼泪都吞没了，在她的记忆里，一切不好的事情都可以扭曲成幸福的。

季然问我："你不替他们觉得悲哀吗？"

他们？岑荔荔与邱雨路吗？

我想了想，摇摇头。

世间最苦求不得，世间最幸是求仁得仁。

至少在她和他虚构的那个世界里，她爱的人是爱她的，而爱她的人也可以尽情地爱她。

叹 息 桥 下 唯 余 叹 息

一

八月末的一个周六，我和季然各自占据一边沙发，我刷手机他看书，突然门铃响起来，我用脚尖踢踢他："快去开门。"

他瞪我一眼，无可奈何地站起身来下楼去。

再上来的时候他的手里拿着一个包裹："你什么时候又出了新书，我怎么不知道？这回又是编排哪个人？"

我接过包裹，快递单上寄信人显示来自某出版社。

"不是我的书。"我告诉季然。

我抱着包裹回到自己房间，打开电脑登录 QQ 告知出版社编辑样书已收到，编辑回答我，过几天这本书就会在各书店上架。

"可惜她没等到。"编辑唏嘘不已。

我在对话框里打："不，她早已经料到。"

想了想，却还是把这句话删掉，只发了个表情过去——她的事情，原本就不该为外人道。

她是当世著名的舞台剧演员贺珈蓝，一年前我曾经采访过她，当时她正在写这本关于舞蹈的书，采访结束的时候，她对我说："如果在这本书出版之前我遭遇不幸，那么拜托你帮我把这本书出了吧。"

我以为她是开玩笑，谁知道采访结束后不久她果然寄来了委托书，郑重地签了名盖了章，我拿着那份具有法律效力的委托书脊背发凉，打电话给她，问是否有人正在威胁她的人身安全，又或者她是否觉得生无可恋，但是她却一一否认，并且不愿再见我。

五个月后，她寄来了那本书的全稿，然后她在完稿一个月之后，死于非洲加纳的故居，经警察鉴定，不是他杀，也非自杀，就是一场意外死亡事故。

我把全稿交给了相熟的出版社，出版社本来并不出工具书，但看在贺珈蓝的面子上还是接下了，到现在，终于出版。

过几天图书上架，我去了离家最近的书店，正值周末，书店里到处都是看书和买书的人，工具书前门可罗雀。编辑曾经问过我是否要给这本书做盛大宣传，毕竟贺珈蓝遗作是个响亮的名头，我却摇头拒绝。

这样的话我也曾经问过贺珈蓝，她说，有缘人总会看得到，凡事不必强求。

可是这个世界，有钱人到处都是，有缘人又何处寻觅？我唏嘘感叹，却见一个熟悉的身影走进书店来。

是他，贺珈蓝生前男友，著名的舞台剧导演章咏安。

上一次见他还是在一年前，他的舞台剧公演时。

章咏安人称鬼才，在舞台剧领域享誉盛名，连贺珈蓝也是他一手捧红，然而近年来娱乐方式渐渐多样，舞台剧这种传统艺术受到冲击，重伤之下求变，反而变得越来越不知所谓，在去年之前，因为一个失败的舞台剧，章咏安已经被外界质疑了长达两年。

一年前那场舞台剧，打出的噱头是，贺珈蓝复出兼告别之作。

贺珈蓝早在三十年前就离开了舞台，那时我还没有出生，她的风采我只在影像资料里看过，我仰慕她已久，听到她复出的消息，欢呼雀跃，立刻拉着季然去捧场。

演出果然大获成功，我托人向她提出采访要求，却被拒绝，工作人员告诉我，她已经连夜赶回加纳，连庆功宴都没有参加。

我铁了心一定要采访她，特地买了机票飞去加纳，三顾茅庐，终于感动伊人。

一年时间过去了，我还记得她在加纳的家，印象最深刻的是放在长长阳台上的一排沙漏，那么多那么多的沙漏，里面的细沙在阳光的照耀下闪闪如黄金，让我想起加纳的别称——黄金海岸。

我还记得，我问她的第一句话是："贺小姐为什么会选择在加纳定居？"

而她回答我的是："我和加纳，相识五十年，和我认识章咏安的时间一样久远。"

二

1967 年，贺珈蓝第一次来到加纳，彼时她 17 岁，正是少女最丰腴鲜嫩的年华。

对于来加纳，她心里挺不乐意，加纳有个美丽的别称，黄金海岸。少女时代的贺珈蓝一度迷恋这个美丽梦幻的名词，可是世界上有那么多个黄金海岸，贺珈蓝去的那个偏偏是她最不喜欢的。

但是没有办法，来加纳是父母给她做出的决定，贺珈蓝父亲开的工厂被袭击，父母担心会祸及子女，恰好贺家有亲戚在加纳，所以将贺珈蓝托付到加纳读书。

贺珈蓝不喜欢加纳，她讨厌当地奇怪的口音，咸腥的海水，黑暗的城堡。

初到加纳的半年，贺珈蓝始终沉默寡言，脸色阴沉得好像要滴水，让亲戚简直怀疑这是否真的是传言里贺家那个知书达理的小小姐。

贺珈蓝的沉默终结于一个阳光晴好的午后。

是的，那天她遇见了 24 岁的章咏安。

在加纳，贺珈蓝不愿意同人说话，她默默读着书，在学校她有一块安静的读书地，在一棵高达 30 米的海枣树下。

那天她又带着书去海枣树下温习功课，但不幸的是，海枣树下的根据地已经被人霸占，几个和自己年龄相仿的男孩子女孩子正在树下装模作样地排戏，大多是和她一样黄皮肤黑眼睛的中国人，用抑扬顿挫的腔调说着台词。

贺珈蓝蒙了蒙，反应过来后转身要走，却突然被喊住。

声音是从身后高处传来的，她回过身仰起头，海枣树的叶子一晃，一张明媚的脸正笑眯眯地对着自己："喂，吃海枣吗？"

他的笑实在很好看，把人心里的阴霾都驱散，贺珈蓝忍不住点了点头，两三颗海枣朝她抛了过来，贺珈蓝手笨没接住，小跑两步弯腰去把海枣捡起来，直起腰来的时候，那男孩子已经爬下了树，就站在她面前。

阳光太刺眼，贺珈蓝被晃得趔趄了一下，男孩子说一句小心，伸手攥住了她的手腕。

排练的少年们跑去一旁嬉戏，男孩子和贺珈蓝并排坐在海枣树下，男孩子笑得眉眼弯弯："自我介绍，我叫章咏安。不知道这里是你的地盘，贸然占用，冒犯了。"

贺珈蓝好奇地问："你们在干什么？"

章咏安的语气里有掩饰不住的自豪："在排练舞台剧，我是舞台剧导演。"

贺珈蓝惊诧地打量着他，章咏安挠挠头："嗨，我已经二十多岁了，刚刚大学毕业，来加纳旅行的。在大学里我就是舞台剧社社长。"

分别的时候，贺珈蓝走出两步，又回过头对章咏安说："你们明天可以继续在这里排练，没关系的。"

章咏安和他的演员们在海枣树下排练了一个月，贺珈蓝也没有换地方，她在不远的地方看书，累了就看看演员们排练，偶尔章咏安会过来陪她说说话，给她解释自己这幕剧的含义。

有一天，章咏安问贺珈蓝："你学过跳舞吧？"

贺珈蓝蹙眉看着他："你怎么知道？"

章咏安胜券在握："你仪态端庄步态优雅，我看得出来，是多年舞蹈艺术的积淀。"

贺珈蓝的脸忍不住红了一红。

三

一个月后，章咏安的舞台剧公演，所谓公演，其实只是到小村子里给村民们表演，村民们未必看得懂，只觉得热闹，整个公演现场其乐融融，章咏安倚在一棵海枣树上，笑眯眯地看着舞台，贺珈蓝坐在观众席里扭头看他，觉得他微笑的样子，真是迷人。

公演结束后，章咏安请演员们去海边玩，同时也邀请了贺珈蓝，感谢她大方出让场地。

他们去了黄金海岸。

那里有绵长的海岸线，过去贺珈蓝好讨厌这咸腥的海水，但是当和章咏安一起漫步在海边，她似乎突然间明白了四个字，碧海蓝天。

那天阳光很好，晒得细沙暖暖，赤脚踩在上面也不觉得冰冷，漫步到某处时，章咏安停住脚步，指一指海水中的一块石头："那里，就是到世界中心前的最后一块土地。"

他踢一踢脚下的沙子："而我们现在在零度经线，从这里往那边一直走，就会走到南极，而向着反方向走呢，就会走到英国的格林尼治，我的家就在那里，但是离开加纳后我就会去意大利工作。"

贺珈蓝悬起一颗心："你要离开加纳？"

章咏安回答她："是啊，我的家又不在这儿，我的工作也不在这儿，我会离开的，你也会离开的，不是吗？"

他眼睛里含着笑，最让贺珈蓝无法抵抗的笑，贺珈蓝转过头，若无其事地看着海："这里叫黄金海岸，不知道沙子里到底是不是真的有黄金。"

章咏安顺着她的话说："如果以后还有机会回加纳，可以试一下能不能从沙子里淘出金子。"

贺珈蓝讲到这里，我忍不住扭头看了一眼放在阳台上的那一排沙漏。

贺珈蓝斜靠在藤椅上，淡淡说："最后终究只有我一个人回到加纳。"

章咏安在公演结束一个星期后离开加纳，他离开的时候贺珈蓝称病没有去送他。

贺珈蓝在宿舍里蒙头睡了一整天，天黑下来的时候她才爬起来，放在床头柜上的干海枣散发着淡淡的香气，贺珈蓝拿起那两枚海枣，仔仔细细地看着它们，似乎要从中看出点什么东西来。

海枣的学名来自希腊语，像是英语里的凤凰，凤凰在希腊语里又译作腓尼基鸟。海枣是与救世主的来临，全部的希望系在一起的。

夜晚的寒气开始浸上来时，贺珈蓝开始写一封信。

那封信是写给父母的，在信里，贺珈蓝向父母详细罗列加纳的坏处——经济落后，卫生环境恶劣，教育也不甚发达，班里中国学生数量甚至超过当地人，毫无向学氛围……

在信的最后，她写，不想在加纳浪费光阴，她想转学，转到意大利。

她写了整整一晚上，写了又删，删了再写，一直到清晨太阳升起，双脚冰冷。

"其实想想，那时候我是在说服家人，也是在说服自己。"

四

贺珈蓝到底还是去了意大利。

通宵写信让她感染了病毒，感冒发烧，最后烧到肺炎，这为她的信提供了可信的佐证。

病好后，贺珈蓝来到了意大利。

父母为她找了一间学校读书，安置好后，离开学还有一段时间，贺珈蓝去了威尼斯。

几乎一到威尼斯，贺珈蓝就爱上了这个古老的城市，景色优美如明信片，广场上飞着鸽子跑着小丑。威尼斯的城门，是两根白色石柱，刻着威尼斯的守护神和守护狮，庄严神圣。

“我那时候还不知道，那也曾是威尼斯执行死刑的地方。”

贺珈蓝住在圣马可区，因为那里有威尼斯最著名的火鸟歌剧院。她每天晚上去一次歌剧院，在火鸟歌剧院看了整整半个月的歌剧，终于有一天晚上，在歌剧院门口遇到了章咏安。

离开加纳后，章咏安不再麻布衫卡其裤，他西装革履，瞬间英俊挺拔，可是他的笑容依旧那么动人。

“嗨，好巧。”他眼睛里含着笑，和贺珈蓝打招呼。

贺珈蓝想对他说，不巧，一点也不是巧合，我在这里等了你半个月了，如果今晚你不来，我会继续等下去的。

但是她却说：“是啊，好巧。”

我问贺珈蓝：“为什么不告诉他呢？”

贺珈蓝沉默半晌：“那时候我以为像他这样浪漫的人，会喜欢缘分，会相信命运。”

章咏安与贺珈蓝邻座的人调换了座位，坐到贺珈蓝身边，那天晚上的歌剧他们没好好欣赏，时不时地说两句话，心不在焉。

歌剧散场后，章咏安送贺珈蓝回旅馆，他问贺珈蓝：“怎么来意大利了？”

贺珈蓝下意识地，像背书一样把写给父母信里的话背出来：“我不喜欢加纳，加纳医疗落后教育也不发达……”

背完这句话，贺珈蓝觉得自己脸颊滚烫，她猜想她的脸肯定红得如幕布一样，幸好天黑，章咏安应该看不见。

章咏安没有回答她的话，而是问：“什么时候来到威尼斯的？”

贺珈蓝脱口而出：“昨天。”

她的脸红得更厉害，耳朵发烫，章咏安说：“那你肯定还没有游览过威尼斯，明天我带你游威尼斯吧。”

第二天章咏安如约而至，贺珈蓝清早醒来，推开窗户就看到章咏安站在楼下，他换了一身休闲装，烟灰色衬衫深蓝色牛仔裤，双手插在裤兜里，在楼下走来走去，威尼斯初升的阳光经过树叶的过滤照在他的身上，他是光明的，新鲜的。

贺珈蓝手忙脚乱地换上昨天就放好在床头的衣服鞋子——这是她来威尼斯之前特地置办的。

1968 年的威尼斯，少女贺珈蓝有着蓬云似的柔顺乌发，着白色连衣裙，外面罩一件淡到几近于白的青草色宽大外套，脚上是柔软白色布鞋。

美丽到近乎矫情的地步，章咏安打趣她："倒很适合上台表演。"

他们乘坐贡多拉沿着大运河游览全城，到教堂或者总督府这种地方时，他们就下船进去，看看里面巧夺天工的艺术珍藏，章咏安对这些东西如数家珍。

从教堂出来，他们没有回船上，而是在圣马可广场上走，章咏安买了一包食物，贺珈蓝拿在手里，时不时撒出一小把，引鸽子纷飞。

天色渐渐暗下来，涨潮了，圣马可广场泛起水，贺珈蓝这才知道自己穿一双布鞋出来是怎样的错误，布鞋浸透了水，走起路来咯吱咯吱响，她走得越来越慢，直到章咏安发觉了她的不对劲。

章咏安看一眼她湿透的鞋子，攥起她的手腕："跟我走。"

他带贺珈蓝去了一间鞋店，为她选了一双羊皮小短靴。

贺珈蓝想推辞，章咏安却已经付好账："就当我送你的礼物，记住，圣马可广场黄昏时候会泛水，下次去不要再穿布鞋。"

听到这里我呀了一声，我想起了当年季然向我表白，就是送我一双鞋子。

我不知道章咏安当时在想什么，但我确信无疑地知道，贺珈蓝当时在想什么。

五

"你知道我在意大利学的是什么吗？"

我蹙眉头："难道不是歌剧？"

她摇摇头："不，我学的其实是计算机，那时候这是个新兴专业，我的父母赶时髦。"

二十岁以前的贺珈蓝，和舞台剧毫无关联。

章咏安家自然是有钱的，他可算个小开，那个时代，法国的小开们玩电影，章咏安玩舞台剧，他组了一个小剧社，在章咏安的二十五岁生日上，贺珈蓝见到了他剧社的演员们。

人不多，章咏安的舞台剧以人物极简为方向，在座众人，贺珈蓝第一眼看到的，就是那个明艳动人的女主角安熙和英俊挺拔的男主角南萨。

章咏安向贺珈蓝介绍自己的朋友们，朋友们一一向贺珈蓝微笑点头。

除了安熙。

贺珈蓝那时就知道了，安熙对自己有敌意。

章咏安的朋友里还有一个意大利人，那人在剧院工作，他半戏谑半认真地调笑章咏安："章，你真的要做歌剧？没有人做歌剧能做得过我们意大利人。"

章咏安端着酒杯，脸上笑意盈盈："谁说我要做歌剧，我要做的，是未来中国人会喜欢的舞台剧。"

他酒醉微醺，但话里的自信和认真，谁都听得出来，贺珈蓝的心不争气地一滞，她低下头，把发红的脸埋在酒杯后。

后来章咏安确实做到了，一年后他的首场舞台剧在意大利公演获得成功，那是章咏安艺术生涯的开始，也是贺珈蓝艺术生涯的开始。

没有人知道，那场公演原定的女主角是安熙。

这场公演准备了一年多，在公演开始前两个月，安熙突然罢工，她死活不肯再上台。

她是故意的，故意想要毁了章咏安的事业，章咏安愤怒得像头焦躁的狮子，最后他指一指来看他们排练的贺珈蓝："珈蓝，你也会跳舞，你上。"

贺珈蓝下意识地看了安熙一眼，安熙的眼神里充满了不屑。

然而等到公演开始前几天的时候，安熙的眼神变成了愤恨，她一脸骄矜地去找章咏安，说自己愿意再出演女主角。章咏安却抱着手臂冷冷看着她："不必了。"

最终女主角依旧由贺珈蓝担任，演出大获成功，章咏安从后台走上来，握住贺珈蓝的手，高举谢幕，贺珈蓝听到自己心跳的声音，咚咚咚，像小孩子奔跑在午夜空旷的旧木楼梯上。

演出结束后的庆功宴，贺珈蓝坐在章咏安身边。

"很久之后，我才想起来，我对面的位子是空的，曾经坐在章咏安身边的是安熙，而我坐在那个空位子上。"

中途贺珈蓝去卫生间，在洗手池边遇到安熙。

安熙慢条斯理洗着手："我 17 岁那年遇到章咏安，追着他的脚步去到英国又来到意大利，为了他的事业放弃自己的专业改攻舞台剧，其实我从小最讨厌跳舞。"

她拽一张纸巾擦手："前年夏天，我问他，'章咏安，你娶我好不好？'他没有回答，第二天就飞去了加纳，再回来时，我们已经变成普通朋友。"

她把揉成团的纸巾轻飘飘地扔进垃圾桶："没有一朵花能留住蝴蝶，贺珈蓝，来日的你，就是今日的我。"

"现在想想，那时她应当是在警告我，我却当她是在妒忌我。人年轻的时候就是有那么点蠢，有那么点侥幸，相信自己是特殊的，是终结者，其实……大部分人，不过是过客。"

年轻人不只是过客，还往往是赌徒，贺珈蓝决定，赌一赌。

她回到宴席上，大家都已微醉，贺珈蓝在章咏安旁边坐下，章咏安为她斟一杯酒："刚才大家都夸你演得好，珈蓝，你就是为我的舞台剧而生的。"

他把手放在胸口，夸张地说："你是上天赐给我的礼物。"

他那么浮夸，但她仍旧忍不住热泪盈眶，她问章咏安："那么礼物可以邀请你夜游威尼斯吗？"

章咏安立即起身，攥住她的手腕，向在座诸位鞠了个躬："我们先走了。"

夜色中的威尼斯比白天更美，贺珈蓝和章咏安站在贡多拉上顺河道漂流，两个人都是酒意微醺，他们又不肯坐下，船夫忍不住提醒他们："你们要抓紧彼此啊。"

听了这句话，少女贺珈蓝在心里默默咀嚼重复："是的，我会抓紧他，永远也不会放手。"

哗啦啦的流水声里，一座桥近在眼前了，那是威尼斯著名的叹息桥，据说在叹息桥下接吻爱情就能够永恒，桥越来越近，贺珈蓝在心里发酵着勇气，终于，当船经过桥下时，她喊了一声章咏安的名字，章咏安回过头来，贺珈蓝踮起脚尖闭着眼睛朝他吻了过去。

结果当然是两个醉客抓紧着彼此跌落进河里。

"我们掉进河里，被冻得打哆嗦，非常狼狈，但我很开心，我们终于在叹息桥下接吻。"

"可是那时候我不知道的是，叹息桥下接吻能永恒，只是一个以讹传讹的愿望，真实的故事是，叹息桥的叹息是死刑犯的叹息，是死刑犯在经过此桥时，看到自己的女友在与其他男人拥吻。叹息桥从来与爱情的坚贞永恒无关，它只是代表着，死亡和背叛。"

六

1970 年到 1975 年，是贺珈蓝与章咏安最甜蜜的一段时间。

章咏安的事业蒸蒸日上，贺珈蓝的名声也渐渐如日中天，那几年他们合作默契，排练的舞台剧场场叫好叫座。

1975 年，章咏安带剧社回国公演，公演结束后，贺珈蓝回家里吃饭，妈妈问："为什么咏安没跟你一起回来？"

其实贺珈蓝的父母并没有见过章咏安，但他们已经把章咏安当女婿看，他们看过章咏安的采访，多么仪表堂堂才华横溢的年轻人，没有什么配不上他们宝贝女儿的。

可是章咏安却不太想见他们，贺珈蓝邀请他回家，他只是说："你们家的家庭聚会，我参加不太好。"

贺珈蓝只能搪塞他们："他忙，电视台有专访。"

电视台播章咏安专访的时候，贺珈蓝借口出了家门，她在街上晃，寒冬的街头，坐在小店里，吃掉了好几份萝卜糕，等到天黑了才回家，一回家就推说不舒服进了自己的卧室。

她有点恐惧看章咏安的采访，怕章咏安被问到感情问题，怕章咏安搪塞感情问题。

她的担心是有道理的——1975 年那场专访，我后来闲着无聊时有看过，章咏安确实被问到了感情问题，但他只是带着迷人的微笑，说当他面对镜头时就只是章咏安导演，而不是章咏安。

"你们之间第一次出现罅隙，是在什么时候？"

"1976 年。"

我惊讶，这比我知道的时间早，在我所知道的八卦里，1980 年，有记者拍到章咏安和某女亲密，三天后，章咏安却对外公布了自己和贺珈蓝的恋情。

1976 年，章咏安新收了一位小姑娘进剧社，十七岁的小姑娘，面皮薄薄眼神清澄，多么逼人的青春啊，当时贺珈蓝正在化妆室里卸妆，他们正在排练的这出戏，是青年学生抗日救国的故事，贺珈蓝演女主角，一个十七岁的富家千金。

她正专心致志地卸着妆，突然镜子里出现了一张青春逼人的脸，贺珈蓝吓了一跳，转过头去，那小姑娘正笑嘻嘻地看着自己："贺小姐你真好看。"

贺珈蓝摸了摸自己的脸，她已经二十六岁了，开始衰老了。

当天晚上吃饭，贺珈蓝坐在章咏安身边，小姑娘要往贺珈蓝对面的位子坐，贺珈蓝突然喝住她："不要坐那个位子。"

她的口气很严厉，小姑娘吓得花容失色，章咏安看了一眼贺珈蓝，满眼的疑惑。

贺珈蓝狼狈地放下筷子："我有点不舒服，先走了。"

她回了家。

在信箱里她发现了一封信，是喜帖，章咏安的前女主及前女友安熙寄来的，她要结婚了，对象是南萨。

贺珈蓝坐在地上，头靠着门，呆呆地愣了很久很久。

直到天快亮时，她下了决定，一定要把这个女孩子赶走。

她很笨拙地用了和安熙当年相似的套路，但是结果却大不相同，章咏安听了她的话，那个女孩子离开了剧社。

"或许原因不过是，你在演舞台剧上是个天才，而她不是。"我恶毒地揣测，长久地叹息。

贺珈蓝用酒杯碰一碰我的录音笔："英雄所见略同，当浮一大白，当时我也这么想。"

七

章咏安与贺珈蓝谈了长达半个世纪的恋爱，她终身未婚，章咏安也是。

"但是章咏安其实是，跟我求过婚的。"

那是在 1987 年，贺珈蓝 37 岁生日，章咏安陪她过。

其实也多少有点躲难的意思，一个多月前章咏安又被记者质疑与新晋玉女演员有染，恰逢数月后他的新作就要登场，主角还是贺珈蓝。很多人都在等着看好戏，大部分都猜想，忍了二十年，她贺珈蓝能有多强的忍耐力？总该到了要爆发的时刻了吧，嘿，届时公演缺了女主，那才叫热闹。

然而出乎所有人意料，那场公演如期举行，女主依旧是贺珈蓝，面对媒体关于感情生活的质疑，她依旧笑容得体，说："我们很好，谢谢大家关心。"

贺珈蓝为章咏安出头说话的原因，不过是在生日那天，两个人喝得微醺，并排头靠头躺在地毯上，章咏安突然开口说："要不然我们结婚算了。"

说完这句话他就睡着了，第二天醒来后，他没有再提这件事情。

他不知道的是，那天晚上贺珈蓝坐在阳台上吹了一夜的风，喝了一夜的酒，流了一夜的泪。

贺珈蓝已经 37 岁，37 岁，一个女人一生中最好的年华已经被蹉跎掉了。她和章咏安认识了二十年，在这二十年里，章咏安被记者拍到过许多次与年轻女性同行，每一次被记者逼问到眼前，贺珈蓝都带着得体的微笑，说："我们很好，谢谢大家关心。"

如果每次被拍到的都是同个人，那么贺珈蓝或许早已死心，但事实并非如此。

贺珈蓝确定章咏安与自己相爱，二十年，这一点自信她还是有的。

世界上最艰难的爱情，是你爱他，他也爱你，但你爱的只有他，他爱的却并非只有你。

安熙离开剧社的时候对贺珈蓝说，没有一朵花能留住蝴蝶。她比贺珈蓝聪慧，将章咏安看得透彻。

可是在他的生命里，至少有那么一刻，他是想过，要与她白头偕老的。

为了这一刻，贺珈蓝愿意烧掉自己的大半生。

"到现在，我这半生终于烧完了。"

她拿起一只沙漏，对着阳光看："我和他分手了，正式分手，就在上次公演结束后。"

我惊讶："为什么？"

她却避开不答，问我："你知道我是在什么时候退出舞台的吗？"

我不假思索："1987 年公演结束后。"

她笑一笑："是啊，我知道自己老了，自己下台总比被嘘声赶下舞台好。这次公演结束后，有记者问我，为什么不继续跳？我没有回答她，现在我告诉你，因为告别之所以珍贵就珍贵在只有最后一幕，如果还有下一幕，观众就会收起怀旧和同情，转而说，看这个女人，多不识趣，眼角已经堆满皱纹，何苦这样不服老不认输。"

她平静地说："我认输了，对舞台认输，对爱情也认输。在我憎恨到拿刀刺进他的胸膛前，抽身离去，让自己不至于成为杀人犯。"

她说："我小时候很喜欢一个小说，退伍老兵用几十年的时间搜集尘埃，在尘埃中淘出金子，铸造成一朵金玫瑰送给自己怜惜的小姑娘。"

"十七岁那年在黄金海岸，我问章咏安，黄金海岸的沙子里会有黄金吗？"

"二十年后我回到加纳，用几十年的时间淘沙，然而没有金玫瑰就是没有金玫瑰，金玫瑰只是个理想中的传闻，尘埃里开不出花，更开不出玫瑰，何况是金玫瑰。"

"你知道我在加纳的这几十年里是如何度过的吗？我酗酒，因为他一生中唯一一次对我求婚就是在我们酒后，有时候我想，那是不是我酒醉的幻觉，或许只有醉了，我才可以听到他的许诺。"

"我还养了一只猫，微博兴起的时候，我注册了一个小号，按照他的关注列表，把他关注的人都关注了一遍，只为了体会一下，现在的他到底在看些什么。”

“现在我戒了酒，送走了猫，删掉了关注。”

“茹小姐，我这一生所获无多，能告诉你的只有，凡事不必强求，强求向来无好果。”

最后，她对我说：“我在写一本书，如果在这本书出版前我遭遇不幸，那么请你帮我把这本书出版了吧。”

八

九月的一天，季然在网上订机票：“如果想去圣托里尼结婚，现在要去找婚庆公司策划了，我订机票，十月请个假我们去希腊吧。”

我在看书，随口答好，突然他咦一声：“这个导演是不是上次你去看的舞台剧导演？”

我凑过去，是一个新闻弹窗，狗仔偷拍的，说知名舞台剧导演章咏安日前被记者发现逛某书店，这并不奇怪，奇怪的是，他突然在书店里落泪。

“什么情况啊？”季然嘟嘟囔囔。

我却没有回答他，只是转过了身去。

我知道，我怎么会不知道呢，当时我就站在他的身旁，我看到他随手在工具书架上抽出了一本书，那本书恰恰是贺珈蓝的书，我看到他的手顿了一顿，打开扉页，然后突然间捂着嘴蹲下来，在书架后，这片只有我和他的冷清空间里，压抑地落了半个小时的眼泪。

在那本书的扉页，作者的名字处，贺珈蓝三个字，被黑框框起，昭示着作者的死亡。

张秋寒

张秋寒

一直被误以为是女作家的男作家。

栖居水乡，梦入汉唐，慵度流光。

著有《铅华》《长此以忘》等多部长篇小说和文集。

文字风格细腻婉转，富有古意。

浮 花

壹

似乎那些年,阳春的到来总是非常敏捷。常常前一夜山间还遍布着白雪,次日晨起,就有温软的南风遥遥吹来。落花断续,窗前像是下了一场红雨。

走到殿外,耀眼的光线让笪姬不得不启动茂密的眼帘。

白茫茫的春光一泻千里,女娲坐在茂盛的花丛中用碧绿的柳枝编筐。山涧在她身后清澈地流落着,那柔和的水声恰如其分,像是女娲本人在哼唱着异乡的谣曲。

女娲感觉到了笪姬的存在,抬起头向她微笑。

扶着朱红色的柱子,笪姬迷茫地询问自己,她真的是灾难的缔造者吗?兽类又真的与她有着难以化解的深仇吗?

不用思考这些难题的日子里,笪姬可以尽情地享受和女娲在一起的乐趣。女娲带她去幽深的树林里品尝蜜蜂们酿造的成果,用新织的布为她裁制春衣,在绿芦成阵的滩涂间捕捉青螺和横行的小蟹,江上的风缥缥缈缈地吹来,水波里的光闪烁如星,她和女娲一面饮酒一面乘着竹筏顺水而行回到女娲山,回到属于她们的宫殿里。

女娲无微不至的照拂使笪姬如沐春风。可一旦想起王临死前的眼神,她又会在寒噤中清醒过来。她无法忘记自己的任务，那些遍野的横尸也不允许她忘记。

她要取女娲的性命，以此换来兽类的太平。

贰

兽类里以狮为王，又以狐为最美。大雪封山的冬夜，在幽暗的洞穴里遥望着远处的村郭，一向尊贵桀骜的王沉沉哀叹了一声。他问笪姬还记不记得那些人类出现之前的日子。笪姬缓慢地踱至他身旁："记得。那个时候，我们自己也会竞逐厮杀，也经常伤亡惨重，血流成河。但我们只有牙齿和爪，没有弓箭，没有刀枪。"

"盟友和敌人之间的界限并不明确，要看怎么筛选。在你们狐族面前，我们狮族是敌人。但有了人类这样共同的敌人，我们反而可以站到一起。"王凄怆一笑，"狐乃美兽，你又是狐中最为机敏者，在灭顶之灾降临之前我想交给你一个任务。"

笪姬垂首待命。

"从我们这一片山林向东南，再向东南，一直往前走，有一座女娲山，山上有一座女娲宫，宫里居住着一个女子，她的名字就叫女娲。她拥有抟土为人的神力。我们要想从根本上抵抗人类，就必须杀了她。否则日后，人类越来越壮大，总有一天会超过我们的数量，到那个时候，我们再想保命，就回天无力了。"

笪姬深思一番，答道："我当然愿意为这片土地效力，不过，既然她是神，我恐怕没有足够的本领去撼动她。"

王转过身,向洞穴深处的黑暗行去。雄浑的狮啸撞击在洞壁上,分明已是末日之叹:"试一试吧，强弩之末只是在赌一个万一。"

那一夜，笪姬与王都没有睡。天快明时，急促的马蹄像惊雷一般剥夺了他们昏沉的睡意——贪婪的人类再一次毫无征兆地突袭。他们在洞口看到成群的鹿纷纷跪下了前蹄，豹子的鲜血洒满了白雪大地，就连那些小得都不够果腹的兔和鼬也没能逃脱追捕，甚至被技术精湛的猎手一箭双雕。

王猛啸一声，笪姬知道他按捺不住要去阻止这一切，立即抱住他的前爪："他们有利刃在手，我们仅靠肉身绝不是他们的对手。贸然出去拼杀只会枉送了性命。请三思而后行。"

"万兽既然推选我为王，绝不是让我在这里眼睁睁看着他们用血肉之躯拖延敌人的脚步。我如果不能保护自己的子民,即便苟活,大概也是这世间最孤独的王了。"说完，王就像一团金色的火焰一样飞奔而出，映亮了洁白的山川。他飞快地把幼貂和羊羔这些他曾经的食物送到安全隐秘处，又迅速折返到屠戮场，向着带队的那个猎人扑去。

他必须要他死。

就像他这王死了，兽会大乱一般，要想让狩猎的团队崩溃，必须要拿下为首的奸贼。

箭射过来了。它的力量足够切断猎猎的朔风，自然也足够刺入王的身体。他惨烈的长啸让笪姬打了个寒噤，可她分明又看到王忍着剧痛拼命咬住了领队猎人的腿，一把将他拖下了马，一直拽着他往前疾行。猎人队伍紧随其后不断地向王射箭，不断地射，不断地射，满身的箭使他看起来像一只巨大的刺猬，但他还是死死咬着猎人的腿奔跑着。

到了悬崖边，王停住了，猎人明白了王的用意，挣扎着用手中的长刀刺向王。

血染的王在东升的旭日下伟岸直立着，随后一甩首，将领队猎人扔下了万丈深渊。

猎人们见此情状，纷纷放开手头的事，驾马下山寻找首领的尸体。一直坚持着不肯倒下的王看到敌人撤退，微弱一啸，顿时如雪崩般瘫在了悬崖边上。笪姬和那些幸免于难的万兽纷纷奔至王的身边。一时间，猿啼鹿鸣，熊吼狼嗥，各种悲声如天边徘徊不去的飞鸟般久久萦绕在山间。

王阖眼前的嘱托在这些哀嚎之下显得轻如鸿毛，但笪姬听得很清楚。

“杀了女娲。”

叁

东南，再东南。

朝着这个方向，笪姬每日黎明都会看到一颗浅红色的星星。以前，她以为这种颜色的星星代表着福祉，却没想到它是万恶之源。曙色晦暗，它漂荡在渐渐稀薄的银河里，像水上一瓣浮花。

穿过暮春细细的雨水，初夏的晚风，深秋的落叶和隆冬的雪，笪姬一直往东南走。沿途她不断地向草丛里的同伴打听女娲山的具体地址。没有人听说过这个地方，以至于她的脚步慢了下来，一度怀疑是王记错了方位。那颗像浮花的星还很远。笪姬想，某一天，能走到它之下，由它当头闪烁，或许女娲山就到了吧。

她感到非常疲惫。她在一株高高的松树下睡了过去。

醒来后，她看到老迈沧桑的树干上盘踞着一条硕大的蛇尾，银白的鳞片在艳阳下熠熠生辉。举目上观，蛇尾一点点过渡成人的腰肢，一个容貌绝美的女子正提着一个竹篮采摘枝丫间垂坠的松果，整个人柔软得像河滨的新柳。

“你醒了。”女子一跃而下，蛇尾消失，成为白色的衣袂，虚笼笼地遮着幻化而出的修长双腿。

“我睡了很久吗？”

“是啊，从春天到秋天。我想你一定是走了很远的路吧。想吃点什么吗？”

“我有点渴，这附近哪里有水？”

“你跟我来。”

白衣女子提着一篮松果逶迤行去，她的发丝在山风里飘摇。每走几步，她就会回过头来看看尾随其后的笪姬。笪姬戒心甚重，迎上她的目光就会停下来躲到一旁的山石后。几次三番，白衣女子就不再过问她了，一直往山上走。日光透过树木枝叶的罅隙洒在她的后颈上，如发光的图腾。

泠泠水声在不远处传来，笪姬几步蹿了过去。一面山里的大湖波平如镜地倒映着蓝色的天。笪姬俯身饮水。白衣女子兀自踏上了横跨湖面的一座木板长桥向山深处走去。

笪姬正畅饮，湖水不知何故越涨越高，几乎要濡湿了笪姬的眼睛。她当机立断追随白衣女子的足迹上了长桥。此时，湖水满溢而出，飞流而下，成了一道瀑布。

来时的路被水淹没，山的另一面则是悬崖。

“要去我家中做客吗？我临走前在锅上炖了食物，应该都熟了。”白衣女子说。

一时不知如何下山，笪姬思前想后，唯有随她而去。

花木葳蕤，可它们碰到白衣女子的身体时如同得到了某种感应，纷纷收起了枝蔓而呈现出了一条康庄大道。径直走到一座深红色的殿宇前，白衣女子方才驻足。笪姬顺着她的目光看去，见门头悬着一块石匾，上面清清明明地写着“女娲宫”三个字。

肆

女娲的宫殿非常宽阔，宽阔到用空旷来形容也不夸张。梁很高很高，冥冥之中，笪姬觉得它是和天平齐的。一幅幅白色的纱罗从天而降，殿外的风像吹动着云层一样吹动着它们。

女娲的宫殿里没有任何东西，连床都没有。子夜明月朗照，她飘浮在风中而眠的姿影依稀可辨。笪姬感到困难——对于王临终前交代的任务。

她简明扼要地问女娲是不是神。女娲也毫不避讳地给予她肯定的回复，轻松得好似神的身份并没有任何隐瞒的必要。

“神是万古长存的吧，生命永远不会完结。即使地老天荒。”笪姬这样问。

月光清洗着女娲本来就极为明净的眼睛，她喃喃地说：“不。等到世间有了日日如常的运转，清晰而有力的秩序让所有的人都自发地遵守，神的任务就完成了。像世间万物寿终正寝长眠故土一样，神也会灰飞烟灭，变成地上的一阵风，或是天边的一颗星。这是我们亲手创造出来的世界，我们最后也会变成它的一部分。”

女娲也会死——这是笪姬希望得到的答案，毕竟凭她的力量，终其一生可能都无法达成王的遗愿。她觉得伤感，更对这个一开始就被王放到敌对面的女子有了一些眷恋和同情。当然，她也觉察到了自己的可笑。一只卑微如草芥的狐居然怜悯一个神。

在与女娲相逢之前，笪姬一直认为神是忙碌的，需要呼风唤雨，并且每时每刻都在巡检着江河大地。而实际上，女娲的生活非常平静单调。

她每天唯一的工作就是坐在湖边，用水和泥捏出一个个小人。暮色低垂的时候，一只巨大的凤鸟从西方飞来，女娲把这些小人安放在凤鸟艳丽的脊背和翅膀上。凤鸟蜷起长长的颈，以翎毛摩挲女娲的掌心。凤鸟将载着他们去到人间。沐浴过雨露，风和阳光，这些泥人就会成为一个个鲜活的生命。

捏完这些小人，女娲的膝盖上出现了一块长长的木头，木头上有七根线，她的手指拨动每一根线都会发出不同的声音。

女娲说：“这叫琴。是伏羲创造出来的。”

笪姬问她伏羲是谁。

女娲的目光里涌动着一种玄妙的忧伤。她说伏羲是她的兄长，也是她的夫婿。走兽有雌雄之分，神和神创造出来的人也有男女之别。女娲是女子，伏羲是男子。他们一起创造，一起生活，度过了很漫长的时光。

如湖水落下山变成流涧，女娲的眼中也落下了同样的两行。她说这是眼泪。当一个人思念另一个人的时候，它就会出现。

伍

“做人的感觉，你想试试吗？”有一天，在捏完又一批土人偶之后，女娲这样问笪姬。

人？那些在马背上驰骋，手握弓箭，杀戮无数，野心勃勃的人吗？笪姬这样想。做一个让自己都害怕的存在是危险的，正是因为危险，又会心生向往。何况，做人可以操控利器，那么，替兽类复仇的大业就有了一丝丝成功的概率。

一个土偶被女娲立在水上。她说："你去吧，进入它。"

笪姬怕水，在湖畔踌躇不前。女娲微微拂动衣袖，推送她徐徐涉水而行。

白色的水雾里，那土偶散发着淡淡的红光，这令笪姬忆起天边那一颗哀艳的星。她闭上眼睛，投入它，与它融为一体。倒影再一次出现在水中时，她的姿影已大有倾世之态。当她和女娲并肩走入凡人的视野，众人甚至以为这一双白衫飘举的美人是姐妹。

女娲屈膝跪坐在幽深的柳荫中，笪姬帮她梳头。身边芳草如茵，蝼蚁不停地穿梭着。

女娲淡淡地说："凡人之所以是凡人，是因为他们总有看走眼的时候。就像他们觉得我们是姐妹，就像他们怎么都看不出，这个所谓妹妹其实对我存有杀心。"

笪姬的手很稳，梳子并没有掉落，可她的动作仍旧慢了下来。梳齿一丝一丝地篦过女娲的头发："你很早就知道了吗？"

"神对一切都了如指掌，看穿万民的心思就和透过水看到鱼一样简单。"

"那你为什么还让我留在你身边？"

"因为你杀不了我，而且，你可能慢慢会知道，即使我没有造人，兽类之中也将有佼佼者脱颖而出成为世间的主宰者。我这么做，只是加快了进度，让生息繁衍更早进入秩序。所以，它非但没有铸就生灵涂炭的大错，相反是一件好事。这也并非我个人的筹划，是我和伏羲共同探讨出来的方案。"

"可以说说伏羲吗？"

女娲站起来，走到水烟缭绕的湄岸。她说伏羲是一个永远都讲不完的故事，她需要整理一下思绪，寻找合适的开端。

很早很早，伏羲和女娲就一同出现在天地之间。那时，茫茫四野都还很荒芜。他们没有追溯自己的来处。也许他们源自云与天的碰撞，或者雨水对山石的洗涤。但这都不重要了，重要的是他们今后要面对的一切，这其中就包括缔造人间的大业。

女娲抟土为人，伏羲传授人们使用工具和建设家园的方法。他们各司其职，像是在一轴画卷上完成不同的部分来共襄作品。

后来，在一个阴沉的春日，梨花如雪，空气中流淌着清冽的香气。伏羲于花雨中深深地凝望着女娲。他夜色般漆黑的袍袖猎猎招展如风帆，这让他看上去像一艘即将起航的大船。他说："我们不能再待在一起。连人都有了羞耻之心，通婚者必须从外族中挑选，而绝不能诞生在内部。"

"我早就感觉到你想离开了。"女娲的琴停了下来，"我们和人不一样，可以看到对方的心底所想。可是，既然不一样，为什么要去顺应他们的潮流？他们离开了我们，势必会建立新的规则，这是我们难以操控更不必遵循的事。"

说完这些话，女娲就明白，所有的解释和挽留都是无效的。伏羲会在月升之前离去。

那一晚，她一直送他到星河之畔。

伏羲说："其实你也清楚，祝融和共工都很爱你……"

女娲哀伤一笑："我们和人不一样，没有那么容易移情。"她咬破手指，在一颗星星上滴落一滴血："星星太多，如果有一天你忘记了回家的路，记着抬头分辨这颗浅红色的星。我就在原地等你。"

陆

入夏后，雨水明显增多，瀑布的流速也变得越来越快。女娲在山巅遥望远处的一条大河，那里的水位正在不断地抬高。笪姬亦忧心忡忡："两岸的村庄都十分密集，如果暴发洪水，受灾的人口一定不少。"

女娲的眼睛里荡漾着慈善的光："他们曾经射杀你的同伴，侵占你们的家园。你不再恨他们了吗？"

笪姬顿了顿，说道："人祸固然叫人愤怒，可天灾远比人祸更可怕。况且，洪涝夺取的不光是人的性命，兽类一样不能逃脱。你如果能用神力来阻止，大家一定会非常感激。"

"先等一等。如果真的是他在兴风作浪，那么出手最快的那一个，就轮不到我了。"

夜间天风浩荡，笪姬正要关上殿门，只见一团火球瞬间划过了天际，那绚丽的弧线让她误以为是梦幻泡影般一闪而过的虹。只是，紧随其后纷至沓来的一团团火球很快就消解了她的想象。

女娲悄然来至笪姬身边，夜风里，她白衣飘卷，周身像围绕着一大簇银翼的蝶。

"果然是共工。"女娲说。

这个名字，笪姬显然不陌生。在有关伏羲的故事里，这是女娲的爱慕者之一。

“他为什么要这样做？”

“他要毁掉我和伏羲辛辛苦苦营建的一切，好让我忘记伏羲，和他在一起。”

“神也会这么自私吗？”

“当然，这是所有感情的根基。我们的爱，我们的恨，都要从自私这里开始。”

暗沉的夜空正逐步变亮，不仅仅是由于那些璀璨的火球。当遥远而混沌的山谷披上淡淡的红光，笪姬惊讶地发现，那只曾经替女娲载土偶到人间的凤鸟正扑扇着燃烧的翅膀迢迢飞来。浮荡在苍穹下的云层被它的羽翼点燃，仿佛朝霞们等不及黎明而提前登场。

凤鸟飞抵她们脚下，火焰最旺的部分竟然是一种接近白光的状态。一个剑眉星目身材颀长的绛衣男子跃出万丈白光，来至女娲身边，顺着她目光的朝向一并远眺。

“他现在真是越来越易怒了。”绛衣男子说道。

“该说的我都对他说了。他能理解也罢，不能理解也罢，有什么情绪都应该冲着我来。下界的黎民是无辜的。”女娲的眉峰微微蹙着。

绛衣男子说：“他座下的那两个助手已经被我击退，想来这水势暂时还不能构成太大的威胁。”女娲转身朝宫殿走去。绛衣男子一扬手，撒出了万颗火种，原本幽沉的殿宇刹那间亮起了盏盏明灯，辉煌得让人有热泪盈眶的冲动。绛衣男子站在殿门外，并没有进去的意思，只是对女娲说：“时辰不早了，你尽早休息吧。”

女娲点点头。

绛衣男子的目光落在了笪姬的身上：“她就是之前你收养的那只小狐狸吗？你把她变成了人？”

女娲微微拢着笪姬的肩膀：“是不是很美？”

“这样也好，有她在你身边，日子不会那么孤单。”绛衣男子笑了笑，就要下山去了。

“谢谢你，祝融。”女娲对着他的背影说。

“几千年都过去了，你我之间何须这样客气。”祝融回过头，在火光里更加丰神俊朗，“有些感情需要占有，但有些感情，能陪伴就足够。”

柒

女娲告诉笪姬，其实她以前和共工是非常好的朋友。伏羲和他也是。他们无数次在山亭里就着清风明月饮酒弹琴，千年岁月好似弹指一挥间。

一年冬天，伏羲到人间游历。雪下得非常大，女娲接到共工的邀请，去他位于沧海的居所赏梅。那一日，共工照例喝了很多酒，女娲因只身赴宴，略饮几杯就起身告辞。共工仓皇下了主人的席位，一把握住了她的手。被克制很久的心思在那时毫无保留地溢出来，几乎不需要动用神力就可得知。

"你醉了。"女娲厌烦地挣开他的手。

"我没有。"共工说，"你跟我来。"

他们御风而行，在一方冰潭前悠然降落。共工问她还记不记得这里。女娲环视一圈，大雪覆盖了记忆的线索，她面若冰霜地摇摇头。

"其实，这里很早就下雪了。山里枫叶红了的那一阵，你曾在这个水潭沐浴。为了让它保留你身体的香气，我就用冰封锁了它。不管你接不接受我，我以后都可以来到这个水潭边，在气味里怀念你。这是你留给一个水神唯一的东西。"

说这段话时，共工的眼睛是浅红色的，也许是喝多了，也许是泫然欲泣，总之，当她后来在星河之畔送别伏羲，用血点亮那颗星星时，女娲蓦然就想起了共工的眼睛。

浅红色是一种淡淡的凄哀，是等待。

自此，共工与他们断绝了往来。听神界的友邻说，他常年潜在水底滥饮，酗酒使得他心性大变。海啸和洪水时有发生，多少船夫和渔民都枉送了性命。

"我曾传话奉劝过他。他安稳了一些年，如今又开始躁动了。"

笪姬问："有什么方法以绝后患吗？"

"祝融总是会挺身而出。我想，一场水火之间的大战恐怕在所难免了。"

女娲的预测很快在天地之间上演了。笪姬只记得，这一日，天的一半是暗青色，另一半是火红色，两半寰宇惨烈撞击后，金色的熔浆如雨倾盆，大地被砸出了一口口深井。原先是暗青色的那一边占了上风——那条恶龙喷出如山巨浪，叠叠翻滚，逐层涌来，火焰遇水，尽数熄灭。祝融这一侧就要被它压倒时，火红色的另一半里生生飞出无数只灿烂的凤鸟，它们结成人形的队伍，一路向前飞去，长喙中不断吐出金珠，直直射向恶龙的双眼。

漫长的交锋后，笪姬只听云间传来一声惨烈的龙吟，那暗青色的一边便如潮退去，金色的晴光占领了全幅的苍天。

女娲双手合十，默默为元气耗尽的祝融祈祷。

"你看。"笪姬指向冰冷的北方。在那里，巍峨的不周山作为擎天柱已为人间效力了千秋万载，而双目失明的恶龙正奋力向它拦腰撞去。一阵天崩地裂的巨响后，森冷的青色龙鳞伴随着塌陷的天洞纷纷飘落。

“女娲，天塌了。”笪姬奋力呼号着向她奔来。

银河倒灌，天水横流，人间成了一片汪洋，远比共工之前的孽举要残酷数倍。

飞沙走石中，女娲转身一掌击碎了自己的宫殿，同时召唤祝融的火凤，以万丈高的烈焰炼制宫殿的碎片。她说除了水火之外，这些碎片恰好包含了五行之外的金木土，若能炼出五彩石，或许这天之罅隙尚可补救。

追随女娲的那些日子里，难以忘记的场景数不胜数。但笪姬想，如果在她临死前能回忆起其中一个画面，那一定是婀娜而矫健的女娲手捧彩石飞向天际奋力而行的样子。她的长发缠绕飘飞，月光一样皎洁的衣裙宛似梦幻泡影。天女一眼，流照人间。

笪姬永远都记得她作为神的惆怅和美丽，以及她呵护了亘古的爱情。

捌

太阳再一次从东方的扶桑巨树中驭马而出时，女娲没了踪迹。天地恢复了最初的样子，笪姬也一样，回归狐的本体。她孤零零地站在风卷残云后的山巅，任山风戚戚，扑面而来。那一座曾和女娲共同居住过的宫殿已经倒塌，她回首看着那些断壁残垣，不禁号啕大哭。

笪姬下了山。每一个孤寂的黎明，陪伴她的依然是头顶那一颗浅红色的星星。

她猜不到女娲最终有没有等到伏羲。她总是一厢情愿地替女娲假想，那个男子披星戴月一路远行后始终不能忘记她，仍会回来与她厮守。他们双尾缠绕，互诉爱意，生命融入山河，融入天地，成为万民的皈依。

为了纪念女娲补天的功德，人间开始修建各种庙宇，用巨石雕刻女娲的神像，竖立宝幡，谨奉香火。众人的心愿多得像流沙，案台之下打盹的笪姬想，这么多祈望，女娲真的可以替他们一一实现吗？

又有很多年过去了，乡族成为城邦，城邦一多，又聚合成为国家，一国之主便称为王。

据说，这一朝代叫商，商朝的王叫纣王。大概也有很多愿望想请神灵帮忙实现，纣王听说了女娲的声名，龙车凤辇地来到庙宇中参拜。然而，当看到女娲像的第一眼，他就被她端丽幽谧的容颜吸引了。纣王情思摇荡，不能自拔，随即在墙上题下了一首诗。

凤鸾宝帐景非常，尽是泥金巧样妆。曲曲远山飞翠色，翩翩舞袖映霞裳。

梨花带雨争娇艳，芍药笼烟骋媚妆。但得妖娆能举动，取回长乐侍君王。

笪姬轻蔑地笑了。区区一介凡夫俗子，竟然对女娲存有这样的不敬之心。她必须替女娲惩治这样的轻狂之徒。只是，对一个君王来说，死并不是最可怕的事。她得换一个更让他痛彻心扉的方法。

郊外的陌上，冀州来的一行人马正往朝歌的方向而去。那红罗飘飞的肩舆上端坐着的苏家少女正是进献给纣王的礼物。笪姬灵机一动，像当年进入土偶一样，进入了少女的灵魂。

前一夜，纣王和大臣们饮酒赏舞，直至拂晓方才入后宫。侍寝前，纣王一层层褪去她的纱裙，问她叫什么名字。笪姬透过帐帷，见宫殿的飞檐下正低垂着那一颗浅红色的星。她无比伤感，却满带笑意地回答他："我叫妲己。"

纣王问她这名字有什么含义。

笪姬说："妲——有女达旦，是说，东南方有一颗星，某个女子在这星星之下等待爱人，日复一日，直至天明。"

纣王啜吸她滚滚垂下的泪珠，爱怜道："美人儿，是我来迟了，让你久等了吗？"

玖

离宫别馆，次第兴筑。鸾马奇物，充盈宝殿。以酒为池，悬肉为林。丝竹漫天，奇花遍植。笪姬的计划有条不紊地开展着。她就是要他寄情声色，荒废朝政，国破家亡，万劫不复。

可当暮色四合，站在高高的鹿台上俯瞰华灯初上的百里朝歌，她却心有余悸——倘若女娲得知这民不聊生水深火热的状况，会原谅她的草率和荒唐吗？毕竟这烟火人间，是女娲和伏羲数千年的心血。

在她为此苦恼而左右为难之时，宫女们议论纷纷，说御前近日多了一个琴艺卓然的青年。这位青年是西伯侯姬昌之子，也是纣王扣押在手里的人质。自与女娲一别，笪姬已许久未听过琴，闻讯后，当即召这名叫伯邑考的青年到后宫传艺。

"你知道琴是谁发明的吗？"她问伯邑考。

"恕我无知，请不吝赐教。"

"是伏羲。琴是他送给爱人女娲的礼物。"笪姬又问，"你的琴艺又是拜谁所授呢？"

伯邑考整理了一下衣襟，如此描述他师傅——他说他师傅弹琴总是出神入化，并不是技巧有多高超，而是每弹一首曲子，都像是娓娓道来一个古老的故事。不弹琴的闲暇，师傅喜欢负手站在西岐最高的山上。他告诉伯邑考，东南方那颗浅红的星星之下有他一直想回的家和一直忘不了的人。

伯邑考见笪姬垂泪，惊道：“是我言语有冒犯之处吗？”

“不，我只是和你的师傅一样，思念着远方的故人而已。”

得知西岐人质和自己最心爱的妃子密谈一夜的消息，纣王震怒，不由分说杀了伯邑考。但罪蹙难填，光光取命早已无法满足这位杀人如麻的君主。他得意地告诉笪姬，一碗肉羹正被送往姬昌手中，食材就是他的儿子伯邑考。

金碧辉煌而无限荒凉的大殿之上，锦衣如花的笪姬抱着伯邑考留下的琴，强忍所有愤怒和恶心，对眼前的恶魔回以媚笑。她再也不用为自己的决策感到歉疚，女娲如有神知，想必会鼎力支持她葬送这个朽败的王朝。

她抱着琴向殿外走去，向朝歌最高的建筑走去。

在那座叫“摘星”的高楼之上，她喝了一夜的酒，弹了一夜的琴。直到破晓前，东南方再次出现了那一颗星。

她知道，她离它一直是如此之远，又如此之近。

效颦

壹

黄昏的光景，郑旦过来馆娃宫这边找西施闲谈。

内帷的乐师们纷纷抱琴而出，衣带碰到琴弦发出幽微的声响，见到郑旦，驻足行了礼，又提着衣裾匆匆前行。

“她又去姑苏台习舞了？”郑旦垂袖立在大殿中央，她身后是荡漾在天外的柔和暮色。我点点头，为她奉茶。

郑旦神色平淡：“大王在后宫她就精心侍奉，大王在前朝她还是毫不松懈，范蠡没看错她。”我竖起食指至唇边示意隔墙有耳。她缓缓走过来，裙裾随着袅娜的步态摆动。她清凉的声音传到我的耳边犹如石子坠入湖心：“你要演到什么时候？”

我垂首侍立在一边。她绕着香鼎轻言：“你做的是对的。我们只是女人，连自己的命运和幸福都难以掌控，何以谈家仇国恨。”

鼎中，午后的沉水已经烧尽，冷却后的一层香气仍然浓郁蚀骨。

掌灯时分，廊内染上淡淡的火光。梧桐树的落叶在院落里飘飘荡荡。郑旦要回宫用晚膳，临行时她回转过身，意味深长地看了我一眼：“东施，有时我真羡慕你。因为你从不后悔。”

贰

很少有人记得我们姊妹俩的名字，因为有些拗口，亦容易混淆。我是姐姐施夷光，西施是我的同胞妹妹，她叫施夷明。父亲说我们的名字连起来就是这乱世里的一小片光明，是他的一点希望。少年时，我们和父亲母亲住在会稽山西麓的苎萝村，我住在东阁，她住在西厢。人们就叫我东施，叫她西施。

他们说：“这一双美丽的姊妹简直一模一样，连生病时捧心皱眉的样子都是如出一辙。”

那时，我们一家过得非常恬淡。对于我们姊妹日后所卷入的政治和历史也毫无预见。

苎萝村是以纺织业闻名遐迩的地方，我们家也是以此为生。父亲下田种植棉花，妹妹纺纱浣纱，母亲织布。最后，我会划着木兰舟到钱塘江，向岸边人家兜售我们的各色布匹。

父亲说：“东施，不要到对岸去。那是吴国的疆域。总有一天，战火会死灰复燃。”

那是在春天，日出江花红胜火，春来江水绿如蓝，我和西施走过了豆蔻及笄，正值妙龄。有时我也会在闲暇的时间里顺流而下，远远地眺望对岸。透过茫茫的烟波江雾可以看到遥远而陌生的吴国。那里也是草长莺飞的烟花三月，也有熏风骀荡自南方而来，一切华丽和美，与我们的越国无甚差别。我很难想象这样两片互不相犯的土地为什么会以战争这种残忍的方式相持不下。

我问过父亲，但他闻言后只是在棉铃碧绿的田野里仰望长天。他说：“很多年前的槜李之战中，吴王大败，在回师途中郁郁而死。他的儿子即位后励精图治，在几年后的夫椒之战中一雪前耻。如果不是大王派人去求和，也许我们脚下的田野依然是寸草不生。”

父亲说：“你是女子，以后不要再过问这些。其实君王的野心根本就不是我们这些平民可以妄自揣测的。”

我和西施都没有妄自揣测过，对于这些属于铁骑骁将的烽烟我们都是远观的姿态。但在那样一个风雨飘摇的年代，命运完全脱离了掌心。

遇见夫差的那个午后，艳阳普照大地，草木繁花上都跳跃着白茫茫的光线。他的船停靠在我身边。他的侍从买下我的一匹蓝花布。他接了过去，捧在手里端详。

侍从说："家中自有织女上百，您何须留意这些乡野布料？"

他说："桑种耕织是国之根本，知己知彼不是看敌军旌旗多少战马多少，留意这些民生细节才能更清晰地看到对方的国力。"

他把布匹交还到我手中，看着我的船头灯笼，上面写着一个小小的施字。他微笑着说："越国卖布的女子都是像你这样的美人吗？"我低下头，轻轻走回船舱。

他离去时指着东北方向对我说："看到那一片茂盛的草地了吗，那是我的猎场，我姓姬，如果你没事可以来找我。通传时就说你姓施。"

我后来无数次地设想，如果夫差并不是吴国的君王，只是一个普通人，那一切会是怎样的面貌呢？也许我会一生都站在草场上，看他骑着鬃毛飞扬的烈马射出风一般的白羽箭。随后他会飞奔过去俯身操起猎物向我高喊："夷光，夷光，我在这里。"

也许我会嫁给他，为他生儿育女，在相夫教子的寻常岁月里安然老去。

那一日的黄昏，他陪我走到江边，送我过江。江水被斜阳染成瑰丽浓郁的血色，潋滟的光影如同梦魇。他对我说："我是吴国的王。"我闻言只是沉默着站在他面前，带着草木香的晚风吹拂着我的长发。他说："夷光，你害怕吗？"

我摇了摇头："天色向晚，我要回去了。"我登舟离去，桨声在归棹下唱着缠绵哀艳的歌曲。他在岸边冲我大喊："夷光，你还会来吗？"

我依然没有作答。

此后，我再也没有贸然踏上吴国的大地与他相见。一别数年。

叁

月亮升过天心的夜晚，西施会提着衣裙赤脚跑过中堂，溜进我在东阁的房间。在纱帐外，我们可以看到一簇一簇的流萤像星星一般飞过。在这样静谧的初夏之夜，她轻声问我："阿姊，范蠡对你那么好，你为什么总是拒绝他？他是大夫，而且英俊有文采，是不可多得的好男人。"

我转过脸去看着她："你爱上他了？"

西施不说话，只是趴在清凉的席枕上懒懒地摇晃着腿，想着心事，良久会咯咯地笑出声来。我知道她喜欢范蠡，每一次范蠡来找我的时候她总会在妆台前徘徊良久，最后簪上一朵朵粉紫色的花，显得格外娇媚。

我一直觉得西施很单纯，连她的坏都是一种单纯的坏。她的一切手段只是为了爱。所以哪怕后来我们姊妹之间近乎反目，我都从来没有怪过她。她永远是我的妹妹，我一直记得她在夏夜，在我的床帏里沉沉睡去的样子，像个不谙世事的小孩。

范蠡最后来找我的那次也是在一个黄昏。似乎我生命中的很多重要的转折都是在这样一个白昼与黑夜交接的暧昧时段完成，或者我这个人一生都在践行一种暧昧。关于国的暧昧，家的暧昧，亲人之间的暧昧，以及爱情的暧昧。

他进门后立即掩上房门问我："西施呢？"

"去若耶溪边浣纱了。"

范蠡的眉间涌动着愁色："文种向大王献策美人计，要送你们姊妹去吴宫，效法妺喜、妲己、褒姒红颜亡夏商周之史。我中途进言，你们父母都已年迈，一定要有儿女侍奉在侧，大王才同意留下一个。"

"去迷惑夫差？"

"是。"

西施突然推开门清冷地看着范蠡："我不会去的。"她说完了就回到西厢房，重重地关上房门。她刚刚浣好的一篮素纱还留在门口滴着水。

范蠡来拉我的手："东施，我不想让你去。"

我从他潮湿冰凉的手心里轻轻地抽出手来："不管怎样，我们明日会给你一个结果。"

"西施，就是这样，我爱上了一个叫夫差的男人。他是敌国的君王。"雨水旺盛的夏夜，西施听完了我的叙述，用一双绿宝石一样慧黠的眼睛在暗处看着我。

我倚在窗边，身体疲软，犹如一只吐丝完毕的桑蚕："要我去让他和他的国家走向覆灭，我做不到。"

"范蠡也不想让你去吧。他那么爱你。"西施的声音轻得像一片羽毛，"那只有我了，无从选择不是吗？"西施走过来，仓皇地抱住我："阿姊，我用身体去帮范蠡完成复国的大业，你说他会爱上我吗？"

"西施，爱，从不是我们可以主宰的。"

肆

西施临行前的一晚，在子夜时分，我做了一个冗长诡谲的梦。我梦到自己走进一个生满铁锈的狭长甬道，铁锈上长满被雨水滋润过的旺盛的菌子，一顶一顶的，像细小的雨伞。在这样漫长的行程里，裙裾被铁锈渍染成一种沉婉的红色，头顶有水珠滴落下来，顺着发髻滑进发丝深处，头皮一阵清冷。

“夷光。”

甬道深处突然有火折亮起来，弥散着微光。

“夫差，是你吗？”我用手指去触摸那遥远的微光。

夫差影影绰绰的身影忽然回转过去，向着更深处走去：“夷光，我是来同你告别的。吴国要灭亡了，我要走了。”

“夫差，夫差啊。”我慌忙地去捉他的衣袖，但是只扑到了虚空。他消失后那一半甬道瞬间坍塌，暴露在眼前的是黄昏雨后一碧如洗的天空。

我在这哀艳的梦境中醒来，眼角被泪痕绷紧。而逆光中，西施就坐在我的眼前，迷迷蒙蒙的身形，像谷雨时节里遗落在水里的玉佩：“阿姊，你不用告诉我，我知道你的决定，你要和我一起去？”

“是的，我不会插手你们的计划，我只想远远地看着他，无论他是生是死。”我轻轻地从床榻上坐起来，外面是沉沉的星斗，斜月明媚地漏过天窗，洒在我的眉眼之间。

西施从袖子里取出一个朱砂色的瓷瓶，拔开瓶塞，倒出两粒药丸在我手心：“是哑药。即使有一天你想走上去和他说话，你也将失去这个能力。从明天开始，我是施夷光，你是施夷明，我就是当年和他在钱塘江上偶遇的女子，你只是我的侍女，一个默默地旁观他的侍女。越国的国运也好，吴国的国运也好，大夫范蠡也好，吴王夫差也好，都和你没有关系。如果你选择旁观，这就是你必须付出的代价。”

我和我的妹妹西施在暗沉的内室里注视着彼此的眼睛。天色渐晓，更漏长长，时不我待。

两颗药丸滑过喉咙的时候，一种啮咬青铜器般酸沉的感觉在口腔里弥散开来。五官都是相通的，我能听到那两颗药丸你追我赶地奔向食道，奔向肠胃，渐渐在身体里陨落的声音。最终，身体被一重咸湿的海潮淹没，没过头顶，双颊滚烫，如同焰灼。

西施静静地看着这一切，最后把一面菱花镜递到我手中。我只照了一眼，它就跌落在尘埃里。镜子粉身碎骨的哀响如同挽歌。

“同样被剥夺的还有你的容貌，只有这样，你才能不被吴王发现，才能在角落里完成你的远观。你不能靠近他。”

我似笑非笑地看着她，尽管从那一刻开始，我就知道自己的笑颜是怪诞丑陋的。其实我很想问她这样做，是为了让夫差忘记我，还是为了让范蠡忘记我。

西施冷静地看着我，眼睛里有一种非常彻底的极致的幽怨。这幽怨从她被指派成美人计的主角开始就已经产生并一直在酝酿发酵。她转过身去，慢慢地走过中堂，留下清冷的余音在回荡："已经过了五更，梳洗一下，我们要出发了。"

伍

我和郑旦是在渡江的大船上认识的。她穿着一件樱色的襦裙，青翠的腰带上描着胭脂红的飞凤。她说："你真的是东施吗？我听说过你，大家都夸赞你们姊妹的容貌。"

我微微摇头，一笑置之。那时的西施坐在舱内的船窗下遥遥地看着故国的江岸，在那送行的人群里，有范蠡一个。我的容颜天翻地覆，连与我熟稔的范蠡都未曾发觉，又何况素未谋面的郑旦。

"我家在鸬鹚湾，我是家中的独女。其实我曾经和邻村一个捕鱼的男子订过婚的。但是现在，什么都被改变了。"波心湿润，郑旦清瘦温润的面孔被一层淡淡的，带着哀愁的水雾笼罩着。

其实这也是我一直以来对郑旦的印象，遗世独立，邈然高蹈。而这种桀骜的性格也必然使得她无力分食夫差对西施的宠爱。

初入吴宫的那一天，莲花开至将阑，垂死的花朵孤独地站在枝头，空气里浮动着浓香。暌违数载的夫差似乎比当年更加意气风发，领着众人在高高的宫台上迎接自彼岸而来的佳丽。我和其余的随行侍女站在广场上，西施和诸位美人款款拾级而上。她敛眉垂袖，夫差向她伸出手："夷光，是你吗？"

那一刻，他确定了她的身份，留下满阶粉黛在原地，只执着她的手向宫殿深处走去。

也是在那一刻，我在稠密的人群中兀自微笑，却无人能理解我这样一个丑陋的哑女笑从何来。

当晚合宫歌宴，西施飘然踏入舞池献上一曲《飞雪》，足踏木屐，踝系金铃，一时间叮叮当当流风回雪，席间众人皆赞这炎炎夏日里的幻象竟真如舞名一般飞雪北来。唯有老臣伍子胥慨叹："八月飞雪，暗藏凶兆。"但这样不合于夜宴气氛的良谏如同蜻蜓点水，连一丝涟漪都没有在大殿上留下。

此后的一个月内，姑苏台、馆娃宫、响屧廊拔地而起。侍女们窃窃私语，模仿夫差的口吻重复着他的原话："有凤来仪，一定要培植最好的梧桐给它栖息。"

陆

入吴后，夫差第一次同我说话是在一个微雨的天气里，向晚的走廊上浮着水汽，波光粼粼的样子。他问西施何在，侍女回禀说正在沐浴。他就在殿外等候。

我为他奉茶时，他突然饶有兴致地打量起我来，良久说："东施，我每次看到你的眼睛时总会想起一些温柔久远的往事。我想，你前世一定是个美人。"

我闻言微微欠身，示意他谬赞了。西施沐浴向来细致缓慢，夫差坐了片刻就到廊上看雨。我立即撑了伞上前侍奉。

"你妹妹和你说过我和她之间的事吗？比如我和她是怎样认识的。"

我摇摇头。

"是很多年前在钱塘江上的一个春日。她撑着小船，船篷下是飘摇的布条。那时的她温柔沉默，像未开的山茶花，连呼吸都有着不似寻常的美。当然，现在的她依然很美，只是带给我的感觉并不像当年那样直指人心，或许是时间改变了我们。"

在吴地八月旺盛的雨水里，我大胆地看着他。夫差并没有责怪我的僭越。或者那时浮现在我们脑海中的都是当初在草场上迎风狩猎的场景，因为这种湿润怅惘的记忆，他才宽恕了我的无礼。我折下一枝木槿，在地面上写下一行字——美人难求，江山更贵。

书毕，内殿通传西施已熏香更衣罢，请大王移驾一同用膳。

雨晴后的清晨，我在郑旦宫中。西施让我带给她的是一盒胭脂，她用细长的指甲剜了一点搽在鬓边，色如红云。她在斑驳昏黄的铜镜里看着我说："西施城府深沉，不仅懂得取悦大王，还知道如何睦邻友好。你请她放心，我一天不和她争宠，就一辈子不会和她争宠。"

我在妆台上轻轻画下一个鱼形符号，示意她是否还想等有朝一日回到故国，和那个捕鱼的男子在一起。她笑着拉过我的手："东施，上天体察万象，公平待人，赐给女人的或者是智慧或者是美貌。你没有相貌无关紧要，因为对于宫中女子来说，识人心、解人意远比相貌重要得多。"

回宫后，西施站在大殿上注视着我："你对夫差说了些什么？"

她直呼夫差的名字后我才左右顾盼了一会儿。侍女们俱已退下，大殿之上唯有我们主仆二人。姊妹二人。

我摇摇头。

“你说过的，你只会旁观，无论他是生是死你都不会干涉。”西施的声音像寒潭里最深处的水流，“因为你曾经这样说，我才会冒着危险带你这样一个心向敌国君主的人来到这里。如果你违背誓言，执意如此，被消灭的将不只是你的嗓音和容颜。”

我不知道那时的西施究竟知道了些什么。或者是我曾经在廊檐下用雨水为夫差写下的那一行字。或者是我赞成郑旦明哲保身的话，好搁浅大家苦心经营的色诱之计。

但这一切的一切，在西施的心里也许只为一个范蠡。她只想尽早帮助他实现复国大业，这是如今的她可以爱他的唯一方式。

柒

内帏的夫差和朝野上的夫差完全判若两人。

后宫之中的他是活跃而天真的，就像一个孩子，游戏带给他无穷无尽的快乐。他是君王，有为自己创造物质快乐的资本，锦衣美食，醇酒佳人。但我想，即使他生在寻常人家，他也一样懂得享乐，哪怕是朴素节俭的快乐，因为他有一颗懂得快乐的心。

前朝的他坐拥天下，雷厉风行。江山社稷，黎民苍生，案牍如流水。西施也常常差人打探前朝的消息，回禀的下人说：“大王在计划黄池之约，预备一举称霸中原。”

“夫椒之战与艾陵之战，大王已经两度获胜，不在此时稳固国本，反而急功近利，进军中原，欲夺霸主之位，实非良策。”这是老臣伍子胥进谏的良言。夫差闻言只是把头抬起来轻声回了一句：“是吗？”

宰辅伯嚭在诸臣退朝后独自留了下来：“伍子胥依仗自己两朝元老的资历，无视大王，苛责同僚，有失臣子体统。更一度任其门生散播谣言，污蔑西施郑旦二位娘娘是越国奸细，有朝一日欲诛之而后快，恳请大王明断。”

夫差什么都没听到，他没听到宰辅伯嚭那些荒谬的栽赃，只听到了西施的名字。他也什么都没看到，没看到伯嚭被勾践的白璧黄金收买，只看到西施逆着光，迤迤然地跨进朝堂，眉梢眼角印着泪痕，俏生生地喊了他一声：“大王。”

赐死伍子胥的命令下达之后，百臣联名上书，请大王收回旨意。那时的夫差正在响屧廊下观看西施媚舞。那是她为夫差新制的歌舞，叫《盛宴》，说的是一个三月的花宴，众人穿着新裁的衣裳在水滨折柳赏花，一片莺歌燕舞的景象。帷幔后的笛声迂回吹来，廊上的西施环佩叮当，廊下又是清涧引来的流水簌簌流过，夫差在这迷蒙空幻的曲乐中沉沉睡去。上书的文件抵达时，西施以不可惊扰大王酣眠为借口越俎代庖翻看了一眼，嘱咐侍从："让大王收回成命岂不是叫他自己掌自己的嘴？是你有这个胆量，还是我有这个胆量？"

侍从瞥了一眼花间沉睡的夫差，匆忙奔去，一路直奔伍子胥的府邸。

西施回内室熏香更衣时，我在镜中对她摇摇头。

"什么意思，我的仲裁有失偏颇？是你觉得伍子胥不该死，还是觉得我该死？"

我谦卑地低着头，只是迅疾地把熏笼上的青花白鸟纹长衣取下来，为她罩上。

她突然捏住我的下巴："伍子胥身为两朝元老，心系吴国，直言谏上，他不该死。我施夷明是越国子民，身负国耻，深入敌营，我也不该死。该死的是你，一个患得患失，不知分寸，在道义和爱情之间摇摆的女人。你真的该死，你对谁来说都是一种灾难。"

西施狠狠地撇下我的脸兀自远去，木屐足音在廊上悠悠回响："大王今夜回他自己的寝殿休息，不用给他预备晚膳了。"

到了黄昏，突然下起雨来。西施的私探回禀说刽子手同伍子胥有私交，迟迟不肯动手，现在伍子胥的府邸里围着满满的门客，只希望大王刀下留人。

西施从榻上懒懒地坐起来，望了望窗外的大雨说："我敢打这个赌，再来一百个人上书，他伍子胥亥时也必然丧命。"她又幽幽地看了我一眼说："我就拿你——曾经的我，在他心里的分量下赌。"她说完就下了榻，毫无顾虑地回到偏殿用膳了。

我是冒着大雨一路狂奔到夫差的寝殿的，中途跑丢了一只鞋子，脚掌拍过水洼，发出清越的声响。我不能让他杀了伍子胥。如果他是为了西施——曾经的我，去杀一个忠臣，他会背负千古骂名。他清醒的那一刻会恨我。我不想让他恨我，我想让他的记忆永远停留在钱塘江上的春日，停留在草场上狩猎的岁月。那些简单的，由我陪伴他的时光。

女为悦己者容。夫差，为你我已经失去了容颜，我能留住的仅仅是那一段春风沉醉的过往。

捌

侍女说我因为高烧而卧病在床的那几日，夫差来看过我。

我也恍恍惚惚地想起来，他拂开重重帐幔，擎着微明的烛火坐在我的床头。氤氲的面孔被描摹出明媚的侧脸曲线，殿外是一个被日光照得白茫茫的世界。他用手指来试探我额头的温度。他说："东施，你是一个很好的女子，我能感受得到。但有些命运是不可违逆的，我们只能拥抱它。"

他说完就轻轻地起身，我想去挽留他，去捉他的衣袖。就像曾经在一个梦里做的那样。但这意念并没有施行，我在昏聩中依然记得自己的身份，躁动的手只是停留在衾被里。

高烧起因于那一夜的大雨，我冒雨跑到他的寝殿，跪在地上恳求他宽恕伍子胥。那时已经戌时将尽，他的侍臣早已退去。夫差穿着宽松的睡袍站在空荡荡的大殿上，窗外鼓进的长风吹拂着他的衣袂。他走近，向我伸出一只手："来，东施，起来。"

"记得我那天同你说的吗，那天也是下雨的天气，我在廊檐下把我同西施相逢的经过说给你听。当然，有相逢就有相别，我们分别的那一天，我向她表明了我的身份。自此之后她再没有来见我。我在钱塘江上徘徊数日都没有遇见她。我在狩猎的草场上等待她，她也没有出现。其实我很想对她说，如果我拥有她的条件是舍弃自己的身份，我是愿意的。东施，你相信吗，为了夷光，我愿意放弃一整片江山。所以，她是我生命之中很重要的人。伍子胥口口声声要为国家除去西施，可是我作为一个男人必须要先有当家的能力才能治国，连女人都保不住不仅枉为国君，更枉为男人。"

我站在他面前，是一副被雨水淋得湿漉漉的样子。雨珠顺着发丝和睫毛流遍脸庞。夫差伸过手来用温暖的衣袖为我擦拭，擦拭我这张丑陋的脸。他说："东施，我不知道我为什么会对你说这些。我只知道，你身上有一种非常莫名的气息在牵引着我，这是一种属于回忆的气息。非常珍贵的气息。"

更漏响过亥时，夫差招了人进来，赐下一柄宝剑，予伍子胥自尽。我茫然地看着那人捧着剑走进雨幕之中。仿佛还能听到剑刃划过伍子胥脖颈的刀锋之声，清凉悲哀。其实他并非自尽，是我杀了他，带着一个男人赋予我的深爱，杀了他。

身体略好些的时候，我出来走动。咳嗽时心有绞痛，行走之中只好捧着。侍女们见状无一不嬉笑着说："看她的样子，奇丑无比还学西施皱眉捧心。人说邯郸学步，我看呐，是东施效颦。"

可是议论最多的自然不是我的丑态，而是伍子胥的死。他们说，伍子胥临走前交代门生，叫他们把他的眼睛挖出来置于东门之上，他要亲眼看着吴国灭亡。

玖

黄池之约终究因为宰辅伯嚭的谗言而成行。在此期间，斩草未除根、卧薪尝胆以求雪耻的越国乘虚而入。

勾践的大军直破姑苏台的那一天，我正在郑旦宫中听她絮絮说一些旧事，讲那个她曾在鸬鹚湾以心相许的男子。窗外天风动荡，骄阳如血，仿佛预示着一场浩劫。其间，侍女前来回禀说越军已至，郑旦闻言微笑着拂袖，让她下去。侍女告退的那一刻，她突然一口鲜血吐了出来，溅在月白的罗衣上犹如繁花盛放。我仓皇地去搂住她，抚摸她的脸。因为失声，我也无法召唤侍女们回来。郑旦躺在我的怀里虚弱地说：“东施，有时我真羡慕你。你这么爱夫差，为他舍弃诸多却从不后悔。我就没你这样大的胸怀。勾践选中我作为美人送到吴国的那一天开始我就一直怀疑他对我的爱，怀疑他在鸬鹚湾隐居捕鱼的那些年对我说的每一句情话。它们是不是都是谎言？可是我现在想明白了，爱或不爱，从来都是我们自己的事，和他们无关。但鸬鹚湾的日子终究回不去了，我要带着这具肮脏的身体离开，也叫他生生世世都记得，他曾经亏欠一个叫郑旦的女子。”

郑旦服毒自尽的时候，西施正在阁楼上画眉。她痴痴地对着镜中的自己说：“越军来了，范蠡来了，他要带我回家了。”她反反复复地念着这几句话。瑶琴宝瑟都被她摔掷在地发出苍凉华丽的弦音。又随手扯落帐帷珠幔，珠子一粒一粒地在地面上蹦着，像是突兀地走向死亡。一时，画梁春尽，宫花潦倒。

范蠡最终如期抵达，他进门就拉住我的手往外走，外面车马早已备好：“不管你变成什么样子，是丑还是美，是人还是鬼，我都是爱你的。”我看了一眼被付之一炬的夫差寝殿，挣扎着逃脱他的手，并把已近疯癫的西施交到他手上。她是我唯一的妹妹，用女子这一生中最绚烂的十年在帮助和守望他。这是她最终的心愿，他必须达成，没有资格拒绝。

而我，把他们推出熊熊烈火之外后，当然还有我自己的事情要做。

夫差站在高高的露台上，他在烈焰里朝着四面八方大喊：“夷光，夷光。”

我缓缓走近的时候，他站在原地，像一个稚童一样怯懦地问我：“东施，你看到夷光了吗？我在找她。”

我微笑着摇摇头。他失望地瘫倒在地上，我上前抱着他，轻轻地拍打他的心房，示意他，在这最后一刻还有人陪在他的身边。

他说："夷光当年也是这样一走了之的，可是后来她还是回来了，回到了我的身边。东施，你说她还会回来吗？"

我冲着他点点头，他就心满意足地闭上眼，像听着《盛宴》一样沉沉地睡去。火势越来越大，烧过阑干，烧过殿宇，烧过沉香的画栋，一直烧到我们的衣袖、袍带、皮肤、发丝和骨骼。

这一场盛宴终于到了散去的时候。

我是一个哑女，心有所想，但无法陈述，在那一刻，我真的有千言万语想对他说。我想他心里一定可以听到我的话——

夫差，如果你不是吴国的君王，只是一个普通人，那我一定会嫁给你，为你生儿育女，在相夫教子的寻常岁月里安然老去。

夫差，没有模仿不了的表情，只有模仿不了的爱情，这一生一世只有我那么深沉地爱过你，所以最后的最后还是让我来奉陪到底。

青 冢

壹

这种在草原上随处可见的红斗篷是宁胡阏氏带来的风尚。

很久之前，牧民们的斗篷都是白色的，黑色的，灰色的。宁胡阏氏刚来的那一天，大家一眼就看到了她。因为她骑着一匹白马，怀里抱着一面琵琶，披着一顶猩红色的斗篷，在蓝天的映衬下，显得非常不真实。像是从画中走出的人。

她步入单于为她新造的那一座帐篷里，一待就是十天。她没有去拜见颛渠阏氏，也没有会见任何王族宗亲，她只是在草原上最华丽的帐篷里弹了十天十夜的琵琶。十天后，她披着她的红斗篷走了出来。她看到不远处有个画匠在画她，她走了过来。

“你在画什么？”宁胡阏氏的声音是清冷的，像积雪在融化。

“没画什么。”小画匠把画挡了起来。

“你在画我？”

“不，我只是在画您的斗篷，虽然我也很想画您，但我知道那会是种冒犯。”小画匠说他是草原上的女人们雇来的，要画一个斗篷的样子给她们拿去参考。

“大家都很喜欢您的斗篷。”

小画匠的笔到了宁胡阏氏的手中。她蘸了蘸朱砂，寥寥几笔却极为传神地画出了斗篷的样子。

“让她们做的时候稍微改改样子，我不太喜欢别人和我穿得一模一样。”

宁胡阏氏再次回到了她的帐篷里，琵琶声又响了起来。

小画匠站在太阳底下，面对宁胡阏氏的画作保持着惊艳的神色。

后来,大家都知道了。新来的宁胡阏氏不光是琵琶圣手,同时在绘画上也颇有造诣。他们以为这种艺术上的天赋和她的美貌一样，是与生俱来的珍宝。

但宁胡阏氏自己知道，二十年前，她什么都没有。没有琵琶，没有斗篷，甚至没有常人的健康，只有一根多余的六指。

贰

宁胡阏氏最早的儿时记忆和雪也是密不可分的。那漫天遍野的雪，比白茫茫的大草原还要再厚，再白。她很冷。她用女童纤细的嗓音询问石门后的青年男子：“师傅，我们可以生一堆火吗？”

师傅缓缓地从里面走出来。他穿得极单薄，仅仅是一件白色的苎衫，走路时，袖子还会随风飘动。她眼看着都觉得冷。

“你冷吗？我以为你不怕冷。”师傅说她当初被一个破烂的襁褓潦草地裹了裹扔在深山雪地里，他捡到她时，她却一直在笑。他想不出她怎么会怕冷。

师傅没有理会她的请求，只是把琵琶抱给她，说：“弹吧。”

雪又下了起来，像个说故事的人喝了一杯茶又继续讲述。从洞口望出去，那玉树琼枝的世界好像比山洞里还要温暖一些。天气寒冷，琵琶弦紧绷，弹奏缓慢悠长的《出塞曲》就能够产生恰到好处的凄怆沧桑之感。

她问他：“师傅，它为什么叫《出塞曲》呢？”

师傅说这是他梦醒后写下的一支曲子。旋律在梦中回荡，像雪花轻轻地落在睫毛上一样，和他产生了莫名的缘分。梦中有个女子，骑一匹白马，抱着琵琶，在去往边塞的黄尘古道上弹着这支曲子。大风吹动着彤云，像是有一场大雪即将来临，可低垂的暮色里已经有了疏落而寂寥的星辰。琵琶声在旷野上飘过，她自己是这哀乐的唯一听众。

师傅说着说着，眼底浮现出寂寥之色。

她问他："这位女子一定很美吧？"

师傅说："她穿着斗篷，只留给我一个背影。这并不妨碍什么。她毫无疑问是美的。"

她有些伤心。月亮把冰层照得很亮的夜晚，她以之为镜，俯身窥探自己的容貌。她还很小，五官还看不出未来的长势。只是，手无疑是丑陋的。但是这第六根手指也值得她感激。没有它，她的父母也不会抛弃她，她也就没有机会认识师傅了。

师傅安慰她："对别人，它也许还是累赘。但假如你是个琵琶手，这根手指就是你独一无二的资本。"他断定它会帮助她在一帮平庸的乐师中脱颖而出，展示这个特殊武器带来的超凡功效。

她在山里弹了十几年的琵琶，师傅在山里画了十几年的画。她也曾向师傅求教过丹青之道，但只是闲暇取乐而已。师傅说她的使命是好好弹琵琶。

又一年冬天到来之际，她在雪地里弹琵琶，弹到高潮的部分，四根琴弦齐齐断裂。本来在巢穴中安眠的飞禽仓皇离去，积雪从高高的银杏枝丫上坠落，冰层有了分裂的迹象。

师傅说："大功告成，我们可以去长安了。"

师傅随手折下一根树枝，树枝起了火。他向他们生活了十几年的山洞扔去。她的眼泪簌簌落了下来。她想，真的要这样吗，一起生活过的痕迹一定要被付之一炬吗？

她不知道长安是什么地方，甚至在离开那座山时，她才知道，她的成长之处叫秭归。

叁

从秭归到长安，说远也并不远，但是他们走了整整一个冬天。有时搭乘马车，有时坐船，有时就只是徒步。她不知道他们此行的目的，光从师傅的状态看来，他好像是抱着游山玩水的心态，好几次还中途折返，只因某一处风景让他念念不忘尚未尽兴。

在丹水的那一晚，脚程已过半。他们入住丹水边上的一家客栈。纯木结构的客栈里空空荡荡，檐下的灯笼昏暗不清，老板娘在柜台后面绣花，小二给他们上了牛肉和烧酒也就下去打盹了。无人说话，唯有江边冲寒怒放的朱砂梅传来一阵阵冷冽的清香。

吃完了饭，师傅嘱咐她早些休息。

她和衣而卧。外面的月亮很明亮，广阔的夜幕上没有一颗星子，竹帘之影丝丝分明地投印在墙壁上。这条江并未上冻，江水滔滔便很容易让人想起往事。

她想起自己第一次弹琵琶时的情景。那时，她的身量也不过就比一把琵琶稍稍高一点。师傅说："弹吧，弹得好与坏都没有关系。只是，如果弹不好，就要把你多余的那根手指砍掉。一个女子，已经没有才艺，就不能再没有美貌。"她吓得哭起来，自此发奋练琴，终于不负所望。

她又想起第一次月信突至的夜晚，血染双足，她看着自己淋漓的脚趾，再次被吓哭。师傅走过来，抱了抱她，给她烧了一桶热水，让她沐浴净身。次日，师傅用花枝和藤蔓为她单独布置了一间闺室。他说："从今天起，你就是一个女子了，要有一个属于自己的房间。"她环视着被烛光照成浅绛色的美丽房间，却怎么都高兴不起来。不能共处一室对她来说，就是离开了师傅。和山中鸟雀驱赶成年的子女离巢没什么分别。

离开秭归前，她弹断了师傅的琵琶，她很歉疚。师傅却向她致喜，并且用檀木和紫竹重新为她制作了一面更精美的琵琶作为出师之礼。他说："如果有一天，我不在了，你看到这把琵琶就会想起我。"她很生气，问他为什么要说这样奇怪的话。他说世上因缘来去，总有散席之时。

想着想着，她就累了，终于睡去。留下朔风孤独而苍劲地刮过头顶的瓦片。

半寐半醒之间，她听到吱吱呀呀的开门声。她说："师傅，是你吗？"

来人很快蹿到她面前捂紧她的口鼻，用麻袋套住她。这个时候，她一点也不在乎自己的性命，只是担心师傅——这帮人会用同样的方法对待他吗？

对方的手松了，她揭开麻袋，发现自己的担心完全是多余的。

白衣飘飘一尘不染的师傅头一回让袖口染上了血迹。他画画的毛笔直直地插入毛贼的脑颅。也许毛贼根本没有想到会有灭顶之灾，因此脸上还挂着一副得逞的表情。她仔细辨认，却是那个看似自由散漫的店小二。

外面的楼梯上响起一阵脚步声，听来少说也有数十人。寡不敌众，她以为她就要和师傅命丧此地时，师傅一把掀起竹帘，抱着她向外纵身一跃。大风吹起他们的衣衫，好似落花的花瓣。

这是一家山腰上的黑店，店后就是茫茫的丹水。她伏在师傅的肩头，看到以老板娘为首的那一伙人趴在窗边，冷眼旁观着失手的肥羊葬身鱼腹。

可是，到了水面上，师傅却如履平地一般地抱着她在江上行走，甚至衣袂都未被江水浸湿。他只是轻声对她说："月光太亮，太刺眼，用手帮我挡着点。"

她依言照做，并听到老板娘在远处尖锐地叫着："妖怪，妖怪……"

肆

师傅说：“她说得没错，我是一个妖怪，是一只狐狸。如果你害怕了，你就走吧。”

她说：“我不害怕，我只想知道你为什么要杀人。”

师傅似乎觉得这个问题很可笑，而笑容里又透出一种难以名状的凄凉：“二十年了，你在秭归的深山里没有见过一个人，现在你见到人了，就顺理成章地站到了你的同胞那边？”

她说：“我没有站到谁的那一边，我只是想问你为什么要杀人。”

师傅说：“你不杀人，人就杀你。就这么简单。就像二十年前，我的父亲母亲只是出门为我觅食，他们一点也没有害人之心，却要被箭射死。肉拿去烹煮，皮留下做过冬的大衣。这就是无辜者无从挑选的命运。”

师傅用冰冷彻骨的江水洗了洗手上干涸的血痕，沉声对她说：“仇人就居住在长安的宫殿里。我要去取他的性命。如果你这么厌恶杀戮，大家就不必同行了，在此分道扬镳吧。”

月亮之下，她与师傅静静地对望了片刻，终于在他的目光里黯然远走。她没有回头，他也没有挽留。北风吹着雪后的竹林，江水也波光粼粼。

又过了半月有余，长安的梅花开遍天街，师傅在城门外的一树白梅下看到她。日光中飞舞着尘埃，她在树下向他挥手：“师傅，我已经提前租下一幢老宅，你跟我来。”

师傅有些恍然，环顾左右，立在原地。她径直走过来拉住他的手，穿越人群奔跑向前。

“像你赶路那优哉游哉的速度，到了长安，我岂不是要与你露宿街头。这个房子的主人是朝廷命官，现在上了年纪，打算回江南老家，我真是来得早不如来得巧呢……”

老官还乡前站在残雪庭院里，问他们从异乡来要如何谋生立足，毕竟长安这么大。她倒是很自豪：“我师傅画得一手好画，至于我，懂点音律。”

老官看了她师傅的画作，大为叹赏，啧啧称赞，立即为他修书一封致御史中丞。很快，师傅就被宣进宫中。皇上在大殿之上问他姓甚名谁，师傅说自己无父无母，无名无姓，小半生都与毛笔为伍，不如就姓“毛”吧。似乎是觉得他很有意思，皇上大笑起来。洪亮的笑声能震动梁上的缁尘。

回去后，师傅对她说：“你也应该有正式的姓名，这样才不会形迹可疑。”

她说她的命是他给的，琴是他授予的，姓名也应该由他来恩赐。

师傅拿起树枝在雪地上写字，好看的字就留下，不好看的字就划去。写完了，他让她挑选。她选了一个“嫱”字。她并不知道这个字的含义，只是觉得它漂亮。若干年以后回忆起来，好像她的人生在那一个瞬间就有了走向。师傅说：“名字有了，姓就随长安的大姓吧，王氏势力强大，当朝皇后就出自此门，以后若有求于他们，还可以借机攀附。”

“王嫱。”她喃喃念着自己的新名字，“那你以后就不会再叫我的乳名了吧。”

“乳名属于童年。在你及笄之时就该忘记它的。”

她说：“我怎么会忘记呢。就像你不会忘记你的仇恨。”她非常关心师傅复仇的事，问他有没有见到仇人，在她看来，居住在宫里的都是皇家贵族，绝非等闲之辈。

“见到了，只是暂时还没有机会下手。”师傅说。

“你要小心。”她叮嘱他。

午日斜晕，苍白的日光铺在长廊的阑干上。师傅问她：“难道你不再质疑我的复仇之举，不再慈悲泛滥，怜惜那些刽子手的性命了吗？”

她说：“我并不懂太多的道理和逻辑，我只知道我跟你生活了这么多年，你没有对我有所图谋，那么你就不是一个坏人。所以我支持你的一切。”

伍

雪彻底融化，候鸟从南方的山谷中飞回，春来之际，她的自信被摧毁。因为她发现，师傅并不是对她毫无图谋，甚至，从一开始就已精密布局。

桃花在风中飘落如霰，她新制的曲子快要弹完，炉中的香灰也渐冷，师傅撩起绯红的帷幔：“宫里要选拔宫女，不如你前去应选吧。”以为能有更多的时间和他待在一起，她不假思索就答应了。至初夏，她被选入了掖庭，负责掌管宫人户籍簿册，却发现彼此在宫中并无交集。她这份差事单调枯燥，闲来无事，她只是在窗边弹琵琶，希望师傅听到琴声后会走过她的窗闼。她等了很久很久，也没有看到他的身影。让她忧虑的是，宫女们和她相处得也不算融洽，她们常常私下议论她。有个同样从南郡来的宫女出于好心告诉她，说大家都嫉妒她的容貌，并且认为她弹琵琶是存有飞上枝头的妄念。

“你不知道吗？皇上最喜欢的乐器就是琵琶了，不仅睡前会让人在寝宫外弹奏伴眠，就连外出狩猎，也要带着琵琶乐队助威。这是他身为皇太子时就养成的习惯呢，宫中人尽皆知。所以她们觉得你狼子野心也就不无道理了。”

铅灰色的云层在头顶聚集，毫无悬念会有一场暴雨。

她站在宽阔的宫台上眺望南方。在遥远的南郡有个叫秭归的地方，在秭归的一座深山里居住着一个俊美无匹的男子，他对他一手带大的女弟子说：“你的使命是好好弹琵琶。”她非常听他的话，一直沉默勤勉地学艺，却从未问过他让她学习琵琶的初衷。她信任他，以至于只要是和他有关的事，她都不计情由。包括学琴，包括来长安，包括他杀人。

终于，她发现，她的存在只是他为复仇埋下的伏笔，或者说，她根本就只是他手中的一支笔，他的计划是一幅恢宏的图画，泼墨时以她挥毫如雨，画完了，恐怕就要弃如敝屣。

南郡同乡还告诉她，皇上确实有意在宫中挑选色艺俱佳的女子常伴圣驾，不过万乘之尊日理万机，他没有精力一一召见，会安排画师为宫女绘制肖像。“如果你真的想鲤跃龙门，不妨贿赂下毛画师，让他把你的姿色尽付笔端甚至画得更美，想来必定艳惊天子，今后若宠冠后宫，要看在姐妹一场的分上多多提点啊。”

她把手伸入雨中。硕大的雨点砸得掌心微痛，提示她，这并非一场噩梦。她却像做梦一样醒了醒，回过神来，还给南郡同乡一个神秘莫测的微笑。

陆

画画的那一天，天朗气清，满宫艳阳，高高的合欢树洒下斑驳的花影，一整座掖庭都熙熙攘攘，衣香鬓影来回穿梭络绎不绝。除了在画师面前竭尽全力一展风情以求形神跃然纸上以外，大家都以纨扇掩面，窃窃私语，议论着画师玉树临风的姿仪。

看起来，师傅那一天倒是有些心不在焉，不时从内室向外东张西望。她躲在人群之中，刻意回避他搜寻的眼神。掖庭令吩咐当值宫女关上门窗，并尖起嗓门驱赶众人：“画完了就快走，没成为娘娘之前最好把手头的事给我踏踏实实地做完。下一个，王嫱。”

不施粉黛的她旁若无人地走了进去。内间焚着白芷，香味中弥散着一丝丝的阴谋之味。屏风上摇晃着细碎的日光，帐帷沉沉地垂着，也是满含秘密的样子。她单手整理衣襟，安静地坐了下来。

二人敛声屏气，四目交融之中，已经交换了千言万语。

“就这样吗，你不用摆一个姿势吗？”师傅问道。

“不用了。”

“不如把琵琶抱起来吧。”

她闭上眼睛，美如垂目的佛。

“为什么，我在你的声音里听到了一丝胆怯。你是心怀愧疚了吗？”

他低头，研磨，舔笔，勾线，渲色，良久回答一句：“我不懂你在说些什么。”

“二十年师徒情分，只是为了有朝一日拱手相送赠予敌人。布下一个跨度这么久的高妙之局，它的始作俑者怎么会听不懂我的话呢？”

师傅天生一双快手，言谈之间，画作已成。她走过去，见画中女子蛾眉浅笑，媚动众生，想来他带着它面圣时一定会俘获龙心。

下一个宫女即将入场，她告退前走过师傅身边，无力一笑：“你抛弃了我，却认定了我不会背叛你，认定我会为了你肝脑涂地。是吗？”

师傅没有回答，外间已传来宫女的脚步声和珠帘摇晃的回音。

柒

在皇上钦点的结果公示之前，她已经着手筹谋自己的余生。她会利用近身之便替师傅弑君，接着，就自刎谢罪。一者，皇上只是师傅的仇人，对她来说是条无辜的性命。二者，她的命是师傅给的，完成了计划，她就要还给他。恩断义绝，互不相欠。

可消息在她如坐针毡之时远远地传来了——她出人意料地落选。那些一向对她虎视眈眈的宫女个个都手舞足蹈起来，尽管她们自己也落选了，却都来不及伤心，反倒急于抱团为她的败北庆祝。南郡同乡来安慰她，问她是不是忘记在画师跟前打点。她佯装落寞，心里却止不住地兴奋。等到瑰丽的晚霞布满西方的长天，夜色要包围长安城的时候，她一路狂奔来到了师傅的画楼。

她脸上孩子般得逞的笑意是青山遮不住的云缕，她昂起头，向他示威，带着一股天真的挑衅。师傅也忍不住笑了。他笑起来的样子比他冷酷的样子更好看。她忽然意识到，这是她第一次看到师傅的笑容。

“我知道你不会那么残忍地把我送出去，我有这个自信。就像你的自信一样。”

师傅把他后来补画的肖像展开。她执灯照见那图上的女子斜眉歪眼，身材干瘪，一截枯藕一般。她笑得前仰后合，笑着笑着又静下来，在灯光中注视着他："忘掉仇恨吧。你杀我，我杀你，杀戮来来回回永不会绝，总有无辜死亡的人，总有弱者会泯灭了善心从此执刀，久而久之，永无宁日。"

他点点头，问她是否还恨他，问她是否能原谅他。

她说重要的是结果。她得到了一枚善果，也就不在乎这一路是如何走过。

可惜的是，这远远算不上结果。不久后，匈奴的呼韩邪单于来京觐见天子，自请为婿。皇上也不知道匈奴人的审美是何标准，就随意从上次淘汰的宫女中赐了一人给他。这个名额不偏不倚地落到了她的头上。师傅平复她的心绪，让她按兵不动，等离京之时，他会想法去路上劫她。他们一起回秭归，回到山里去，他们继续画画，弹琵琶，再不与世事纠缠。

她泫然欲泣："真的吗？我们还回得去吗？"

师傅微笑着摸摸她的头："一定可以的。"

皇上很快御赐了筵席，呼韩邪单于携她一同谢恩。她盈盈拜下，徐徐抬首，双眸明澈如经长安六月的雨水濯洗。皇上一见倾心，惊爱不已，又见呼韩邪单于看着这位新晋的宁胡阏氏一脸的宠溺之色，便知覆水难收。

他吩咐众人入席，又意味深长地传唤内监："今日汉匈联谊，实属百年难遇，这样的盛况当请毛画师妙笔生辉载入史册，才不负中原和边塞的万里山河。"

师傅很快应召而来，行了礼就退至一旁作画。她旁观金碧辉煌杯酒琳琅的大殿和茕茕孑立形单影只的师傅，隐隐察觉出这两种气氛相互碰撞而产生的不祥戾气。

散席后，只见殿外一钩新月，天淡如水。众人再次向皇上叩谢，就依次退下，却听龙椅上的人说了声"毛画师留步"，好似低沉而苍劲的龙啸。

她回过头去，发现他也正在看她。大家仿佛都感觉到了一场不可估测的别离。呼韩邪单于搂着她的香肩："走吧，皇帝与画师一定有要事商量。"

等到他们下了宫台，却听到身后传来隐隐的打斗之声。很快，一团白色的光如离弦之箭迅速突围，在辽夐的广场上飞奔而去。皇上一声令下，宫门前后的羽林卫纷纷张弩，那一团白光顿时陷入箭雨之中。她捂住嘴巴，心跟着他在箭雨中奔跑躲闪，同时祈求上苍，一定要助他躲过此难。就在他陷入目光企及不到的黑暗之中，她以为他逃出生天之时，她听到了一声凄哀的狐唳。

她扑向那黑暗，大红的霓裳在暗中飞舞，宛如黑夜的伤口。

捌

她抱着师傅，像很多年前他抱起雪地里的六指女婴。

他洁白的衣服被鲜血湿透，他的身体在慢慢地变冷。她的眼泪落在他干涸的唇上，它敏感得像惊蛰的蝼蚁触碰到了早春的雨水般微微翕张。

他睁开眼睛，轻声说：“你不杀人，人就杀你。这是古往今来物竞天择的道理，你一定要相信。”

她努力点头，泪如雨下：“我信，你说的我都信。”

他说他其实从来没有想过让她攀附王氏一族。他给她这个姓，只因为它和“毛”在笔画上有一部分能重叠在一起。“毛”只是多出了半个框而已。他声音渐弱：“那半个框就是我的怀抱，我想保护你，无论生死，生生世世都保护你。”

她紧紧抵住他的额头，泣不成声。

他握着她的手，说：“时间不多了，我还想再问你一个问题。”

她频频点头，如莎草在风中颤抖。

“这辈子，你有没有喜欢过我？”

她还没有来得及回答，他就开始缩小，再缩小，直到化为白狐原形。唯一不变的是那一根箭，力道惊人，从前到后没入他的身体。

众人纷纷赶到，呼韩邪单于问她怎么哭得这样伤心。

她说：“没什么。我只是喜欢这只狐狸。我喜欢他啊。”

皇上说：“既然宁胡阏氏这么喜欢，那就把它赐给你。”

半个月后，京城最好的皮匠把白狐的毛镶在了一顶红色的斗篷上。它伴她穿过风沙，一路北行。黄尘古道上，她骑着白马，弹着琵琶，等他来接她回家。他答应她的，要带她回秭归，回到他们最初的家园。然而除了送亲的仪仗，四周什么都没有。唯见大风吹动着彤云，像是有一场大雪即将来临，可低垂的暮色里已经有了疏落而寂寥的星子。琵琶声在旷野上飘过，她自己是这哀乐的唯一听众。

玖

宁胡阏氏的红斗篷逐步在草原上普及，呼韩邪单于也日渐老去。按照匈奴的规矩，他死后，宁胡阏氏要嫁给他的儿子，儿子死了，再嫁给孙子。失去了呼韩邪单于的庇佑，宁胡阏氏对种种屈辱委曲求全，却还是让有些人如鲠在喉。

有一天傍晚，宁胡阏氏牵着马在溪边饮水。溪水非常清净，马也喝得很尽兴。喝完了，她骑着它在天边漫行。忽然，她后方射来了一支黑羽箭，流矢刺穿猎猎长风，追击而来的速度不亚于她在长安那一夜所看到的景象。可这时的一切对宁胡阏氏来说都是未知的。

就在它即将抵达她身体的刹那，她的红斗篷翻卷了起来。它在大风中招展如一团蓬勃的火焰。火焰卷起火舌，生生卷住了那根箭。宁胡阏氏下了马，回望整座草原，却是寂寥无人，连来时的路都被茂盛的草遮住。

宁胡阏氏弯下腰，捡起这支箭，捧在手中。她又轻轻抚摸着斗篷上洁白的狐毛，像抚摸一场皎洁的初雪。

他说他要保护她，无论生死，生生世世都保护她。原来他真的可以做到。

又过了一些时日，怕她过分思乡，皇上派一个名叫雁姬的乐伎到草原上来陪伴她。时隔多年，宁胡阏氏再次听到了母语，她十分高兴，在帐中与雁姬喝酒聊天，还亲奏《出塞曲》，将毕生所学倾囊相授。颤动的弦音里，她恍恍惚惚回到了秭归的大雪深山中，他也是这样坐在她身旁示范，教她转轴调音。她渐渐掌握技巧后，他就远远听她独奏，出了小差错，他一个眼神过去，她便能心领神会。再后来，她已经弹出名堂，他大可以放心地在她的琴声中作画。他把传说中怀抱琵琶的飞天仙子画在洞壁上，她们穿着朱红柳绿的衣服在风中飞舞，发髻上的璎珞琅玕闪耀着熠熠的光辉。她抬起头仰望，企盼着有一天能如画中人一样羽衣浩荡。

宁胡阏氏卓尔不群的技艺和平易近人的笑容让雁姬颇觉感动，她对宁胡阏氏说：“奴婢在长安的乐队中身居首席，又自以为姿色过人，就从没将任何人放在眼里。今见阏氏才色双全，方知山外有山人外有人，奴婢甘拜下风。”

宁胡阏氏在烛光中饮酒，眉眼间是年深日久酝酿出的慈悲。雁姬向她请教，为何一首普普通通的曲子能被她演绎得如此感人肺腑。宁胡阏氏搁下酒杯，垂着眼帘，她长长地呼出一口气，像从寂寞的洞穴里看到了化雪后灿烂温暖的春天一样，她说：“并不是我弹得好，是因为，这面琵琶乃故人相赠，他说日后看到琵琶就等于看到他。”

雁姬到草原的一年后，宁胡阏氏病故。雁姬按照她的遗愿为她挑选了墓穴所在，那是一片高岗，便于她远望南方。冢上遍布青草，它们在晚风中轻摇，为宁胡阏氏的琵琶之魂伴唱。碑上刻着匈奴人不认识的两个汉字。此后每一年雁姬去扫墓，看到这两个字都会想起宁胡阏氏病危时的场景。

她把雁姬叫到床前，吩咐说，一定要把那件红斗篷和那把琵琶与她合葬在一起。

雁姬连连允诺，复又问她该在碑上刻什么字，是写匈奴的名字，还是汉家的名字。她说都不要，只刻“昭君”二字便好。

她说，昭君是她的乳名，在她一生最欢愉的光阴里，总有一个人，也只有一个人，在南方青翠的大山里遥遥地呼唤她，昭君，昭君。

倾蓝紫

倾蓝紫

愿扑地为桥，引人渡水，

靠近古典文化的巍巍青山。

已出版图书《不如不遇倾城色》《那些年我们一起读的诗》。

文字富有美感和诗意，极尽古典文化的纯净之美。

回顾所来径
苍苍横翠微

在我大半生的时间里，我遇到了会说话的猴子，遇到了会飞的猪，遇到了会吃人的女人，观音姐姐让我遇到了所有的不平凡，可是唯独没有让我遇见平凡的你。在她以为她已把我锻炼成一个情欲不沾身的金刚身而放任我遇见你的时候，我却只想把十生十世修炼的上果抛弃，要在你面前化作熔岩，熔化此生金刚身。

此刻，女儿国的城门之下，我抬头望“女儿之国”四个金光闪闪的大字，心头突然有了一丝莫名的悸动，我预感我将在此遭遇劫难，却不知将遭何方妖精埋伏。

此刻，我还不知，是我从未体悟的爱让我遭到了埋伏，受到了一生最大的劫难，让我险些落下僧衣如涸辙之鲋。

入得城去，满目唯见女子，不见男身，这师徒四人的到来，宛若羊入了羊圈，正在等着被牧人们圈养。

女人们火辣辣的眼光打量着那骑白马之人，原来骑白马的不一定是王子，还有自东土大唐而来的和尚——唐僧。

唐僧敛目念着“阿弥陀佛”走过这落英缤纷之地，那些钟情的目光宛若落花落满他一身，却又被他一激灵抖落一地。

而他的徒弟孙悟空心无旁骛走过这莺莺燕燕之地，猪八戒则两眼冒星星踏入这温柔之乡，沙僧挑着担憨厚地笑着穿过汹涌的人群。

他们被引至这个城最大的女王面前……

“我看着他缓缓上殿，朝我的心中走来，阳光在他的身后铺展成金光，他此刻的绚烂让我目眩了一生。”

看到唐僧的刹那，女王惊而无言。

无爱之国，竟被爱所惊，倾了心城。

她隔着层层流苏，宛若穿越千重时光，来到此间的时空，终于遇见自己等了许久的人。

此刻，他正站在自己面前，站如翠微苍苍。仿若是一个长安来的许仙，行过多少青山，划过了多少荷池，才来遇见他的白蛇。

此刻，女王浮荡着桃花春的情河湍湍沸沸泻往他胸怀的虚谷，她突然之间很想叠埋心水一心一意与他过闲话桑麻的日子。

人们都只看见他的僧衣，唯我看见他离尘衣下的凡身，那些妖精想要他的肉身，唯我想要他的春心。

我久久不语，他离我这么近，而我却在遥遥望着他，想要望断我与他的余生。

要是这个人，我愿与他携手共指点这女儿江山。

一旁女官的咳嗽声惊醒了正在畅想的我，我不禁羞赧，正色问：“高僧因何到此国？”

唐僧垂目，念诵着他已经念了无数遍的官词：“奉唐帝敕命，为东土众生，往西天取经，作大福田。”

唐僧低沉而庄严的声音如烟寺晚钟撞击着我空寂的心，我尘封许久的情窦为此刻站在丹墀上的僧人徐徐初开。

为他，我愿倾城以恋。

“抬起头来说话吧。”听着女王一声吩咐，我抬起头望向垂帘之后，我知道那里有一双眼睛正打量着自己，而那射过来的眼光越来越灼热，烧得我情不自禁滴下一滴汗来，在长久的静默中，那种不安又席卷而来。

垂帘之后，是何样的女子，有此玉振之声，我有些好奇，我经历了多少惊天动地的劫难，经历了多少天下无双的奇迹，却在此刻为一凡间的女子而好奇。遇见的妖精太多，已经许久对遇见的人事再无惊喜，但此刻却有微微的涟漪，在心湖里一圈一圈荡漾。此刻，我还不知道，我将在这里魂销肠断。

我在等待，可是垂帘之后，久久无语，我不禁躬身再禀：“贫僧唐三藏参见陛下。”

唐僧的声音让女王悚然回神，为自己的情难自禁而含羞一笑。

只听得唐僧说：“请陛下在此通关文牒上加盖宝印，贫僧好跟三个徒儿去往西天取经。”

女王心里立时有了个主意，把通关文牒按下不给，只推托让他们师徒四人先在驿馆歇息。

翌日，女王让人请唐僧来御花园赏花。

听到女王的邀请，我不禁想起昨日的好奇，欣欣然踏步而去。来到她的御花园，看到她在百花深处等我。她柔情似水的眼神引领着我一步一步来到她的跟前。

我见到了这个凡间的女子，为她那温柔的眼神而受惊，想我早已见惯了妖魔的狰狞面孔，早已如鱼沉睡海底不为世间波澜而惊的心，却被一个女子温柔的眼神所惊。

陡然我为自己此刻的一丝心动而大骇，连忙在心里向佛祖告罪：“阿弥陀佛！”

我本是如来佛祖的二徒弟金蝉子，早已泯灭爱欲恩怨石化成佛。如来佛祖亲口将我的前生说来：“圣僧，汝前世原是我之二徒，名唤金蝉子。因为汝不听说法，轻慢我之大教，故贬汝之真灵，转生东土。”

当年我叛逆轻狂，任佛祖说法，口若悬河，波上莲花水中月，我自在漫天天女散花里酣眠浓睡，落花沾满我一身，我如落在繁花中的蝴蝶，梦为庄生，沉耽不去。片花不沾身的众菩萨都在窃窃私笑我的结习未尽，而我自对周遭如雷的梵音、如海的香花充耳不闻，视而不见，一如佛祖入灭之时，此时我心中的佛祖也早已寂灭，唯有那梦中的庄生带我前往有情的人间。

于是，我被佛祖贬身为人，一世一世在人世轮回，勤勤恳恳清扫着九万丈红尘，这一扫就扫了十世，只为此生再回佛土。

在第十世，佛祖曾派观音问我，若要再回佛土，就要历经九九八十一难，可否愿意？

我拈起青衫跪在莲花座下："我愿意。"

于是江流儿成了陈玄奘，陈玄奘成了唐三藏，而唐三藏一路向西的路途就是我金蝉子回归佛土的征途。

我苦苦追求，只是想要再回到起点。九世飘泊，每一次都雨打归舟，都想回到最初的起点，如露，归宿在草尖；如蝶，归梦于花房，而我该回到莲花座前安眠。

九生九世落草人间，从未找到我安居的天堂，我踉踉跄跄行在浮世的红尘路上，没有方向，也无从在人间寻那松下的童子，借问如何再回到佛祖讲法的灵山。

我跌跌撞撞摸索着回家的路途，走了九生九世，每一世都在流沙河上，被那失手打破琉璃盏而被玉帝贬到此地的卷帘大将沙和尚吃掉。我本性元明，妖精吃不下，但是流沙河上吃我的卷帘大将是天神，不是妖精。

沙和尚，这位流沙河上的卷帘大将，勤勤恳恳等在此地，每一世替我终结一世，缩短我的归期，也缩短他的贬期。

在观音的指点下，他将我九世的骷髅挂在他的脖颈上，只等我受到佛祖恩赦指点了归途的第十世到来，好让我乘此九世骷髅渡过这"鹅毛浮不起，芦花定底沉"的流沙河。

观音也曾跪在自己的观音像前相求，她说求人不如求己。

又有云："遣泰山轻如芥子，携凡夫难脱红尘。"

我堕入人间落身成凡人，不能靠别人，只有靠我九世之劫，方能自己渡过生死之河。

而在第十世，佛祖终于松口，叫南海普陀山观世音菩萨带着一件袈裟和一根锡杖来寻我："这袈裟、锡杖，可与那取经人亲用。若肯坚心来此，穿我的袈裟免堕轮回；持我的锡杖，不遭毒害。"

于是，观音让我训领着一只猴子、一头猪还有流沙河的这个挑担夫为佛祖在人间闯关，灭尽那些从佛门遁逃的妖精、在人间修入他途的妖魔，为他清理门户，为他清除邪魔，为他驱走外道。而这一路，就是我回归莲花座前的路途。

于是我怀着无比崇高的信念开启了路途，发愿要将自己心中的菩提砍作柴薪，化成炊烟，供养苍生。

所以，我怎能为这个女子将我九生九世的轮回付之一炬？怎能在踏上第十世的归途时让自己永堕轮回，失去这个唯一回归的机会？

所以此刻，我心中忙向佛祖告罪，只希望他原谅我意外的情动。

女王只看见敛目念经的唐僧，却不知此刻他的心中已经排山倒海。

满目都是百花，却不见你停步。

湖里处处鸳鸯，也不见你注目。

我不禁暗示他："为什么世间还有像我们这样的孤男寡女，不能成双成对？"

而他不领会我话语中的春情，很无趣地说："陛下，贫僧许身佛门，正是为了解救芸芸众生，使世上不再有杀伐纷争，使人间不再有怨女旷夫。"

我说："既然御弟哥哥有如此情怀，那么眼前就有你要挽救的芸芸众生呀。"

杏梁双燕归来，忍看鸳鸯双结。春风一等女儿心，幽情恨不禁啊。

此刻，我只知道我爱他，不想知道他爱不爱我，因为我已经知道答案，知道那样的答案，也不妨碍我想要倾城以恋。

我抬眼看着女王那含情脉脉的笑靥，一汪春水的深情卷起我心中的优昙华树落英缤纷。我与你的相逢，是在千山鸟飞绝、万径人踪灭的旅途上，我这独过寒江雪的孤舟蓑笠人，脚底突然感觉到初春的温暖，来自你青山黛眉下一汪含情的春水。

但是，再是春暖之水，也不能缠绕住我度世的脚步。我胸怀的彼岸没有情可踏足之堤，我要孤单地走下去，走到大化里，纵浪大化中，不喜，无忧，亦不悔。

所以，对于女王需要我这个骑白马的唐僧做白马王子来拯救她这个等待爱情的公主，我只能无言以对。

御花园别后，女王回到寝殿。

爱情没有进展，却更让我坚定我爱他，我要得到他。不管他此刻爱不爱我，我用我的城池我的芳华去交换他的爱，日久他定会为我生起情火，在他的兜率天里为我点起琉璃灯。

可惜唐僧他佛心坚定，不闻两耳的春情，我招来太师，让她直接替我去提亲。

回到驿馆，孙悟空问："关文拿到了吗？"

我才惊觉，为了稳住情绪，我竟然忘了这个初衷。

我为难地说女王不给。

此时太师来到驿馆，说让我与她们的女王喜结连理，共指点女儿江山。

我大惊，我纵有其心也没有其意更没有其胆："出家之人岂有还俗之理？！"

此刻我竟没有想到我执着了九生九世的大业，我只想到我已出家，再是遇见爱的，也只能恨不相逢未剃时。

太师软硬兼施，我不为所动。我唐僧岂能为此等富贵而折腰。

悟空这个泼猴竟在旁撺掇，让我留下成全此等千里姻缘。

我第一个反应竟是询问悟空："我们贪图富贵那谁去西天取经？"

不觉间，竟没说出不行，而只说出担心，担心我留下之后，被大唐天子重托、佛祖期待的取经大业如何完成。我在第一时间想到的竟然是我留下后，而没想我根本就不能留下。惊觉的我忙念一声"阿弥陀佛"，堵住心中曾满满的止水为一朵桃花的到来而涓涓细流的漏泄。

太师很容易就解决了我的借口："可以把关文给你的三个徒弟，让他们替你去西天取经。"

我无语地看着悟空坏笑着替我答应了女王的婚事。

无语，有无奈，亦有一点点私心。面对这样一个女子的爱，我比遇见吓人的妖精还要软弱，还要无力。

太师走后，看着起哄打趣我的徒弟们，我怒而大骂："你这猴头，怎么就把亲事答应下来了，我就是死也不肯成亲。"

沙僧提议偷走关文悄悄走掉，却看见外面都站满了守卫，原来女王早防着我这一手。

此时看着那些团团包围着我们的驿馆的守卫，我竟然不惊，看着一个女子为得到我而费尽心机，我知道她是无害的。

悟空打趣地说让八戒一路钉耙打杀出去，我连忙制止说：“休得无赖。”深懂我心意的悟空说：“我知道师父不忍心。是呵，人家是人又不是妖精，对女儿家如何下得了手啊。”

是呵，打又打不得，跑又跑不掉。最后，悟空说让我答应成亲，待女王盖好章之后，他使那定身之法，将她们君臣定住，待我们走后，再将她们解开，这岂不是两全之策？

我想想，也只能如此了。

此刻，女王宫殿里。

当听得太师向我禀报唐僧的徒弟都应允了这门亲事，我迫切地问：“那御弟哥哥呢？”

太师为难地说他还有些推托之词。

我深感失望，却不肯放弃。我不信我的美貌我的江山换不来一个男子的钟情。

于是我让太师请唐僧今夜来我寝殿欣赏国宝。

是夜。

太师引唐僧出门，穿越重重行廊，唐僧不安地问太师：“太师，这是带贫僧到哪儿去啊？”

太师说：“请你来欣赏我国的传国之宝啊。”

唐僧说：“何必深夜前来，明日再看不迟。”

太师说：“这宝光华闪闪，深夜才能看得清啊。”

待唐僧进得宫殿，却看见纱帐后女王半躺在床上的身影若隐若现。

唐僧大惊，连忙告罪：“陛下，太师领贫僧夜赏国宝，却不知为何闯入陛下寝宫。”

女王说：“那就请御弟哥哥观赏国宝吧。”

说完，纱帐揭起，女王对唐僧妩媚一笑。

“难道在御弟哥哥的眼里，我还算不得国宝吗？”

看着款款向自己行来的女王，唐僧想看又不敢看，而待女王背过身去点亮灯火，唐僧悄悄抬眼看了看她妩媚的背影。

女王回头含情一笑，那芳华，惊得唐僧连忙闭眼念佛经。

女王捧烛而来，说：“这烛光预知人情，欲照今日之喜。”

唐僧傻傻地问：“陛下喜从何来？”

“我身为女王饱享荣华富贵，可是从未享受人间欢乐。今日哥哥到此，此乃天赐良缘。来日哥哥登上宝座，我为王后，从此双宿双飞。这不是万千之喜吗？”

唐僧说：“佛心四大皆空，贫僧尘念已绝，无缘消受人间富贵。”说完紧闭双眼念一句：“阿弥陀佛。”

女王说：“你说四大皆空，却紧闭双眼，要是你睁开眼睛看看我，我不相信你两眼空空，要是不敢睁开眼睛看我，我不相信什么是四大皆空。”

唐僧睁开眼看，心里寒潭惊动，冷汗连连。而后回避不及，不敢再看。

嘴上还强硬着：“我就是看你一眼又能怎样？”话虽如此，却断断不敢再抬眼。怕再看一眼，就万劫不复了。

看着汗如雨下的唐僧，女王不忍，轻抬玉手，欲拭去唐僧额头之汗，唐僧慌忙躲避，拉扯间，却正好跌在了床上，唐僧大惊，忙起身避开女王。

看着他如此慌乱躲避着自己，女王黯然问道：“哥哥难道你真的不喜欢我吗？”

唐僧无言，暗自却为这个爱上自己的女子心痛着。

是呵，人间如此宽容地收纳红尘、容纳七情，为何我不能耕情于红尘，垒土成家，从此蝶梦里就不会再为雷霆震怒的风暴所惊。

此刻，我躲避她只因我的心城开始丝丝碎裂，如果再执手，就该是一场倾城的爱恋。佛经有云：“应守护心城，离生死故。”我心里惊涛骇浪排山倒海而起，如若此刻我守卫不住这座心城，我将再堕生死轮回，十生十世的浮世之劫将付之东流。

此刻只听得女王在耳畔温柔地私语：“今夜良宵难得，你就答应了我吧。”

多么诱人的话语，多么蛊惑人心的咒语。

我看着女王殷切的眼光，心中已是驶过千军万马，我不忍拒绝她为我敞开的心扉，也不想无视我的心动，但我终究悬崖勒马：“女王陛下，贫僧已许身佛门，与大唐天子有诺在先，还望女王陛下放了贫僧西去……然后……”我顿了一下，艰难地再开口：“来世若有缘分……”

我猛然惊觉这句话的雷霆之震，瞥然尘念，此际暂生。我竟然想要为此女子毁掉十世轮回的正果，与她约往来生！

女王说：“我只想今生，不想来世。今生今世我们俩是有缘分的。”

女王轻靠在我的肩头，看着她含情脉脉的一汪秋水，我突然想化作青山，印在她的深渊。

此刻，上天的执念抵挡不住这人世的恩义，不能救我出离人间的痴情。

我与你，千生万劫难得见，相见一旦皆相亲。

我九生九世执着于回归佛土，只因没有遇到过这样一汪让我甘愿自沉的秋水，渡过彼岸抵达此岸的桑间濮上。

如今遇到了，突然觉得，我有披上铠甲浴血奋战斩妖除魔之勇气，却为何不敢穿上一袭青衫布衣让自己再次堕入轮回之苦，殉情于对人世的热爱之中，以十生十世执念的付之东流酹这如梦的人生。

我徘徊了，此刻的人间如此值得热恋，因为这儿有可爱恋的存在。

我犹豫了，为那可爱恋的存在，我情愿把马蹄翻成蝴蝶，不飞过爱的苦海。

不想再去在乎如来的震怒，观音软硬兼施的手段，唐王殷殷切切的企盼，我顶着他们赋予的光华上路，而我此刻想要还原成普通的人，拥有一场普通的爱恋。

唐僧正在心动之时，不想被琵琶精捉了去。

看着琵琶精妩媚的诱惑，唐僧猛然从那春情盎然的梦中醒来，他又变成那个早已泯灭爱欲的石佛，对琵琶精各种媚惑的手段皆不为所动。

琵琶精问:“御弟哥哥，你刚才跟女王软语温存，柔情蜜语，怎么对我理都不理啊？”

唐僧严词训斥：“人和妖精岂能相提并论。”

是的，我为她动心，皆因她是个凡人，是个爱我的凡人。

只是此刻，一切不过是我金蝉子又在佛前做的一场春梦罢了，梦已结束，我该整装再踏上归途。

在观音菩萨的帮助之下，唐僧终究被悟空等一众徒弟救了出来。

经此一变，两个曾经动心的人就错过了，那桑间濮上的幽情化作无边苦海，而唐僧已不肯回头再上芳香的草岸，只留那个先爱上的女子，碧海青天夜夜心。

女王黯然地盖上玉玺，抬起那双含泪的眼睛，将关文交给唐僧，然后凝视着唐僧走远的背影。

自始至终，我都不敢面对她的泪眼，只敢留给她一个背影。

每个人心中总有一块桑田，他曾孜孜以求，想要与一个人在这里耕织桑麻。我心中的桑田曾经荒芜，又有一个女子曾在此断岸行簪影、荒畦落履痕，而我终究眼睁睁看着她来到我心里，又从我心中过，我不敢高声回应她。

我不能回应，终究让她行过了我无情的两岸。然而她一江春水向东流的澎湃，淹没不了彼岸的我，往西方极乐净土行去的步步单音。

当我跨上白马，女王悲情的一声“御弟哥哥”，让我在马上回头，瞥然尘念，此际消散。终究不能再停留，我放脱了马缰任由小白马将自己带向远方。

你是我爱情的初滩，我是在等你征服的荒岸，你履鞋所踏的荒堤之上，从此就有了依依的春柳，我在柳下折枝送你的春情离去。

我轮回十世，第十世才有了情，才真正地参与了人世。

“若有人于河中掬一瓢饮，当知，已饮阎浮提一切河水。”我于情海里手掬一捧饮，已饮尽人间爱情所有的滋味。

我骑着白马来，但我不是王子，我是唐僧。我来不为拯救我的公主，我为普度众生而来。我度了人可谁又能度我？我是虫茧，你是桑叶，度我破茧做那庄生梦里的蝴蝶，我是旅人，你是叶舟，度我涉水过人世的情湖。

只是我手握的“不染红尘些子秽，喜伴神僧上玉山”的禅杖要将此情凿成一口深井自埋。而当我回顾我所来之径，某一座翠微之上，你站在高高的山顶正望断天涯。

唐僧强忍着一路不回头，强迫着自己忘记回来的路，他的心痛得他情不自禁念起了紧箍咒。

每当唐僧要失去孙悟空时，一念咒语，那个温顺贤良的大师兄就会回来供他使唤。久而久之，这个咒语成了唐僧的定心丸，比唤观音菩萨还管用，观音菩萨只会永远鞭策他做个天天向善的唐僧，只有孙悟空是救他的盖世英雄，而每次紧箍咒都能帮唐僧找回孙悟空，找回孙悟空唐僧也就找回了自己的魂魄。

所以在这个时候，失魂落魄的唐僧念着紧箍咒，让自己的魂魄循咒归来，而这也是他的骊驹之歌：“南无皈依十方，尽虚空界，一切诸佛。南无皈依十方，尽虚空界，一切尊法。南无皈依十方，尽虚空界，一切贤圣僧……”

屁颠屁颠走在前面的孙悟空疑惑地感觉到紧箍咒愈收愈紧，再望望天，天气晴朗，万里无云，一根妖精毛都没见着，立马回头怒吼唐僧：“死秃头，我没惹你，你念什么紧箍咒啊！”

无比熟悉亲切的怒吼惊醒了唐僧，他望望四周，已经出了女儿国，归途荒芜，似乎来路只是做了一场春梦，梦中的蝴蝶找到了那朵让自己倾心的花朵，却在踏花的刹那间醒来，眼前不过是一只猴子、一头猪、一个挑担的仆人，还有一匹白马。

这一路斩妖除魔，我都心无旁骛，观音菩萨让一个凡间的女子来试我，我却差点失足，不是我不会动心，是我一直没遇到那个让我动心的凡间女子。

原来我是试不得的，所以，从此以后，一路再无女子，只有妖精。

前尘俱成往事，爱恨都灰飞烟灭，将我曾经心扉敞开引来的春情都付与春泥，孕育来世的金蝉，将人间的深情唱成绝句，将梦中的蝴蝶落成明日的黄花。把这一世爱情的传说都埋葬在烟草凄迷的荒城。

所有的爱恋、恩义都归还人间，我自风尘仆仆再登上我灵山的法座。

从此，不再有真情，可以禀受恩义。

以后，不再有轮回，可以禀承真情。

随着灵山越来越近，我的神形幻化成云朵来迎接我归来，悟空看见了我头顶上方祥云缥缈，瑞霭氤氲，失声叫道：“好啊！好啊！”

此刻，唐僧体内的金蝉开始慢慢苏醒了。而当唐僧到达灵山最后的驿站凌云渡时，眼前只有一根独木桥，他必须从此桥上走过，方可成佛。可是此桥十分细滑浑难渡，除是神仙步彩霞。

忽见那下游中有一人撑一只船来，叫道：“上渡，上渡！”

那船儿来得至近，原来是一只无底的船儿，孙悟空火眼金睛，早已认得是接引佛祖，又称为南无宝幢光王佛。孙悟空却不题破，只管叫：“这里来！撑拢来！”霎时撑近岸边，又叫：“上渡，上渡！”唐僧见了，心惊道：“你这无底的破船儿，如何渡人？”佛祖道：“我这船——

鸿蒙初判有声名，幸我撑来不变更。有浪有风还自稳，无终无始乐升平。

六尘不染能归一，万劫安然自在行。无底船儿难过海，今来古往渡群生。”

孙悟空合掌称谢：“承盛意接引吾师。师父，上船去，他这船儿虽是无底，却稳；

纵有风浪，也不得翻。”唐僧还自惊疑，孙悟空叉起胳膊，往上一推。唐僧踏不住脚，毂辘跌在水里，早被撑船人一把扯起，站在了船上。

唐僧还抖衣服，垛鞋脚，抱怨着孙悟空。孙悟空却引着沙僧八戒，牵马挑担，也上了船。那佛祖轻轻用力撑开，只见上游漂下一个死尸。唐僧见了大惊，孙悟空笑道：“师父莫怕，那个原来是你。”八戒也道：“是你，是你！”沙僧拍着手也道：“是你，是你！”那撑船的打着号子也说：“那是你！可贺可贺！”

是的，那是我金蝉子，金蝉脱壳而去，再回到蝴蝶那梦中的庄生之身，我在即将到达归途的终点之时，回望我历经十世千辛万苦想要回到灵山的征途，突然醒悟，我金蝉子生命的意义并不是让自己栖居无情无欲连梦都不能暗做的天域，我更该眷顾红尘，再回到红尘中激扬，担起一肩人世的七情。

猪八戒曾说过：“背凡人重若丘山，若是驮着负水，转连我坠下水去了。”我心中驮了弱水，果然连我也坠下三千弱水里去。

——唐僧的小名叫江流儿，他从水上来，又从水上去，结束了他身负重任却不能负情的一生。

而那上了彼岸的唐三藏从此“脱却胎胞骨肉身，相亲相爱是元神。今朝行满方成佛，洗净当年六六尘”。

我在漫长的十世轮回里曾忘了我的出身，我已经以为我是人间的庄生，早忘了我是莲花座下的蝶身，十世轮回终结的此地，我已经不是那优昙婆罗树上的金蝉，我已送他渡往忘川。而回到拈花微笑着的佛祖跟前的，不再是那个敢不听佛法爱做梦的金蝉子，而是那个一直想在人间成神的唐僧。

十世轮回，我从佛身轮回成人，才能回到他的身前。

金蝉子曾经的法座上，坐上了一尊新的佛，那就是旃檀功德佛。

但是，当我来到如来面前，才知道，我所浴血奋战的那一切不过是如来设的迷空步障，我只是他通关的马前卒。唯有路遇的那个凡尘的女子是真实的，而她动了我的真情。

一切幻象，我不为所动。

而真相，让我大恸。

天花乱坠的梵音之中，又传来如来佛祖一声怒吼：“旃檀功德佛，你又睡觉了！”

是的，我又在这梦中回到了庄生之身，去寻找那在重重垂帘后的女子，如安眠的春蚕，躺在人世的桑田上，与那个女子携手耕织花海……

相忆今如此，相思深不深？

桂花都开好了，裴秀才你什么时候进南山陪我一起看花？

芙蓉花都开好了，裴秀才你什么时候入辋川陪我一起看花？

南山里等了许久，他的裴秀才没有来，他只好自己去了，一个人听到了鸟鸣涧声，写下了一个人的南山："人闲桂花落，夜静春山空。月出惊山鸟，时鸣春涧中。"

辋川里等了许久，他的裴秀才没有来，他只好一个人去了，写下了一个人的辛夷坞："木末芙蓉花，山中发红萼。涧户寂无人，纷纷开且落。"

这是他王维一个人的辋川，一个人的南山，没有好友裴迪来相伴的时候，他看见了山水寂静无人的美。而当他的好友裴迪来相伴的时候，他将一个人独享的美化为两个人的盛宴。

他们不在一起的时候，王维写信给裴秀才说："因为你要温书考试，我不能叨扰，遂一人去游了辋川。我往北涉过黑色灞水，此时月色朗朗，照耀着城郭。我在夜色中登上了华子冈，见辋水生起微波，与月影共上下。寒山中远远的灯火，在深林里明明灭灭。深巷中的狗叫声，如豹吼般清晰地传来。村子里夜晚的舂米声，与稀疏的钟声交响。此时，独坐在此，僮仆静默，在这现世安稳，岁月静好里，想起从前，我与你携手唱着诗歌，走在乡间狭窄的小路上，走到清澈的河水边……

等到春天，草木都长起来了，我们可以来看春山，水里有小鱼轻灵地跃出，天上有白鸥轻盈地展翅，而我们踏着岸边露湿的春草，听着麦田里野鸡的鸣叫。想这美丽的岁月已经不远了，你能来跟我一起玩吗？”

写完这封信，王维就交给山里来驮黄柏的药农，让他帮忙送到城里去……

春天的时候，王维又写了新诗给裴秀才，写好后，手托下巴的王维看着夕阳往树里花里湖里都洒满了金屑，而天空高远，他突然觉得此刻岁月如此静好，人生不再想荣华，只想得静好二字，也希望与裴秀才共享这静好世界：“风景日夕佳，与君赋新诗。澹然望远空，如意方支颐。春风动百草，兰蕙生我篱。暖暖日暖闺，田家来致词。欣欣春还皋，淡淡水生陂。桃李虽未开。荑萼满芳枝。请君理还策，敢告将农时。”

我把这里最好的时日告诉你，希望你赶紧收拾好归来的行李，来与我共享这辋川的春天。

王维说要独向白云归，却又打扫花径，等着那人来寻自己，等了许久，都等不到那人，寂寞柴门人不到，空林独与白云期。

我眼前的江湖如许美好，没有你，我却不能尽情啸一声欸乃。

我眼前的山河如许清寂，没有你，我却静不下心来独奏一曲《归去来辞》。

我的空山，我的辛夷坞，我的木兰柴，我的胜景，我的寂寞，我的清丽时代，我都只想与你共撷诗情的芙蓉。

后来，禁不住王维等，裴迪果然来陪他一起玩了，但他到的时候已是秋天。

当到达辋口时忽然下起了雨，擎一把伞行在烟雨茫茫里，他想起了他第一次到辋川来寻王维时也遇到了雨，也是这样烟里雾里去寻他，遇到松下童子，言师采药去。只在此山中，云深不知处，而此刻，没有童子可问，也没有约期，白云依然苍苍，而斯人身影茫茫。

只凭冬天的一封约他一起来玩的信，他就在秋天来了，还错过了王维约的春期，不知秋天他心中的这座南山还在不在呵？于是心里忐忑地有了《辋口遇雨忆终南山因献王维》一诗："积雨晦空曲，平沙灭浮彩。辋水去悠悠，南山复何在。"

想他们认识的初起，那一年，裴秀才带着哥哥裴回临终的嘱托冒雨来到终南山，求在此休假的王维为死去的哥哥写墓志铭。

这个小王维十来岁的年轻人站在他面前，如那明月出岫，惊动了桂花树下的山鸟，在这位专为皇帝推荐人才的王大人面前，白衣书生的风华让他倾盖相交，他惊叹这位小他十来岁的年轻人为"天机清妙者"，今夕何夕，见此知己呵，于是世间就有了他和他的辋川。

在他们两个人的辋川里，有日暮送夫君的欹湖，有弄波情未极的白石滩，有桂尊迎帝子、杜若赠佳人的椒园……

为了悼念亡友，王维随裴迪一起返回长安，到新昌坊祭奠裴回。然后两人又一起顺路去访吕逸人，不遇，王维写诗说："桃源一向绝风尘，柳市南头访隐沦。到门不敢题凡鸟，看竹何须问主人。城上青山如屋里，东家流水入西邻。闭户著书多岁月，种松皆老作龙鳞。"

裴迪也写："恨不逢君出荷蓑，青松白屋更无他。陶令五男曾不有，蒋生三径枉相过。芙蓉曲沼春流满，薜荔成帷晚霭多。闻说桃源好迷客，不如高卧眄庭柯。"

这是他们两个人诗情的开始。他们惊觉彼此竟有共同的向往，都向往那红尘不到的辋川。不遇他们要遇之人，但他们却遇见了彼此，就像两个武陵人在寻桃花源的路途上相遇。

最后，王维找到了这座桃花源。

裴秀才遇雨的辋川口，跟那武陵人遇见桃花源之前一样，初极狭，而后豁然开朗，便是那座有王维的桃花源："土地平旷，屋舍俨然，有良田美池桑竹之属。阡陌交通，鸡犬相闻……"

裴迪携诗二十里来到了欹湖，坐上迎接自己的小船，而临湖亭上早已望见他的王维，已经摆好了美酒，笑靥如花地看着他的小船悠悠荡来。

此刻，那白衣的书生划过多少荷池才找到你，而此刻，这个一直考试不中的书生，将因为此时身在辋川的你专注的凝望，而得到一生最大的欣赏，以及之后千年读诗人的欣羡。有多少人愿作那驶向临湖亭的小船上的书生，手持一柄烟雨伞，白衣飘飘向你划来，从此你的辋川里就刻上了他的名字。

书生上岸，饮尽一杯清觞，便卷衣、磨墨，写下遇雨的路上，追忆往遇、期待今逢、却又怕故人不在原地等他的诗篇。

看到落墨而出的诗，王维笑了，也拈一纸而出，落笔成诗："淼淼寒流广，苍苍秋雨晦。君问终南山，心知白云外。"

你要知道我的心，一直都在，都在这白云生处，也一直等你松下问童子等了许久。

你来的时候辋川的烟雨迷了你的路，而南山的烟雨湿透了我的梦，我一直都是这南山下梦蝶的庄生，以一蝶身栖停在东篱的菊花上，不愿醒来去做人间的庄生。

诗人与诗人久别重逢，见面不语，唯诗先赠，都不想说红尘事，唯将一片卧云情都赋予诗意的南山。

裴迪在辋川别业小住了几日，他们在一起，在辋川山谷，行过了孟城坳、华子冈、文杏馆、斤竹岭、鹿柴、木兰柴、茱萸沜、宫槐陌、临湖亭、南垞、欹湖、柳浪、栾家濑、金屑泉、白石滩、北垞、竹里馆、辛夷坞、漆园、椒园……并为所行的地方一一留诗，而这些唱和的诗被王维编成了日后文人向往的桃花源《辋川集》。

临湖亭上，王维在芙蓉杯里得到了有裴秀才陪君醉笑三千场的欢喜。而裴迪则在孤月影里看到了王维一人独在的寂静——"当轩弥滉漾，孤月正裴回。谷口猿声发，风传入户来。"

而在鹿柴的空山中，那不见人影的空寂里，王维听到了裴秀才呼唤自己的声音，此时正见着那傍晚的夕阳重新照进深林寂寞的青苔上，自己一人用寂寞润湿的青苔顿时在知己的热烈呼唤里化作浮尘——"空山不见人，但闻人语响。返景入深林，复照青苔上。"为你的到来，鹿柴不空，青苔的孤身上也有一缕温暖的尘念。

而裴秀才说，我一人在落日里入南山，不知道你在深林之事，看见的不过是鹿的痕迹而已。不知我是打扰了你的美梦还是进入了你的清梦。

在裴秀才面前，王维不是那个"大漠孤烟直，长河落日圆"里的聊持宝剑动星文的王维，也不是那个独坐幽篁里的避世隐者，而是支着耳朵听自己来寻他的等待之人。

一个红尘中人总有生于红尘归回红尘的时候，短暂的相聚后，裴迪终究要离开辋川，回归他那座有龙门的江湖。

欹湖水迎来了他们的相逢，如今又到了他们分离之时。

看着远去的小舟，王维陡然生出一种小女子的情绪：“吹箫凌极浦，日暮送夫君。湖上一回首，山青卷白云。”岸上的他在欹湖上相送，水上的他在欹湖上一回首，只望见山青卷白云，而身后的他都在云里梦里。

独自处在文杏馆里的时候，王维望着那栋里之云，去作人间雨——“文杏裁为梁，香茅结为宇。不知栋里云，去作人间雨。”

而在文杏馆外的裴秀才，一身风雨行在江湖里，却要频频回望身后停云落月的长亭——“迢迢文杏馆，跻攀日已屡。南岭与北湖，前看复回顾。”

曾经，王维倚杖在柴门外，临风听着暮蝉，看着寒冬过后的山开始葱葱，冻住的秋水开始缓缓流淌。

“夕阳的余晖洒在渡头上，在村子里的一缕孤烟中，我正在发逝者如斯乎之感叹，喝醉的秀才你，就像楚狂接舆一样，在孔子面前唱一曲凤歌，‘往者不可谏，来者犹可追’。而我也真从此愿做那陶渊明，也在此辋川隐世之景里，约你一起来悟已往之不谏，知来者之可追。”

秀才来和我隐居在此青山绿水里吧！

这里有青山相待，有白云相爱，不要再去梦那紫罗袍共黄金带。

我们在这一茅斋，野花开里，管甚谁家兴废谁成败，陋巷箪瓢亦乐哉。情爱有巫山可抵达，而我们的友情有南山可共隐。

频频回望文杏馆的裴迪，为着这馆里的人又再次回来了，这次他在王维的辋川别业附近也购置了房产安家，从此与王维携手隐居辋川里。王维来做客，在裴秀才家的阳台上望出去，只见云海茫茫，于是写下《登裴秀才迪小台》：“端居不出户，满目望云山。落日鸟边下，秋原人外闲。遥知远林际，不见此檐间。好客多乘月，应门莫上关。”

不到此林中，不见此檐间，王维多希望裴秀才家的柴门永远为自己敞开。

王维想着能与裴秀才携手一起看尽西岭千秋雪，而裴秀才只是门泊的东吴万里船，短暂地栖息在有王维的辋川，以后还是想要去往自己的江湖，所以当王维唱五柳歌时，裴秀才唱的是一曲《青雀歌》：“动息自适性，不曾妄与燕雀群。幸忝鹓鸾早相识，何时提携致青云。”一直不灭功名心的裴秀才还是又离开了辋川。

在裴迪离去后，失望的王维说：“不相见，不相见来久。日日泉水头，常忆同携手。携手本同心，复叹忽分襟。相忆今如此，相思深不深。”

本以为可以在辋川这样一直携手归隐下去，太多的期待禁不住你突然的离去，你离去了，才惊觉你我之间的友情已如此之深，知己难再寻。

裴迪不像王维，已登临人生高峰，领略了会当凌绝顶一览众山小的风光，他金榜从未题名，从未登临过人生的巅峰。也许很多年后，当他壮气蒿莱金锁沉埋时，才能真正体味到“浮名竟何益，从此愿栖禅”的人生况味。只怕自己想明白的时候，那个人已青山埋骨，山鸟归来鸣涧，却不再见桂花落。

当初一起在鹿柴时，他没有真正领会王维的世界，而当他能领会的时候，王维的世界已是空山不见人。

当时的王维能听得到书生内心的声音，却等不到书生自己听见心谷的桂花落声，而书生却只能看到一场鹿梦，一场梦醒了，却没有陪他做另一场梦的人。所以，他才要对王维的妻弟崔九说：“莫学武陵人，暂游桃源里。”

是的，他是那个武陵人，被王维引领着游了一圈桃花源，却还是思念外面的世界，又出来了，等出来后，想要再回去，已回不到那座桃花源，辋川里没有那人又怎是自己心中的那座辋川呢？

裴秀才来到辛夷坞的时候，站在辛夷花开的春色里，处处怜芳草：“绿堤春草合，王孙自留玩。况有辛夷花，色与芙蓉乱。”

而在这春色里，王维掩上柴门山中相送的时候，却忍不住要一遍又一遍问他：“山中相送罢，日暮掩柴扉。春草明年绿，王孙归不归。”

可还未等归来，城就倾了，一人陷在倾城地狱里，另一人为他奔走，只为救地狱中的他。

755年，渔阳鼙鼓动地来，惊破霓裳羽衣曲，顿时九重城阙烟尘起，城塌了，王维来不及逃出，顿陷囹圄，他服药装哑，被叛军带往洛阳。叛军强授他“给事中”官职，负责“驳正政令违失”。

此时依旧一介白衣的裴秀才为他奔赴千里赶到洛阳，在萧条破败的寺庙里看见了那个在辋川“独坐幽篁里，弹琴复长啸”的摩诘兄，傍晚的余晖照进来，让人仿若回到以前那个“斜阳照墟落，穷巷牛羊归。野老念牧童，倚杖候荆扉”的渭川田家。

王维还是那个王维，他等到了他的牧童，露出了久违的微笑，裴秀才哽咽相问：“听说你重病一场已不能说话了？”王维看看外面无人，嘶哑着声音说“装的”。千言万语都堵在一句：“你受苦了。”泪水便已决堤。

裴迪跟王维聊起外面的局势，其间说起了那个在凝碧池上殉国的梨园乐工雷海青。

凝碧池上，安禄山举行庆功大宴，让抓来的一众梨园弟子为他歌功颂德，然而梨园弟子因为山河破败奏不出颂曲，人人痛哭失声，面对安禄山的雷霆怒火，突然哐啷一声，一琵琶如重锤掷出，碎落在安禄山面前，琵琶手雷海青转身面向西边，向着长安的方向失声恸哭，愤怒的安禄山，残酷地将雷海青肢解于试马殿上。前朝的颂歌不属于他，前朝的人才不属于他，而他唯有以血洗山河的方式让这江山顺服。

听完这件事，王维泣不成声，不得不走的裴迪问王维是否有话需要他带出去，王维流着泪想了想，便在裴迪面前低低念诵一诗：“万户伤心生野烟，百官何日更朝天？秋槐叶落空宫里，凝碧池头奏管弦。”

裴迪站起来要走，夕阳的余晖从窗棂里照进来，王维恍然回到以前的时光，又拉住裴迪再悄悄念一诗给他，这诗是送给裴秀才的：“安得舍尘网，拂衣辞世喧。悠然策藜杖，归向桃花源。”

鲜衣怒马的日子，我已忘了，明月轻舟的过往，我还记得。如果以后你我各自平安，那我们再携手赴辋川！

当年两人一起携手于辋川写诗，如今两人又携手在寺庙里写诗。这些诗被裴秀才带到王维的弟弟王缙那里，被传到了皇帝的手上。

757 年，唐军收复洛阳，唐肃宗回到长安，而王维等犯官被押回长安，囚于宣阳里杨国忠旧宅，等候发落。

天子重上朝堂，开始嘉奖，开始问罪，李白被问罪了，因为他在讨伐安禄山的队伍中跟错了人，而杜甫也被问罪了，因为他为一位打了败仗的官员说了话，而王维他是在安禄山手下任“伪职”的官员，他成了大唐的叛臣，有官奏请：“诸陷贼官，背国从伪，准律皆应处死。”

但裴秀才为他传出来的那诗，让皇帝明了他的一片忠心，留守太原立了大功的王缙也站出来，愿意削自己的刑部侍郎官职以赎兄罪。

于是王维被特赦了，但王维对仕途已经意兴阑珊，他想要彻底归隐，他对弟弟说：“昔在贼地，泣血自思，一日得见圣朝，即愿出家修道。”

但他的辋川梦因为朝廷的一再挽留终成空，后来甚至官至尚书右丞，他的心一直都想要行至水穷处，可是他自己的身却直上青云，想要坐看云起，自己却成了青云。

年轻的时候，他写《不遇咏》：“北阙献书寝不报，南山种田时不登。百人会中身不预，五侯门前心不能……我心不说君应知。济人然后拂衣去，肯作徒尔一男儿。”

年老的时候，他发现他不遇的不是周文王，而是那渭水岸边，那南山种田。

年轻的时候，他说君王不知他的心，他的心就是要直挂云帆济沧海，但年老的时候，他才知道，君王真正不懂的是他的拂衣之心，他连临岸老僧都做不了，只能做个紫衣老生临岸久，悔与沧浪有旧期。

美人心悸的是色衰爱弛，将相块垒的是尚能饭否，而王维，郁结的是，不能涉川别红尘，做一丛终南山下的东篱菊，深林人不知，明月来相照。

他这做梦的庄生，带着他的蝴蝶，在长安的千门万户里，蹀躞着黄金羁，走过了繁华千丈，又在羽檄交驰中，走过了仓惶岁月。却始终走不到水穷之处，坐看云起，走不到幽篁里，弹琴长啸。

王维在大唐的朝堂上身不甘心不愿地步步高升时，一直未入仕的裴秀才则南下去了蜀地，他来到蜀地，认识了杜甫，杜甫为他写诗：“蝉声集古寺，鸟影度寒塘。”

裴迪在诗人的诗里就真如鸟影度寒塘，从此了无痕。

一场珠零玉落后，他们携手而做的辋川梦，都被风云吹散了去，他们的字字珠玑，都成了那珊瑚珠翠，华贵地失散。

时间如落花流水，他们各自行了各自的路，从此红尘诗陌上再不见相问，没有共同的归处，便没有再携手之心，他们都迷了路，从此都是那不能再入桃源的武陵人——当时只记入山深，青溪几度到云林。春来遍是桃花水，不辨仙源何处寻。

一天，裴迪正在家里温习经书，有敲门声清脆地传来，他按捺不住好奇向窗外张望，此时闭门谢客的自己会有谁来看望？

门口一阵喁喁的说话声后，书童便拿着一封信前来，说是蓝田辋川的药农送来一封信，原来是摩诘兄！

裴迪展开信，按捺不住欢喜地读起来：“近腊月下，景气和畅，故山殊可过。足下方温经，猥不敢相烦，辄便往山中，憩感配寺，与山僧饭讫而去。北涉玄灞，清月映郭，夜登华子冈，辋水沦涟，与月上下。寒山远火，明灭林外。深巷寒犬，吠声如豹。村墟夜舂，复与疏钟相间。此时独坐，僮仆静默，多思曩昔，携手赋诗，步仄径，临清流也。当待春中，草木蔓发，春山可望，轻鲦出水，白鸥矫翼，露湿青皋，麦陇朝雊，斯之不远，倘能从我游乎？非子天机清妙者，岂能以此不急之务相邀。然是中有深趣矣！无忽。因驮黄檗人往，不一。山中人王维白。”

读完，裴迪想说，摩诘兄啊，在你独游辋川的夜晚，我独自读书简直是种罪过，书里有我的名利场，却不能有你眼里千里相照的明月光，书里有我的万钟禄，却不能有你山中的灯火阑珊。

晚冬的辋川，没有春山，却有你优美的文字，让我听到了辋川溪水的清声，闻到了蓝田枯草的气息，听到了终南山里僧院的钟声，以及村落里谁家的小犬在吠月，又有谁家传来舂米声。

你独坐的时候，我多愿是你身旁那静默的僮仆，与你一起思及携手赋诗的往昔……

白衣的书生看着窗外未发的柳树，冬天就要过去了，相见的日子还会远吗?

此去经年后，漂泊已久的他蓦然回首，看见那人还在南山的云深之处，长啸万里，呼唤自己去相见……

来生爱在未剃时

就像每一朵梦都回不到昨夜的梦乡，每一朵花都回不到豆蔻的梢头，我们每一个人都回不到最初。最初，我在那个无名的草庵里遇见了你，遇见了你，从此魔就以爱为道路住进了我的心中，当我心中住下这个魔的时候，我已不是我。

在见你之前，我心中只有一个佛，在见你之后，你就是我心中的佛，但是佛祖说你是魔，当我离你越近，佛就离我越远，当我们抵死缠绵，佛祖烟消云散。

所以在师傅口授中悉心写下《大唐西域记》的我，在佛祖的眼里已是离经叛道之徒，他冷眼旁观我的一心二主。

那一年，新婚的大唐高阳公主你，路过我的草庵，我在这里守了很多年，似乎就为了守候这个邂逅。

你在自己的封地里打猎路经此地，我便自投罗网成了你的猎物。

唐太宗对大臣说："古人说，飞鸟栖息于树林，唯恐树木不高，所以筑巢于树木的顶端；鱼藏于水中，唯恐水不深，所以穴居于水底洞穴中。然而能被人们所捕获的，都是因为贪饵。"

我在竹林精舍里修行多年，15 岁时剃发出家，深居红尘以外，可遇见你之后，我从高树上坠落，从深窟中浮出，只为衔爱再生，不再怖四怨之多苦、不再厌三界之无常、不再舍五欲之深著。

那年你 15 岁，初笄横白玉、盛服镂黄金地出现在我面前，红锦地，野草芳菲，碧罗天，游丝撩乱。

遇见你的此刻，无明火烧尽我心中卷草纹的祇园。

遇见你的此刻，我孤独的精舍，在暗夜里沉寂的伽蓝，如未央天上琉璃火闪过。噼啪一声，你绚烂一霎，我炫目一生。

遇见你的此刻，我经鱼敲落月、佛火引深宵的近三千日夜，都化作了劫灰。

遇见你的此刻……

我多么希望你能与我执手，我们共赴生死情劫，如果爱，爱可堪生死，那就在这场爱的修罗场里视死如归。

我的心是冰河时代最后一只猛犸，来到此间化身为人，自投尘网，只为寻找冰河时代投生过来的另一只猛犸，我走过无数个春去秋来，掉落红尘千万丈，才来到你的面前，虽然此刻你在人间已被塑金身，我依然从你关闭七情六欲的袈裟里看见那头孤独的猛犸，正缓缓地披上毛发，插上长牙，向我狂奔而来。

我们的爱在冰川时代冻结，那就在大唐熠熠的光彩里融化。你的眼眸有我最原始的身影，我的眼眸也有你最原始的身影，那是我们唯一的身份认证，多少尘劫没有覆盖它，反而愈磨愈亮如铜镜，彼此看见的刹那，就认出了你是我今生的唯一。

从此我们将一起拔足狂奔，共同穿越天裂地坼的风暴，长毛飞扬，是我们猎猎的旌旗，为我们的爱情击鼓助威呐喊。彼此守候的挚爱，是我们足下共赴的大道，千万年等候的姻缘，为我们竖起铜墙铁壁，抵挡人间如箭羽枪缨的风雨。

我们的奋蹄翻飞如蝶，勇敢地飞跃爱的苦海，踢翻横隔世间有情人的沧海，重生牛郎织女稼穑的桑田……

高阳公主见到辩机之前，按照父亲的安排，嫁给了大唐最显赫的家族，她以为她的一生就这样了，锦衣玉食，骄奢淫逸，从来不知道得不到的痛苦，也从来不知道爱的滋味，可是她却遇见了小和尚辩机，曾经高高在上的一切，轰然陷落成渊谷，只为引明月来相照，将生的黑暗路径照成亮途，只是谁曾想到，死之命途也点起了灯火。

爱情的滋味原来是这么致命的甜蜜，这么甜蜜的致命！

从来都是想得到就得到的高阳公主，毫不客气，就要把这爱情囊入怀中，爱情，是火中之栗，捧到手心烫得痛彻心头，却舍不得放手。

于是，那一日，史载公主“具帐其庐”，与辩机欢好。

一种无来由的畏惧让我要遮天蔽日，用芙蓉帐把我们围住，我以为我心底里惧怕我的父亲，其实我惧怕的是佛祖，怕他不肯施舍一刻欢愉。

此刻你是不谙情事的小和尚，我化身那蜘蛛精，只把你的草庐变作盘丝洞，丝丝缕缕缠绕你，让你今生逃不出我密密层层的丝茧。听你胸中紧张得紧锣密鼓的震响，今生的此刻我最得意非凡。谋划了那么久，如此得到的爱情怎能不让我狂欢。

爱如春草初生的你，爱如桃花浪漫的你，爱如贞松劲柏的你，爱你的一切，无论你出世，无论你入世，只因你是我旷世的英雄，骑马救我于爱的荒途。

日月经天，江河行地，你走过了我的心域，从此我的江山为你而起，为你而灭。小和尚，与我执手吧。

如果现世的我知道你是大唐最前途无量的小和尚，你以后将会成为功名卓著的高僧，而你将在声名显著时惨死刑场，我的诱惑，则是让你堕入无量劫难的因果。那我还敢不敢，执你之手，堕入这无间地狱？

辩机，原本以为这只可能是一场暗恋的邂逅，却没想到爱情来得这么痛快淋漓，让人来不及想生死，来不及想佛钵，来不及想清规，就这样自投罗网，就这样飞蛾投火，就这样救火投薪，把自己架于干柴，自焚于火场。如同被投到太上老君炼丹炉的孙行者，从此得来一双火眼金睛，看见了爱的心空。

我们在爱情疾风扫劲草的旷野里完成了庄严的仪式，我歃血为盟，你断发誓天，却逃不过爱成绝版的命运，而我走之后，你的爱都成盗版。后来你还爱过其他僧人与道士，我知道你是在找寻我的影子。可是他们的身上都没有我，我在你梦中抚摸着你的眼泪，拈泪洒向离恨天里作漫天的星子。

须弥山上，离恨天，男女生离，抱恨终身之地，是我们情之归地。

但那是以后的事，此刻谁想管以后？遇见了就奋不顾身爱一场。

从此，在大唐，你是最骄奢的公主，在我眼里，你是我最亲密的爱人。

从此，在大唐，你是最俊朗的高僧，在我眼里，你是我最痴迷的爱人。

汝爱我心，我怜汝色；我爱汝心，汝怜我色。以是爱怜，感业为因，现行为缘，经百千劫，想爱同结，誓不分离，由此相续，常在爱欲缠缚，不得解脱。

我因为你看到了一个世界，我因为你舍弃了一个世界，得失之间，你就是我的世界。

一场疾风劲雨后，高阳公主唯一不爽的是没有枕头。

想与你并肩而躺，如世间的并蒂莲。无奈出身沙门的你，从没有在身畔为他人留过位置，那就让我自荐枕席，躺你身畔。

高阳公主在这场烈火干柴轰轰烈烈的爱情里，依然霸道，我要的爱情，就难逃我的天罗地网。

所以下一次高阳公主就自带心爱的枕头前来。想古代的女子，要定情，要偷情，都自带枕头而去，崔莺莺是这样，传说里的洛神甄妃也是这样。

《西厢记》里，红娘抱着枕头送崔莺莺去约会张生，到了张生门口，红娘敲门。张生问："是谁？"红娘说："是你前世的娘。"张生不理她的欺负只问自己最关心的："小姐来了吗？"红娘说："你接了衾枕者，小姐入来也。张生，你怎么谢我？"张生拜了拜红娘说："小生一言难尽，寸心相报，惟天可表！"红娘把小姐推进去说："姐姐，你入去，我在门儿外等你。"张生一看小姐样：绣鞋儿刚半拆，柳腰儿勾一搦，羞答答不肯把头抬，张生喜得软玉温香抱满怀。

而七步成诗的曹植，爱上了自己的嫂嫂甄氏，后甄氏被郭后害死。曹植见到哥哥时，哥哥将甄氏遗物玉缕金带枕交给他，等曹植在回程的洛水之上，正看着枕头思甄氏，忽见女来，自云："我本托心君王，其心不遂。此枕是我在家时从嫁，前与五官中郎将，今与君王。"曹植回去后遂写那"翩若惊鸿，婉若游龙，荣曜秋菊，华茂春松"的《感甄赋》，后被曹家人改为《洛神赋》。

每一个女子留给男子的枕头都带来了她们的深情蜜意，而高阳公主的枕头则带来了险恶的杀机。

高阳以为她是天下里一个普通的女子，她爱着的是个普通的男人。而辩机在遇到爱情之前，也以为自己是个普通的男人，也只把高阳当作一个普通的女子来爱。

他们都忘了，他不是普通的男人，他是大唐的和尚，而她亦不是普通的女子，她是大唐的公主。两个人不可能的身份，不可能的爱情，只有奔向死途。

但佛祖开恩，任由两个人瞒天过海，在礼教和禁规之间刀砍剑劈的缝隙里，整整交往了 8 年，公主的枕头自然而然就成了常驻。

在这 8 年里，你给我带来了世俗的快乐与幸福，凡间的热闹和激情，如一溪桃花涧，所经过处，繁花朵朵盛开。

在这 8 年里，你给我带来了我梦中的新郎，人世里的爱人。让我的爱以情载道不再以欲开路。

在这 8 年里，辩机成了大唐的高僧，他离开终南山的草庵，成了长安大寺会昌寺的沙门，后又因渊博的学识、亮丽的文采被选中到弘福寺，参与译经工作，然后又被玄奘指定为为自己撰写游记的高僧。

那个时候辩机大约 26 岁。几年时间里，辩机参与翻译了梵文佛经《瑜伽师地论》，整理撰写了玄奘口述的《大唐西域记》。

如果公主不送枕头给辩机，如果辩机不把枕头带在身边，如果枕头没有那么巧地遇到那个不开眼的小偷，那么一切都会有所不同。30 岁的辩机将迎来他最巅峰的荣誉，然而，一切就在那一日倾覆。一个大唐的高僧，将从众人仰望的高高的山顶上堕入万人践踏的污浊道。

那一日，一个小偷受冥冥中指引，来到了弘福寺辩机的僧舍前，他在暗淡的灯光下，看到了辩机手里摩挲的那个金光闪闪的“金玉宝枕”，他看见辩机幸福的笑容，他自己也露出幸福的笑容，因为这次运气好极了。

而后他偷走了玉枕。当他去当铺销赃的时候，老板认出了这是皇家物，告到了官府。小偷懊悔不迭，谁曾想过小和尚也有皇家物，要偷还不如偷老和尚的香炉。

很快他招供了，很快辩机被御史台召去审问……

在繁花成锦的大唐，我玉树临风，人间看我出尘若仙，佛祖看我心有狂魔。此刻，我穿着袈裟，可我只想爱你。佛祖震怒了。他要夺回他在我心中失守的地盘，所以他指引了这个小贼，于月黑风高夜，偷走了那个玉枕。

如果不是这枕，如果这枕没有被小偷偷走，如果他销赃时没被官府抓获，如果抓获的玉枕不是皇家物，或许我就不会惨死在爱的路途。

这一环一环如此千钧一发地就这么巧合地扣在一起，天意难违呵，终于到了佛祖清算的时刻。他等这一刻等了许久，我等这一刻也等了许久，终于千钧落地，万劫不复。

所以在大唐的审判官之前，我决定公开这段爱，释放心中的魔障。我做高僧许久，此刻我也想做一次爱人。爱人这个词对凡人好简单，好不值得珍惜，可是对我，师傅问："你需要用生命去替换，用一生的荣誉去替换，值得吗？"是啊，可是这又如何呢？

师傅，走过5万里行程，138个国家，历经那么多人世的悲欢爱恨，喜怒哀乐，他懂得，人之情字，多沉重，重如泰山灭顶，人之爱字，多轻怜，轻如鸿毛羽化。我是他执笔之人，他是我执辔之人，扶我上马，跨过爱的刀山火海，却还能在此若夸父追日的路途上，遗留下我的木杖，化作硕果累累的桃花林。

果然，闻知此事的唐太宗震怒，判辩机腰斩，又斩公主婢女数十人。辩机，将以最污浊最惨烈的方式终结生命。

爱情，意味着长相守

意味着两个人永远在一起，不论是活着还是死去

就像峭壁上两棵纠缠在一起的常春藤

共同生长繁茂

共同经受风雨最恶意的袭击

共同领略阳光最温存的爱抚

共同枯烂腐败，化作坠入深潭的一缕缕烟尘

它的崇贵需要两股庞大的激情，两颗炽烈的心灵

真正的爱情是无坚不摧的

不论是天上的神明还是地狱的命官，都不能让它屈服

因为它本身就是天堂，代表着生命最崇高最健全的境界

可是我们的爱情却抵挡不了人间最高的统帅，他夺不走我们的爱，却可以掳掠我们的身，让我们的爱情无处着落。而我，离经叛道之徒，他朱笔一指，我被他打入万劫不复的人间地狱。

“辩机远承轻举之胤，少怀高蹈之节，年方志学，抽簪革服，为大总持寺萨婆多部道岳法师弟子。虽遇匠石，朽木难雕，幸入法流，脂膏不润。徒饱食而终日，诚面墙而卒岁。幸藉时来，属斯嘉会。负燕雀之资，厕鹓鸿之末。爰命庸才，撰斯方志。学非博古，文无丽藻，磨钝励朽，力疲曳蹇。恭承志记，伦次其文，尚书给笔札而撰录焉。浅智褊能，多所阙漏；或有盈辞，尚无刊落……”

当我在《大唐西域记》的末章写完我一生的传记之时，也是我生命交付之时。

问世间、情为何物，直教生死相许。渺万里层云，千山暮雪，只影向谁去……

挥袖弹去漫天雨箭，我伏地，血溅极乐国土。死亡的时候，我亲吻大地上自己汩汩的血液，比翼鸟的悲鸣，一声一声裂天而去，我看到你的悲伤插翅而来，我努力想要让你看到我的笑容，我想让你知道，我不后悔。今生我没有奢望，我只要你快乐，不要悲伤。

这一世我的爱如此悲壮，下一世，我不愿再南无，我希望我与我爱的女子就做那快乐平凡的人间夫妻，到老没牙的我仍可亲吻她的牙床。不知为了这凡人的希望，我又该向佛祖长跪几百年？几百年再领一袭青衫归来，住在她路经的生途。

爱的种子此生不灭，任风吹散它，水淹没它，火烧毁它，待再遇到那爱的春天，又将如离离原上草，一岁一枯荣，野火烧不尽，春风吹又生。

我回首望尽来时路，路途荒芜，却兰泽芳草无限美好。

只是，那草庵的茅草门上，代替锁的已是一张蛛网。

辩机断成两截的身体被扔到乱葬岗，生命已经璧还，残羹归入地腹。秽土世界，

将他销形作骨，铄骨成尘，更因风散。

而辩机的所有遗物，都被唐僧玄奘收藏于大慈恩寺特辟的僧房中，路经的和尚有时候会听到里面的哭声。

不知是谁在哭泣？

图书在版编目（CIP）数据

青春文字榜样．紫 / 青春风编辑部主编．-- 汕头：汕头大学出版社，2020.7
（青春风）
ISBN 978-7-5658-4049-4

Ⅰ. ①青… Ⅱ. ①青… Ⅲ. ①中国文学－当代文学－作品综合集 Ⅳ. ① I217.1

中国版本图书馆 CIP 数据核字（2020）第 045964 号

青春文字榜样．紫　QINGCHUN WENZI BANGYANG. ZI

主　　编：青春风编辑部
责任编辑：汪艳蕾
责任技编：黄东生
封面设计：小　乔
出版发行：汕头大学出版社
　　　　　广东省汕头市大学路 243 号汕头大学校园内　邮政编码：515063
电　　话：0754-82904613
印　　刷：河南文华印务有限公司
开　　本：710mm × 1010 mm　1/16
印　　张：14
字　　数：240 千字
版　　次：2020 年 7 月第 1 版
印　　次：2020 年 7 月第 1 次印刷
定　　价：25.00 元
ISBN 978-7-5658-4049-4

声明

基于对知识和创作的尊重，本书向所选文章、图片的作者给予补贴。因条件所限未能及时联系的作者，我们在此深表歉意，当您看到本书时，请与我们联系，以便我们向您支付补贴和赠送样书。因篇幅有限，部分文章有删节，敬请谅解。

联系方式：0371-68698032